Екатерина ВИЛЬМОНТ

КУРИЦА В ПОЛЕТЕ

издательство Астрель

Москва
2004

УДК 821.161.1-31
ББК 84(2Рос=Рус) 6-44
В46

Серийное оформление
Кудрявцев А .А.

Компьютерный дизайн
Коляда Е. А.

Подписано в печать с готовых диапозитивов 25.05.04.
Формат 84×108^1/$_{32}$. Гарнитура «Ньютон». Бумага газетная.
Печать высокая с ФПФ. Усл. печ. л. 15,96.
Доп. тираж 5000 экз. Заказ 1521.

Общероссийский классификатор продукции ОК-005-93, том 2;
953000 — книги, брошюры

Санитарно-эпидемиологическое заключение
№ 77.99.02.953.Д.000577.02.04 от 03.02.2004

Вильмонт Е. Н.

В46   Курица в полете: Роман/Е.Н. Вильмонт. — М.:
ООО «Издательство Астрель»: ООО «Издательство
АСТ», 2004. — 300, [4] с. — (Полоса везения: Бабские
истории Екатерины Вильмонт).

ISBN 5-17-024240-9 (ООО «Издательство АСТ»)
ISBN 5-271-09006-X (ООО «Издательство Астрель»)

Она — прирожденная кулинарка, готовит так — пальчики
оближешь! Вот только облизывать пальчики некому.
Мужчины в жизни Эллы появляются и тают, как ее пирожки
во рту. Да и стоит ли расточать свои способности, свою
красоту на каждого встречного? Где тот единственный, который
оценит ее и примет такой, какая она есть? Застенчивую,
не слишком уверенную в себе, и все-таки прекрасную?
Она готова ждать... Только для него — настоящий пир! А остальным
— хватит и «курицы в полете».

УДК 821.161-31
ББК 84(2Рос=Рус) 6-44

ISBN 5-17-024240-9 (ООО «Издательство АСТ»)
ISBN 5-271-09006-X (ООО «Издательство Астрель»)

Часть первая

ЭЛЮНЯ

ОДЕССА

Элла с раннего детства знала, что станет звездой.

— Звездочка моя, — шептала бабушка, расчесывая ее темные кудри.

— Эх, Люся, дали мы с тобой маху, — сокрушался отец в разговоре с мамой, — надо было ее не Эллой назвать, а Стеллой. Стелла — звезда!

И только вторая бабушка, мамина мама, возмущенно пыхтя папироской, ерошила внучке волосы и шептала:

— Элка, держись, не давайся, они тебя изуродуют на фиг!

— Дядя Лева подарил мне скрипку, — испуганно сказала ей внучка.

— Ай боженька, что идиоты делают! У тебя же нет слуха! Лучше я научу тебя шить, всегда кусок хлеба будет, а скрипка без слуха — чистое горе!

Но мамина мама не имела в семье веса, она считалась легкомысленной, и Элле даже иногда казалось, что мама немного стесняется ее. Евгения Вениаминовна жила отдельно, на Шестнадцатой станции Большого Фонтана, в маленьком домике, который стоял в маленьком садике. А у папиной мамы была квартира на Пушкинской и дача в Аркадии. Папину маму звали Антонина Сократовна, ее предки были греками.

А вот дедушки у Эллы не было, ни одного. Но у бабушки Жени был сосед, бывший капитан китобойной флотилии, высоченный, представительный мужчина с седыми усами и вечной трубкой в зубах, который не выговаривал букву «л».

— Эвва, вови! — кричал он, когда Элла появлялась в бабушкином саду, и кидал ей через забор шоколадную бомбу, завернутую в золотую бумажку. Это был роскошный подарок! Под толстым слоем твердого шоколада был тонкий слой вафель, а внутри нежнейшая шоколадная начинка. Официально бомбы назывались «Печенье «Мечта». Но никогда и нигде его нельзя было купить, и даже Эллин отец, человек, занимавший немалый пост в Одесском пароходстве и приносивший домой заказы с дефицитом, не знал, где берут шоколадные бомбы.

Это было фантастически вкусно, и ничего подобного она нигде и никогда не пробовала, даже став взрослой и живя в Москве.

В Одессе был культ еды. Как готовила бабушка Евгения Вениаминовна! И мама! Правда, бабушка Антонина Сократовна готовить не умела, она была партийным работником. Но лучше всех готовила соседка тетя Циля, зубной врач. И ее муж дядя Изя тоже здорово готовил. Ах, как Элла лю-

4

била у них бывать, она там чувствовала себя куда лучше, чем дома, почти так же хорошо, как в саду у бабушки Жени. А дома ее все время заставляли играть на скрипке, которую она от всей души ненавидела. Бабушка Антонина Сократовна говорила, недобро прищурившись:

— Легкой жизни хочешь? Сперва надо попотеть еще!

Но Элла не хотела потеть, в Одессе летом и без скрипки можно так вспотеть! Элла надеялась, что в музыкальной школе, знаменитой школе имени Столярского, откуда вышла прорва знаменитых музыкантов, ее забракуют, но почему-то ее приняли. Дома по этому случаю устроили торжество, пригласили всех родственников, соседка тетя Циля испекла огромный торт со сметанным кремом, а дядя Изя преподнес Элле ее первый в жизни букет красных роз. Антонина Сократовна была недовольна.

— Изя, что ты делаешь? Девчонке не о розах надо думать, ей трудиться надо, вкалывать до седьмого пота, а розы — потом!

— Ничего подобного, женщине розы нужны всегда! — серьезно возразил дядя Изя.

— Она не женщина, а сопливая девчонка!

— Женщина всегда женщина, даже в пеленках, если, конечно, она настоящая женщина.

Дядя Изя вообще был самым добрым человеком на свете!

А остальные гости поздравляли Эллу и дарили ей скучные нужные вещи — большую папку для нот, пюпитр. Правда, тетя Нина подарила красивую клетчатую юбку, но розы доставили ей самое большое удовольствие. И еще торт с нежно-кисловатым сметанным кремом...

А еще на том торжестве присутствовал почетный гость — папин друг из Москвы, знаменитый писатель Вячеслав Батурин. Это был седоватый, вальяжный мужчина, одетый во все заграничное. Дамы млели перед ним — еще бы, столичная знаменитость, — а бабушка Женя сказала тихо маме: «Затейливый самец!» Элле он почему-то внушил какой-то мутный, стыдный страх, и, когда он потрепал ее, девятилетнюю, по кудрявой голове, она в панике шарахнулась от него, а по спине побежали мурашки. Через много-много лет, прочитав его посмертно выпущенные дневники, она вдруг отчетливо поняла — тот страх был ее первым бессознательным сексуальным ощущением...

С поступлением в школу Столярского для Эллы началась поистине каторжная жизнь. По многу часов в день она «потела» под присмотром Антонины Сократовны, которая недвижимо сидела в кресле. Она была немузыкальна, ничего, по-видимому, не понимала, но у нее была железная партийная выдержка, и ничто не могло сломить ее волю, даже кошмарные, душераздирающие звуки Эллиной скрипки — иногда она нарочно старалась играть так, чтобы бабушка заткнула уши и убежала вон или сломала ненавистную скрипку, но ничуть не бывало. Бабушка сидела как каменная. Когда однажды Элла пожаловалась на это бабушке Жене, та усмехнулась и, обращаясь не столько к внучке, сколько к постоянно присутствующему китобою, сказала:

— Ей небось не привыкать, сколько на партсобраниях высидела в самые жуткие времена...

Но все оказалось проще: однажды Элла увидела, как Антонина Сократовна что-то втыкает в уши перед тем, как засесть у нее в комнате. Она попросту не слышала, что там играет внучка! Эти затычки для ушей ей подарил знакомый из подмосковного города Жуковского, где испытывали какие-то очень шумные устройства для самолетов. Узнав все это, Элла стала просто беззвучно водить смычком по струнам. Антонина Сократовна ничего не заметила. Главное, что внучка «потеет».

После «потения» Эллу отпускали гулять. Если погода была плохая, она отправлялась прямиком к тете Циле. Кстати, благодаря ей Элла не испытывала страха перед зубными врачами. Тетя Циля была уже на пенсии, но летом работала на Куяльнике, где были знаменитые грязелечебницы. А в остальное время занималась домом, изредка лечила зубы соседям, но далеко не всем, а только «проверенным», которые наверняка не донесут. А еще она пела. Когда-то в далекой юности она мечтала стать певицей, но началась война, и она пошла в морскую пехоту! На чуть тронутых временем снимках тех лет — ослепительная красавица в лихо заломленном форменном берете! Дядя Изя тоже воевал, дошел до Берлина, он тоже в молодости был красавцем, вся грудь в орденах, после войны еще несколько лет служил в армии, а потом стал преподавать английский в институте. У них всегда дом был полон друзей, но центром их жизни был единственный сын, который работал в Киеве и редко бывал дома. Он тоже был красавец. И всегда привозил Элле подарки, а однажды даже пытался поговорить с Антониной Сократовной по поводу ее занятий скрипкой. Мол, не надо, наверное, насиловать ребенка... Но ничего не помогло. А потом в один совсем не прекрасный день у дяди Изи случился инфаркт, его увезли в больницу, а Элла случайно подслушала разговор родителей и узнала, что, оказывается, Игорь, сын дяди Изи и тети Цили, подал документы на выезд в Израиль — и у дяди Изи начались неприятности в институте... Но все обошлось, дядя Изя поправился, только стал не таким веселым и шумным, как раньше, а вскоре все они переехали жить в Вильнюс — Игорь с женой и дядя Изя с тетей Цилей. Вероятно, это явилось в те годы самым большим горем для Эллы, ее первой настоящей потерей, а сколько их еще было впереди...

С мамой творилось что-то странное. Она часто теперь приходила с работы с большим опозданием, исчезала куда-то по выходным и как-то даже сожгла свой знаменитый пирог со сливами. Бабушка Антонина Сократовна была очень недовольна.

— Людмила, что с тобой? Ты не больна?

— Нет-нет, что вы, я просто задумалась.

— Ты случайно не беременна? — понизив голос, осведомилась свекровь.

— Да бог с вами, скажстс тоже! — засмеялась мама.

— Жаль.

— А мне нет, — тихо проворчала мама.

Элла подумала, что если бы в доме появился младенец, то, может быть, от нее отвязались бы и позволили бросить музыкальную школу.

Атмосфера в доме стала сгущаться. Папа часто бегал взад-вперед по квартире, не выпуская сигареты изо рта, когда мамы не было дома. По утрам, собираясь в школу, Элла слышала, как они ругаются в спальне. Бабушка Антонина Сократовна стала при появлении мамы поджимать губы и отворачиваться. Элла хотела спросить у нее, в чем дело, но не решилась. Почувствовала, что бабушка скажет о маме что-то плохое. Но ее это сильно тревожило, и она спросила у бабушки Евгении Вениаминовны. Та засмеялась, потом прижала к себе внучку, взъерошила ей волосы и проговорила тихо:

— Ничего страшного, в жизни всяко бывает, вырастешь — поймешь. Просто мама твоя заболела, а свекрови это не нравится. Мне бы тоже не понравилось, если б твой папа заболел.

— Почему? Разве человек виноват, если он заболел?

— Болезни бывают разные...

— Женечка, ты в своем уме? — вмешался в разговор китобой. — Эвва, не свушай бабушку, она сама не знает, что говорит. Твоя мама совершенно здорова, просто у нее неприятности на работе.

— Да-да, — почему-то покраснела бабушка Женя, — я глупость сказала. Просто я имела в виду...

— Что ты имева в виду, совершенно неважно, — отрезал китобой.

— Ты прав, Люсик.

Здоровенного китобоя звали Алексеем Алексеевичем, но бабушка Женя звала его Люсиком.

Элла сделала вид, что поверила Люсику, но в душе поселился страх: мама больна! В школе у одного мальчика, Вовика Тапуза, умерла мама. У нее нашли какую-то редкую болезнь легких и не смогли вылечить.

Элла стала очень внимательно приглядываться к маме, — она похудела, глаза у нее горели каким-то лихорадочным блеском... Но вскоре все разъяснилось. В один прекрасный день мама встретила Эллу у школы. Вид у нее был взволнованный и виноватый.

— Мама! — удивилась Элла. — Ты не на работе?

— Нет. Я уволилась.

— Значит, правда ты не больна, а у тебя были неприятности?

Мама как-то рассеянно погладила дочку по голове.

— Элка, мне надо с тобой поговорить. Хочешь мороженого?

Элла испугалась:

— О чем поговорить?

— Пошли на лавочку сядем. — Она взяла дочку за руку и повела за собой. — Сядь. Эллочка, солнышко мое, я... Понимаешь, я должна уехать...

— Уехать? Ну и что?

Мама уже уезжала не раз. То в отпуск, то к родственникам в Москву, то они с папой были в круизе.

— Я... Я надолго уеду...

— А папа? Он тоже уедет?

— Нет, папа не уедет... Мы с папой разводимся...

У Эллы все внутри оборвалось. Она подняла на маму глаза в надежде, что ослышалась и неправильно поняла.

У мамы выступили слезы.

— Элка, пойми... ну не могу я больше так жить... мне плохо в этом доме, я пропадаю там...

— А я?

— А ты... у тебя все по-другому, тебя все обожают, у тебя все есть, ты и дальше так будешь жить... — Она заплакала. — Ну я не знаю, как это объяснить... не знаю... Ты же еще маленькая, не поймешь, наверное... но ты не думай, я буду к тебе приезжать...

— А ты возьми меня с собой! Я без тебя не хочу, — безнадежным тоном попросила Элла.

— Не могу! Но это пока... Потом я устроюсь и обязательно тебя возьму! Обязательно, честное слово. Ты потерпи без меня немножко, а потом я приеду и заберу тебя, договорились?

— Правда заберешь?

— Клянусь тебе чем хочешь! — горячо воскликнула мама. Она была готова пообещать что угодно, лишь бы дочка не сидела так пришибленно и не таращила на нее испуганные, несчастные глаза. — Ты умеешь хранить секреты?

— Умею!

Мама наклонилась к ее уху:

— Может быть, года через два мы с тобой вообще отсюда уедем! Насовсем... в другую страну!

11

— В Израиль? — еле слышно спросила Элла.

— В Америку!

— А бабушка Женя?

— Не знаю, там видно будет, — отвела глаза мама. — Элка, пообещай мне, что не будешь плакать.

— Я... Я постараюсь, — с трудом проглотив комок в горле, проговорила Элла.

— Вот и умничка, ты у меня вообще самая умная и самая красивая... — Мама прижала ее к груди. — Если так и дальше будешь стараться, то потом мы с тобой будем жить за границей, в Америке, в доме с бассейном... и у тебя будут самые красивые платья и игрушки и...

— А там тоже надо будет играть на скрипке?

— Обязательно! У тебя талант! Его нельзя зарывать в землю!

Перспектива жить в далекой, чужой Америке — без бабушек, без папы, хоть и с бассейном, но зато с ненавистной скрипкой — мало привлекала Эллу, однако мама смотрела на нее с такой мольбой, что она вздохнула тяжело и едва слышно сказала:

— Я постараюсь...

Ей было тогда одиннадцать лет.

МОСКВА

— Элка, ты сошла с ума! С такой задницей носить белые брюки! — закатила глаза Леля.

— А мне нравится!

— Мало ли что тебе нравится! Уродуешь себя!

12

— Леля, по-моему, это тебя не касается!

— Еще как касается, мне ж целый день на тебя смотреть!

— Леля, прекрати! — вмешалась Мария Игоревна. — Оставь Эллу в покое!

— Я ей добра желаю!

— А ты не можешь желать добра немного потише? И поделикатнее?

— Глупости! Деликатностью ничего нельзя добиться! Пусть она взбесится наконец и мне назло сядет на диету! Тридцать пять лет бабе — надо худеть, пока не поздно! Известно же, после сорока худеть гораздо труднее!

— Да ерунда, не надо ей худеть, ее прелесть в полноте!

— Она слишком хорошо готовит! Вот и жрет немерено!

— То, что она готовит, просто нельзя есть понемножку! Ты ж сама, несмотря на свои диетические заморочки, трескаешь Элкины пироги так, что...

— Вот и я говорю, она слишком хорошо готовит!

Они говорили так, будто Эллы не было в комнате. В общем-то ее все в конторе любили, но она давно научилась быть незаметной. Никогда не кричала, не выходила из себя, не вступала в шумные дискуссии, а тихо делала свое дело. Она работала юристом в литературном агентстве «Персефона». Название его было составлено из первых букв фамилий организаторов — Перельман, Серов и Фонякова. Перельман уже три года как умер, Фонякова вышла замуж и переехала в Петербург, и Валерий Яковлевич Серов теперь единолично владел агентством. Эллу всегда удивляло, неужели никто из создателей фирмы не знает, что Персефона кроме всего прочего была богиней царства мертвых, супругой Аида? Но, судя по Валерию Яковлевичу (остальных она не знала), они ничего не смыслили в мифологии. Впрочем, Персефона была наряду со своей матерью Деметрой еще и богиней плодородия и земледелия, — вероятно, поэтому агентство, в общем, процветало. Валерий Яковлевич был неплохой человек, весьма посредственный юрист, но зато умел прошибать лбом стены и имел организаторские способности. Он быстро понял: миловидная, хоть и полная женщина, незаменимый работник — и очень ее ценил. Если он слышал, что Леля уж чересчур нападает на Эллу Борисовну, он стучал кулаком по столу и непререкаемо заявлял:

— Елена, запомни раз и навсегда — никто не знает, какая у тебя будет фигура, когда ты доживешь до лет Эллы Борисовны.

Поначалу Элла обижалась, вспыхивала, глотала подступавшие слезы, но вскоре поняла: он вовсе не хотел ее обидеть, просто Валерий Яковлевич принадлежит к мужчинам, для которых двадцатипятилетняя женщина уже, как писал кто-то из классиков, «не совсем свежая Фиделька», а тридцатипятилетняя и вовсе безнадежная старуха. А поскольку он совсем ей не нравился как мужчина, это перестало ее задевать. Он начальник, и неплохой в общем-то, и вроде даже не дает ее в обиду... пусть... Она вообще не была обидчива и по-настоящему обиделась всего один раз в жизни — на свою мать, которая поначалу еще навещала изредка дочь, а потом уехала за границу и сгинула.

Отец спился, бабушка Антонина Сократовна с горя слегла, когда отца выгнали с работы. Тогда бабушка Женя перебралась в большую квартиру на Пушкинской, а ее китобой перебраться не захотел, и бабушка Женя рвалась на части, ухаживая за Антониной Сократовной, отцом и Эллой и навещая своего китобоя. Денег в семье не стало, Антонина Сократовна отдала бабушке Жене свои драгоценности, которых она никогда не носила, с просьбой продать их.

Бабушка Женя, невысокая, худенькая, с вечной сигаретой во рту, очень удивилась:

— Откуда это у вас? Вы ж всегда говорили, что выросли в нищете. Или у вас были богатые любовники? А как же партийная совесть?

— Женя, что вы такое говорите? У меня в жизни был только один мужчина — мой муж!

— Господи, какой кошмар, до чего ж вы несчастная женщина, я даже не думала! — искренне воскликнула Евгения Вениаминовна.

— Зато у вас их было, видимо, не счесть! Как и у вашей дочки! Боюсь, как бы Эллочка не унаследовала это от вас!

— Надеюсь, унаследует! — усмехнулась Евгения Вениаминовна.

Разговор перешел на другое, а вопрос о происхождении драгоценностей так и остался без ответа.

Но продавать их бабушка Женя не стала. Она решила вопрос иначе — начала готовить на заказ.

15

В Одессе каждая вторая женщина была великой кулинаркой. Но находились состоятельные дамы, жены «больших людей», которые не хотели стоять у плиты, особенно когда предстояло большое застолье. И тогда они обращались к бабушке Жене. Она умела потрафить любому самому изысканному вкусу и потому брала дорого. И вскоре заказать у нее обед или ужин стало считаться хорошим тоном. Бабушка Женя ставила условием, чтобы продукты привозили ей на дом. Сама выбирала на Привозе только рыбу, это она не могла никому доверить. Когда заказчики приезжали за ее яствами, она аккуратно складывала в мешочки все, что у нее оставалось, — немножко муки, несколько орехов, чуть-чуть масла. Заказчики, как правило, краснели и оставляли эти пустяки ей, чувствуя себя при этом щедрыми и великодушными и преисполняясь трепетного уважения к по-старомодному честной пожилой женщине. И только Элла знала, что бабушка уже успела отложить несколько пирожков, немного фаршированной рыбы, тех же орехов, того-сего...

Как-то Элла заявила:

— Бабуль, это ведь нечестно!

Бабушка взъерошила ей волосы, передвинула папироску из одного уголка рта в другой и сказала с вечной своей усмешкой:

— Элка, ты пойми, я ж не последнее у них забираю. Я просто представляю себе, что они бы пригласили меня на ужин и я бы это съела. Они что, обеднели бы? А так я и сама поем, и тебя накормлю, и папаше-пропойце кусок перепадет, и этой партийной стерве. А ее драгоценности луч-

16

ше тебе достанутся, ты у меня красавицей будешь, красавицам цацки нужны, а кто нынче их тебе купит? Хотя, если честно, нет у меня уверенности, что цацки эти не конфискованы у репрессированных...

Несмотря на все это, за Антониной Сократовной она ухаживала более чем добросовестно, а когда та через год тихо скончалась во сне, бабушка Женя плакала. Она по-своему привязалась к старухе, которую раньше терпеть не могла.

А отца подобрала его бывшая секретарша. Он переехал к ней и даже бросил пить, но как-то совсем потух, высох, сильно постарел и все реже стал навещать дочь. Не любил смотреть на Эллу, которая, взрослея, все больше походила на мать. Она жалела отца, слегка побаивалась в моменты запоев, но, когда он перестал пить, почувствовала: он ее не любит. Он вообще никого не любил теперь. А она еще любила его, но совсем не уважала. Он оказался слишком слабым...

Теперь Элла жила в огромной квартире вдвоем с бабушкой и больше не играла на скрипке — у нее теперь было много других обязанностей. Она помогала бабушке готовить. А еще они сдавали одну комнату ленинградскому писателю, который писал сценарий о моряках-черноморцах. А китобой Люсик неожиданно женился на молодой вдове замполита, который спьяну врезался на мотоцикле в телеграфный столб. Бабушка Женя презрительно скривила губы и произнесла только одну загадочную фразу: «Люсик — он и есть Люсик!» Но как-то сразу постарела. Элла чувствовала себя виноватой.

Ведь это из-за нее бабушка бросила свой курень на Шестнадцатой станции и соседа-китобоя. А она, наверное, его любила... Но одно Элла усвоила прочно: несмотря на бесконечные разговоры о любви — по радио, по телевизору, в кино, в книгах и в песнях, — любовь — страшная разрушительная сила. Но такая притягательная... Ее подружка Лира влюбилась в знаменитого на всю Одессу красавца Вадю-часовщика. Он был и вправду красив как бог. Сидел за витриной своей часовой мастерской, а девчонки со всей Одессы бегали смотреть на него. Белокурый, загорелый, голубоглазый, с обаятельной улыбкой, он, казалось, ни одну женщину не мог оставить равнодушной. Элла своими глазами видела, как проходившие мимо приезжие дамы, бросив случайный взгляд на витрину часовой мастерской, вдруг замирали в изумлении, подходили поближе и зачарованно смотрели на смуглого, голубоглазого бога, невесть каким ветром занесенного в жалкую мастерскую. Те, что посмелее, заходили внутрь, заговаривали с ним. Он обаятельно улыбался, брал в ремонт абсолютно исправные часы и, говорят, очень неплохо зарабатывал. Лирка бегала к его мастерской каждый день после уроков, стояла столбом у витрины и в результате осталась в восьмом классе на второй год. Но обвинила в этом почему-то Эллу. И даже стала звать ее Эллочкой-Людоедкой.

Элла крайне удивилась, она-то здесь при чем? Но Лиркина бабка, как-то встретив ее у филармонии, презрительно сказала:

— Нельзя быть такой завистливой! Ты, Элла, завидовала Лире, она такая обаятельная, а главное — худенькая! Не то что некоторые...

— При чем тут это? — безмерно удивилась Элла.

— При том! Ты ей завидуешь, вот и таскала ее глазеть на этого... А когда надо было помочь в учебе, ты ее кинула! Ну ничего, отольются кошке мышкины слезки.

Элла в полном недоумении пришла к бабушке Жене. Та, выслушав внучку, усмехнулась, как обычно, пожевала мундштук — теперь она курила сигареты с мундштуком, который почему-то называла дудулькой, — и сказала:

— Ты курица, Элка, только и можешь, что квохтать. Надо было съездить Лирке по смазливой роже. Кстати, твоя мать в детстве тоже курицей была, да и потом... Пока с твоим отцом жила и с этой старой партийной лярвой... и все-таки взлетела... Но лучше б не взлетала, черт бы ее взял. Ну чего ты, опять плакать вздумала?

— Ба, ты думаешь, мама вернется?

— Да ты что! Из Америки, как с того света, не возвращаются... Но хоть позвонить могла бы, сучка! Ладно, не разнюнивайся! Сдюжим! Ты только курицей не будь!

Но ведь это легко сказать — не будь курицей, съезди по роже... А если рука не поднимается ударить?

В агентстве устроили праздник — они выиграли серьезное дело. Иск вдовы известного писателя к одному из крупнейших издательств, которое после смерти автора продолжало издавать под его именем чьи-то романы. А поскольку покойный с женой был не расписан, то издательство ее проигнорировало. Однако Элле и Серову удалось доказать неправомерность подобных действий издателей, оказалось, что у вдовы имеется нотариально заверенное завещание, в котором она назначается душеприказчицей. Следовательно, без ее разрешения никто не имеет права использовать имя покойного. Кое-кто полагал, что поскольку речь шла о романах, которых покойный не писал, то ситуацию можно рассматривать и так и эдак, а издательство достаточно богатое, то вдова непременно проиграет. А вышло наоборот — и в большей степени благодаря Элле.

Сама она не очень любила выступать в суде, зато Серов умел это делать отлично. Она ему подготовила все документы, найдя в никем не отмененных пока статьях авторского права такие закавыки, что суду ничего не оставалось, как решить дело в пользу вдовы.

И когда довольный Серов поднял тост за Эллу, Леля ревниво заметила:

— Да ладно вам, Валерий Яковлевич, просто плохо пробашляли судью!

— Елена, чем дохнуть от зависти, лучше бы пошла учиться на юриста — не сидеть же век в секретарях, — наставительно произнес Валерий Яковлевич.

— Ой, больно надо! В бумажках всю жизнь копаться! С моими данными я могу рассчитывать на лучшее!

— Лелька, ты пьяная уже, — добродушно засмеялась Элла.

— Я быстро пьянею потому, что не ем! А вы вон уже три бутерброда схавали!

— Что это ты со мной на «вы» перешла?

— От почтения! — дурашливым голосом произнесла Леля.

Серов опять стукнул по столу:

— Замолчи, уволю!

— Ага, щас! — хмыкнула Леля.

Серов вдруг покраснел, и всем стало ясно, что он спит с ней. Не удивилась только Элла, она давно уже догадывалась. Но не стала ни с кем делиться. Она умела хранить не только свои тайны, но и чужие.

На пути к метро Мария Игоревна возмущалась:

— Ну до чего наглая девка! А я-то еще удивлялась, почему он ее терпит? Но как они все скрывали... Элла, ну и банальность! Спать с молоденькой секретаршей!

— На это я могу ответить очередной банальностью — плоть слаба! — улыбнулась Элла. Она это хорошо знала. На собственном горьком опыте.

ОДЕССА

Ей едва исполнилось пятнадцать, еще не совсем прошли юношеские прыщики на лице, но она вдруг стала ловить на себе взгляды взрослых мужчин, и взгляды эти приводили ее в какое-то радостное смятение. Она понимала, что они означают. А мальчишки в школе не обращали на нее внимания, она была для них просто одноклассницей, своей в доску, ее чересчур пышные формы не волновали их почему-то. Но и ее мальчишки тоже не волновали. Она была по уши влюблена во взрослого мужчину. Ему было уже тридцать пять, и он казался ей воплощением всех достоинств, хоть и не блистал красотой. Но ведь мужчине не обязательно быть красивым, это она знала. Иван Аркадьевич жил у них в квартире уже третий месяц. Снимал комнату. Его рекомендовал бабушке Жене ее прежний постоялец, киносценарист. Иван Аркадьевич сценариев не писал, зато писал роман о жизни Одесского порта. Он был веселый, жизнерадостный, и бабушка очень к нему привязалась. Она даже согласилась его кормить. И теперь они часто сидели втроем на кухне. И Элла мечтала, что выйдет за него замуж, тем более что он был в разводе. Он приехал из Ленинграда и много рассказывал о родном городе, который Элла тогда видела только в кино и по телевизору. Она часто, закрыв глаза, мечтала, как они пойдут по Дворцовой набережной, Иван Аркадьевич, Ванечка, будет держать ее под руку и всем встречным знакомым представлять как свою жену. А они станут удивляться, какая она молодая и красивая. И все это будет происходить в пору белых ночей. Он приведет ее в свою квартиру, где в маленькой, уютной спальне, на белой лакированной кровати будет лежать синее шелковое покрывало с золотыми пчелами. Элла такое видела на одесском толчке, где оно стоило бешеных денег. А дальше она мечтать не смела. То, что должно случиться в этой спальне, наполняло ее таким душным, тяжелым томлением, что

22

она не допускала себя до этих мыслей. Таким образом, виденное на толчке синее покрывало как бы служило многоточием в ее мечтах. Но все это случилось гораздо раньше, и не в ленинградской спаленке, а у них дома, в Одессе.

Утром бабушка Женя сказала:

— Эллочка, я сегодня... Одним словом, мне надо поехать в одно место, я вернусь поздно...

— Куда поехать, ба?

— На Куяльник к Доре! И может, я там заночую, — быстро ответила бабушка и отвела глаза.

Элле это показалось подозрительным.

— А чего тебе там ночевать?

— Может, и не придется, просто, если задержусь, не волнуйся.

— Ладно! — пожала плечами Элла и ушла в школу.

А на переменке к ней подошла Роза Вайншток, из параллельного класса, у ее родителей был домик на Шестнадцатой станции неподалеку от бабушкиного.

— Слушай, Элка, бабка твоя просто улет!

— А что такое? — встревожилась Элла.

— Ты в курсах, что она опять с Люсиком закрутила?

— Как? — опешила Элла.

— Очень просто! Он уже от своей молодухи гуляет и, конечно, никого лучше твоей бабки не нашел! У них свидания в ее старом курене! Сношаются старички на всю катушку!

— Врешь!

— Да чтоб мне повылазило!

— А ты почем знаешь?

— Моя бабка видела, как они туда входили, он-то свой домик продал — его супружница настояла... А жить в городе, видно, не может без бабки твоей...

— А откуда ты знаешь, что...

— Что сношаются? Ну так это и ежу понятно!

Элла припомнила бабушкино поведение сегодня утром, смущенный взгляд, неуверенный лепет... Да, похоже на то... Ей вдруг стало горько и обидно: она молодая, говорят, красивая, и у нее нет парня, Иван Аркадьевич на нее и не глядит, а бабушка старая, седая, с прокуренным голосом и некрасивыми, натруженными руками... сношается! Невозможно себе представить! Чудовищно! Возмутительно даже!

Она вернулась домой в полном смятении. Как теперь смотреть бабушке в глаза? Как?

Она долго стояла перед зеркалом. А потом решила, что из этого, по-видимому, неоспоримого факта можно извлечь кое-какую выгоду. Бабушка категорически запрещает ей пользоваться косметикой. Все девчонки в классе уже красят глаза, а иногда и губы. Элла решительно вытряхнула свою копилку — и через час вернулась с тушью в коробочке и тюбиком губной помады. И когда накрасила глаза, показалась себе совершенно преобразившейся и поистине великолепной. Но это еще не все. Под вечер бабушка позвонила и спросила, как дела. Элла была в таком восторге от себя, что весело ответила: «Все в порядке!»

— Я задержусь, тут у Доры всякие неприятности, я должна...

— Ладно, ба!

— Я утречком вернусь, а ты покорми Ванечку, ладно?

— Без проблем!

Пусть теперь бабушка попробует ей хоть что-то сказать насчет косметики! В конце концов, за свою свободу надо бороться! Раньше у нее не было козырей на руках, а теперь...

Тут вернулся Иван Аркадьевич:

— Элла, а где Евгения Вениаминовна?

— На Куяльник поехала к подруге, я вас сейчас накормлю!

— Ах, какая жалость, а я тут коньяку принес, есть повод немножко поторжествовать!

— Какой повод?

— Мою повесть приняли в журнал «Нева»!

— Поздравляю!

— Я смотрю, ты за меня рада.

— Еще как!

— Значит, бабушки сегодня не будет? Тогда давай с тобой немножко выпьем, а?

— Я не пью!

— Ну коньяк я предлагать не буду, а винца сухого можно!

— Давайте, — быстро согласилась Элла.

Она сноровисто накрыла на стол, достала из холодильника закуски, а потом вдруг сообразила:

— Иван Аркадьевич, а давайте лучше бабушкиной абрикосовки выпьем, а? Она вкусная!

— А тебе не влетит?

— Нет, по такому случаю она бы и сама предложила.

— Что ж, давай, это и вправду вкуснота невероятная.

Бабушка делала вишневую и абрикосовую наливку, лучше которой не было во всей Одессе. Многие так говорили.

Элла достала из кладовки бутылку. Она чувствовала сейчас свое неоспоримое право на многое из того, что раньше никогда не посмела бы сделать...

— Ах, черт, как хорошо, как вкусно! Твоя бабка чудо! Ты учись у нее, в жизни все надо уметь... Ну, давай-ка за нее выпьем!

Они выпили за бабушку, потом за его повесть в журнале «Нева», потом за славный город Одессу.

— Элла, а ты что это сегодня красивая такая, а?

Ее бросило в жар.

— Ох, еще немного — и тут табуны парней околачиваться будут... Ты вдруг повзрослела как-то, похорошела невероятно просто...

Под его изумленным и уже не слишком трезвым взглядом — наливка была крепкой и коварной — Элла еще больше расцвела и все стремительнее забывала бабушкины внушения...

— Хочешь, я тебе по руке погадаю?

— А вы умеете? — удивилась Элла. Она как-то сразу поняла, что не в гадании дело, просто он хочет под благовидным предлогом прикоснуться к ней. Сердце восторженно забилось, и она протянула руку.

— Да, я изучал хиромантию, когда работал над первым романом...

— Прочитать дадите?

— У меня нет с собой рукописи. Он же не издан.

— А когда я в Ленинград приеду?

26

— Конечно. Конечно, дам...

Он взял ее руку.

— Черт знает что, линии какие-то запутанные, ничего не поймешь, вот линия жизни долгая, длинная то есть...

Элла чувствовала, что у него дрожит рука.

— Какая у тебя кожа нежная... — Он поцеловал ее в ладонь. И посмотрел на Эллу. От этого взгляда она зарделась. Но тут зазвонил телефон.

Элла вскочила и бросилась к аппарату, словно спасаясь бегством.

Это оказался дядя Адик из Москвы, бабушкин двоюродный брат. Узнав, что бабушки нет дома, он стал расспрашивать Эллу, как дела, как успехи в школе и все в таком роде. Элла видела, что Иван Аркадьевич не спускает с нее жадного взгляда, она чувствовала, что сейчас что-то произойдет. И в самом деле, он налил себе в чайную чашку коньяку и залпом выпил. Элла испуганно отвернулась, но тут же услыхала, что он встал, отодвинул стул. Она замерла.

— Элка, что там у тебя? — удивился ее внезапному молчанию дядя Адик. — Ты чего замолкла?

— Нет, я... Тут в дверь звонят!

— Может, Женя вернулась?

— Нет, это наш жилец пришел... Извините, дядя Адик, я открою...

И в этот момент Иван Аркадьевич обнял ее сзади и поцеловал в шею, под волосами. Она вздрогнула и выронила трубку.

Конечно, как девочка начитанная, она помнила роман Мопассана «Жизнь» и знала, что в первый раз бывает больно и неприятно. Но что так больно и так неприятно, даже отвратительно, она не догадывалась. И еще она думала, что будет всего несколько капель крови, а тут целая лужа... Он спал, а она плакала и застирывала простыню.

А утром пошла в школу с гордым сознанием — она стала женщиной. Теперь главное — когда будет второй раз... Второй раз должно быть лучше, это известно. И вообще... теперь все изменится. Вчера Иван Аркадьевич наговорил ей столько... Ванечка... Но, произнеся про себя это «Ванечка», она не ощутила нежности или волнения. Только некоторый стыд за свою неопытность и неуклюжесть. Но ведь это в первый раз, а потом... Кое-что она все-таки усвоила уже, извлекла кое-какие уроки... Кстати, уроки-то она вчера не сделала... Ну и черт с ними, все равно она лучшая ученица в классе... И в постели я тоже буду примерной ученицей! К счастью, ее сегодня ни разу не спрашивали.

Когда она вернулась, бабушка уже была дома. И в дурном настроении. Неужто догадалась?

— Ба, ты чего? — осторожно спросила Элла.

— Да ничего, так... Кстати, жилец наш съехал... Вернее, уехал!

— Как? — обмерла Элла.

— Телеграмму получил, сорвался и уехал.

— Какую телеграмму? — помертвевшим голосом осведомилась Элла.

— На вот, прочти!

Действительно, бабушка протягивала ей телеграмму.

«Немедленно возвращайтесь, ваше присутствие необходимо. Куроедов».

— Кто это — Куроедов?

— Почем я знаю, какой-то ответственный секретарь, он так сказал.

— Но он еще вернется?

— Да нет, вещи забрал. Слушай, у вас тут без меня никаких... недоразумений не случилось?

— Недоразумений? Нет, недоразумений не случилось.

— Сейчас обедать будешь.

— Не хочется, ба. Голова болит.

— Глупости, думаешь, я не знаю, что ты в Ванечку влюблена? — улыбнулась бабушка. — Ничего, переживешь, не развалишься.

— Да ну, ерунда, он же старик.

Бабушка засмеялась.

Элла едва сдерживалась, чтобы не разреветься. Она сразу смекнула, что никто Ивана Аркадьевича в Ленинград не вызывал. Он просто испугался. Ей ведь всего пятнадцать, а за совращение несовершеннолетних можно и срок схлопотать. Вон у Ленки Дударевой родной дядя в тюрьму сел за то, что спутался с девчонкой четырнадцати лет. Ее мать их застукала и пошла в милицию. Хотя девчонка, говорят, та еще оторва была. Вот Ванечка и испугался... Дурак, неужели не понимает, что даже если бабушка узнает, она лучше умрет, чем опозорит свою внучку... Или он думал, бабушка заставит его жениться на Элле? Он ее бросил после одной ночи, даже не поговорил... Выходит, он трус и подлец. Все это было больно и противно... Значит, ну его к чертям собачьим. Жаль только, что второго раза не будет... А если бы во второй раз с ним было бы так же

29

противно, тогда что? Но для порядка она все-таки малость всплакнула — как-никак ее бросил любовник...

Однако судьбе было угодно, чтобы второй раз не заставил себя долго ждать, но это было совсем другое дело и совсем другая история.

МОСКВА

Войдя в прихожую, Элла сразу заметила в темноте мигающий огонек автоответчика. Она любила это мигание. Не так грустно и одиноко, когда знаешь, что кто-то тебя ищет, кому-то ты нужна, пусть даже по делу. Она зажгла свет. Ого, целых три звонка. Но первый звонок был пустым: кто-то, очевидно, не захотел разговаривать с автоответчиком. Второй был от подруги: «Элка, как придешь, позвони, тоска заела. Потоскуем вместе!» Тосковать одной или вдвоем с подругой не хотелось. А вот третий звонок... Незнакомый, очень вежливый мужской голос сказал: «Элла Борисовна, Аксентьев Николай Васильевич по поручению вашей матери, Людмилы Штойерманн. Пожалуйста, свяжитесь со мной по следующим телефонам...»

Элла рухнула в кресло. Оно жалобно застонало. Элла не верила своим ушам. «По поручению вашей матери»... Четверть века прошло... Да, она ушла, когда мне было одиннадцать, теперь мне скоро стукнет тридцать шесть, а в последний раз я слышала о ней двадцать три года назад, но тогда у нее была другая фамилия. Вспомнила! Зачем, интересно, я ей понадобилась? Старая стала, о душе думает? Ерунда, она родила меня рано, ей чуть за пятьдесят, о душе в таком возрасте не думают... Или она тяжело больна? Или обеднела? Мысли были холодные, несмотря на волнение, и злые. Злость была ей несвойственна, и потому она чувствовала себя ужасно. И первым делом позвонила подруге — развеять невероятным происшествием ее тоску.

— Машка, хандришь?

— Ой, Элка, какая ты умница, что позвонила! Я просто на стенку лезу! Такая тоска заела!

— Ничего, я тебя сейчас развлеку! По полной программе!

— Да? — оживилась Машка. — Мужик завелся?

— Нет, моя мамаша объявилась!

— Какая мамаша? — не придумала ничего умнее подруга.

— Родная.

— Господи, твоя святая воля! Она что, письмо прислала?

— Да нет, какой-то дядька позвонил, оставил сообщение на автоответчике. «По поручению вашей матери»!

— И что теперь?

— А я знаю? Я ему еще не звонила.

— С ума сошла? Звони сейчас же!

— Не могу. Мне страшно.

— Страшно? Почему?

— Не знаю, страшно, и все!

— Вообще звонить не будешь?

— Да нет, позвоню, скорее всего...

31

— Слушай, может, она умирает и хочет прощения попросить? Может, каждая минута дорога, а ты со своими страхами... Звони немедленно, а то потом будешь всю жизнь мучиться, не простишь себе...

— Думаешь? — неуверенно спросила Элла.

— Думаю, думаю. А может, наоборот, тебе там наследство обломилось. Может, она уже... ушла из жизни и оставила наследство. «По поручению вашей матери»... Она ж могла дать ему поручение еще при жизни.

— Да вряд ли, тогда бы меня разыскивала Инюрколлегия.

— Так, может, он как раз и работает в Инюрколлегии? Еще миллионершей станешь.

— Нет, — засмеялась Элла, но смех был нервный. — Это не моя стезя. Мне даром ничего в жизни не давалось.

— Ладно, чем гадать, звони немедленно. А потом перезвонишь мне. — И Маша первой бросила трубку.

Элла еще раз прослушала сообщение — в первый раз она не записала телефоны. Затем в полном смятении набрала номер. Отозвался приятный женский голос.

— Можно попросить Николая Васильевича, — дрожащим голосом спросила она.

— А кто его спрашивает?

— Элла Якушева. Николай Васильевич оставил мне сообщение на автоответчике...

— Одну минутку! Коля, тебя просит какая-то Элла!

— Алло! Элла Борисовна, вы?

— Да, я только что пришла с работы... Что это значит?

— Это значит, что ваша мать вас разыскивает, я хотел убедиться, что это вы и нет никакой ошибки. Как девичья фамилия вашей мамы?

— Берлина, Людмила Семеновна Берлина.

— Откуда она родом?

— Из Одессы.

— А как звали ее родителей?

— Евгения Вениаминовна и Семен Григорьевич.

— А ваша девичья фамилия?

— Якушева. Мой отец Борис Петрович Якушев.

— Ну что ж, Элла Борисовна, могу вас обрадовать, это действительно ваша мать, она живет в Вене и жаждет с вами увидеться. Я дам вам все ее координаты...

— Извините, Николай Васильевич, а она... здорова?

— Насколько я знаю, вполне. Вы думаете, что она решила вас найти, так сказать, на смертном одре? Смею вас заверить, это не так. Ваша матушка весьма спортивная, энергичная и подтянутая дама. Но она не так давно овдовела... Впрочем, лучше она сама вам все расскажет. Записывайте телефон и адрес.

Элла покорно записала.

— А вы позволите мне дать ваши координаты госпоже Штойерманн?

— Да, пожалуйста.

— Благодарю вас. Что ж, я могу считать свою миссию исполненной. Всего наилучшего.

Элле было трудно дышать. Она встала и вышла на балкон. Во дворе гуляли собачники. Элла всегда немного завидовала им. У них был свой мир. Они общались, дружили, даже женились. Она частенько за ними наблюдала. В феврале среди них вдруг появилась молоденька женщина с маленькой, смешной собачонкой, дня через три к ней прилип мужчина со здоровенным догом, а в мае они сыграли свадьбу... У Эллы тогда даже мелькнула мысль тоже завести себе собачку, но она жила одна и хорошо помнила фильм своего детства «Белый Бим Черное Ухо». Нельзя держать собаку, когда живешь одна, мало ли что может с тобой случиться... Вот и сейчас на лавочке сидели двое: хозяйка таксы и хозяин тойтерьера. Элла точно знала, что у тойтерьера есть хозяйка, а у таксы хозяина нет. Как бы в результате этих прогулок семейная ситуация не поменялась, тем более что такса очень красива, вернее, ее хозяйка.

Внезапно раздался звонок. Элла в испуге бросилась к телефону.

— Ну что? — требовательно спросила Маша. — Дозвонилась?

— Да.

Элла вкратце пересказала ей разговор с Аксентьевым.

— В Вене живет? Здорово, смертельно красивый город.

— Ну и что?

— Как — что? Поедешь к мамочке в гости, в венскую оперу сходишь, пирожные там, говорят, обалденные. Слушай, а ты матери-то звонила?

— Нет. И не собираюсь.

— Как? Почему?

— Не хочу!

— Глупости, Элка, все-таки мать есть мать.

— Справедливо замечено, но не в моем случае.

— Ерунда! Она же наверняка раскаялась, ищет тебя...

— Ничего, поищет, а потом опять замуж выскочит — и ей не до меня будет.

— Надо же, я даже не подозревала, что ты такая твердокаменная... Сколько лет тебя знаю, ты всегда мне казалась немножко курицей, уж извини.

— Бабушка тоже считала, что я курица... Слушай, вот про корову, которая не телится, говорят «яловая», а про курицу, которая не несется?

— Элка, кончай! Этот твой юморок... Значит, будешь ждать звонка матери?

— Не буду! Я звонков не жду вообще, забыла?

— Так то от мужиков, а тут совсем другое дело.

— Да то же самое, только еще хуже. Когда мужики предают, это вроде естественно, я уж давно от них ничего не жду, а когда мать...

— Так и не простила?

— Я много лет уже об этом не думала, а сейчас все всколыхнулось...

— А если она позвонит, разговаривать будешь?

— Наверное. Послушаю, что она мне скажет.

Но она ждала этого звонка, боялась и ждала.

Он раздался в девять утра. Элла сразу поняла — это звонит мать.

— Элла? — раздался красивый, глубокий голос, показавшийся ей незнакомым. — Элка, это мама!

У Эллы вдруг пересохло во рту.

— Эллочка, ты меня слышишь? Алло, алло!

У нее появился акцент, мелькнуло в голове у Эллы.

— Алло! Алло!

— Да, мама, я слышу!

— Господи, Эллочка, детка моя, как ты живешь? Эллочка, ты можешь меня простить, я так перед тобой виновата! Господи ты боже мой, я даже не знаю, как говорить-то с тобой... ты же совсем уже большая, да? Ты, наверное, многое в жизни уже поняла и сможешь простить свою маму? Ну почему ты молчишь?

— Я... Я не знаю...

— Понимаю, тебе трудно, столько лет прошло... Знаешь, нам необходимо встретиться — чем скорее, тем лучше, поговорить, я готова на коленях просить у тебя прощения, я так боялась, что не найду тебя. Эллочка, детка, как ты, как тебе живется?

— Почему тебя вдруг это заинтересовало? Ты хотя бы знаешь, что бабушки уже нет?

— Я почему-то так и думала, — упавшим голосом проговорила мать. — Я перед ней страшно виновата... Страшно... Но все было так сложно... Я расскажу тебе свою жизнь... Я надеюсь, ты поймешь и простишь свою беспутную мать... — Она всхлипнула. — Скажи, а у меня есть внуки?

— Нет, и никогда не будет, — жестко ответила Элла.

ОДЕССА

Она не слишком грустила из-за бегства Ивана Аркадьевича, только боялась, не залетела ли. Но через несколько дней все страхи улетучились. Зато теперь, собираясь в кино или в гости, она слегка подкрашивала глаза. Бабушка как будто не замечала этого. Поняла, наверное. А однажды Элла застала ее у зеркала в ванной, где бабушка красила ресницы ее тушью. Это показалось Элле настолько диким, что она громко ахнула. Бабушка обернулась. Один глаз был густо накрашен.

— Ты что делаешь? — воскликнула внучка.

— Да вот, решила посмотреть, не слишком ли это... По-моему, вполне, ты как считаешь?

От изумления Элла только головой покачала.

— Тебе, кстати, тоже очень идет, — как ни в чем не бывало заметила бабушка.

— А ты куда это красишься, ба? На свиданку с Люсиком?

— А хоть бы и так! Я была уверена, что ты уже в курсе, Розка небось настучала? Я как твою косметику нашла, сразу смекнула: внучка решила свободу отвоевать! — засмеялась бабушка. — А ты красивая стала, и взрослая совсем. Ты только поосторожнее с парнями, помнишь, что я тебе говорила? — Бабушка поцеловала ее. — Знаешь что, эта тушь не очень... Давай в воскресенье на толчок смотаемся, купим себе хорошую, импортную, одну на двоих, а? — Бабушка подмигнула ошалевшей Элле, и та вдруг поняла, что ее бабка, хоть и старая — пятьдесят восемь лет, — но еще привлекательная женщина, несмотря на седину, морщинки, прокуренный голос и огрубевшие руки. И еще — она очень неожиданная, ее бабушка.

Прошло несколько дней. Она брела домой из школы, в задумчивости не глядя по сторонам. А думала о том, что сегодня ей шепнул один парень из десятого класса, незаметно ущипнув за пышное бедро: «Ух, горячая штучка! На таком бюсте небось яичницу жарить можно!» Элла в испуге шарахнулась, десятиклассник был противный, и слова его показались обидными, но отчего-то она сомлела. Это быстро прошло, но заставило задуматься.

— Элюня, это ты?

Она подняла глаза и опешила. Перед ней стоял Витька Шебанов по кличке Шеба. Он был старше Эллы года на три, и она давно его не видела. Он сидел в колонии. Его мама говорила, что Витеньку подставили, что он не виноват, но отмазать его ей не удалось. Все девчонки во дворе умирали по нему и раньше, а теперь перед ней стоял настоящий красавец, хоть и остриженный наголо. Это было заметно, несмотря на модную клетчатую кепочку.

— Витя, ты освободился?

— Как видишь, красотуля! Ну ты и вымахала, выглядишь — зашибись!

— Ты тоже...

— Слушай, ты все с бабкой живешь?

— Да.

— Она тебя в ежовых держит, а?

— Почему? Нет.

— Может, сходим вечером в киношку, а?

— Вечером не выйдет, — вздохнула Элла, — я должна бабушке помогать.

— До ночи, что ли?

— Ну я не знаю, как получится, — смущенно потупив глаза, пролепетала Элла.

— А если я приду к твоей бабке и попрошу отпустить тебя со мной в кино?

— Не знаю. — Элла задохнулась от безумного желания пойти с ним в кино. Но лучше бы тайком от бабушки — и вообще от всех. Все-таки Витька уголовник, что бы там ни говорила его мать.

— Да не бойся, не пойду я к бабке твоей — охота была нарываться! Но до завтра ждать тоже кисло. Давай ты что-нибудь наври бабке или помогай в диком темпе, а лучше и то и другое — полвосьмого встретимся за углом у булочной. зачем всему двору знать, правда же?

— Ну да... А если я все же не смогу?

— Не сможешь — значит не сможешь! Буду ждать полчаса — до восьми.

— А потом что?

— Да уж сумею время провести, — засмеялся он так, что Элла поняла: она не переживет, если он пойдет в кино с кем-то другим.

— Ладно, я постараюсь. А какой фильм?

— Не все ли равно?

— Как? — поразилась она.

А он засмеялся опять и обласкал Эллу таким взглядом, что у нее ослабли ноги и она ухватилась за него — невольно, не нарочно, но обоих тряхнуло током.

— Ого! — вдруг охрип он. — Ладно, буду ждать до полдевятого.

— Я приду... обязательно, — шепотом пообещала Элла и робко подняла глаза. Он пристально смотрел на нее, не смеялся, даже не улыбался.

— Ну иди... До полвосьмого!

— Вить, а ты когда приехал? — Не было сил уйти, не видеть этих серьезных и слегка все-таки испуганных глаз.

— Приехал? А вчера. И с ходу...

— Что?

— Втрескался!

— В кого?

— В тебя — в кого! Ну иди уже, иди, наври бабке... А то я за себя не ручаюсь.

И Элла отчетливо поняла — второй раз не за горами.

Когда она явилась домой, у бабушки уже дым стоял коромыслом — она пекла на заказ свои потрясающие кексы с цукатами.

— Элка, где тебя носит? Обедать будешь?

— Нет, не хочется!

— Что значит — не хочется?

— Я потом... Что нужно делать, ты скажи, а то мне надо сегодня...

— Мне тоже надо пораньше освободиться. Люсик пригласил меня на концерт Пьехи.

— Да? — возликовала Элла.

— Да! В кои-то веки додумался! Не отказываться же, правда?

— Конечно, что ты, ба!

— А у тебя-то какие планы, а?

— Да мы с Юлькой договорились в кино сходить.

— А, дело хорошее.

— Ба, а после концерта ты сразу домой или как?

— Не знаю еще, а что?

— Да нет, просто... Чтобы знать, ждать тебя или нет?

— Ну и вопросы ты бабке задаёшь, — тряхнула головой Евгения Вениаминовна, — ужас просто!

— Но если у меня бабка такая, — счастливо засмеялась Элла.

Бабушка ушла рано, чтобы доставить кексы заказчику на дом, хотя обычно этого не делала, но сегодня был особый случай — концерт Пьехи, и Люсик заехал за ней на своем «Москвиче». Элла бросилась в ванную, горячей воды, конечно, не было, да и холодная текла еле-еле, но она все-таки помылась, накрасила глаза и вытащила из дальнего ящика новый импортный лифчик с кружавчиками — у нее был уже четвертый номер! Она ни о чем не думала, действовала как автомат, а внутри все дрожало... Потом вдруг она замерла, закрыв глаза, вспомнила Витькин серьезно-испуганный взгляд и сама себе сказала, причем вслух:

— Любовь с первого взгляда...

Ровно в половине восьмого она подбежала к булочной. Витька курил, стоя у витрины, которую уже украшали к Первомаю. Красные драпированные тряпки и портрет генсека Андропова.

— Привет!

Витька резко обернулся.

— Бля! — вырвалось у него.

Элла застыла. Что он говорит? (Тогда еще не придумали спасительное словечко «блин».)

41

— Ох, прости, Элюня, вырвалось! Ты так шикарно выглядишь, просто слов нет! — Он ласково погладил ее по руке повыше локтя. Она задрожала. — Ну чего? Пошли? Бабка тебя легко отпустила?

— Она сама пошла на Пьеху.

— Здорово!

В кино показывали скучнейший фильм о конфликте хорошего парторга с не очень хорошим главным инженером металлургического комбината, но им не было до этого дела. Они целовались как безумные, сидя в последнем ряду. И Витька распускал руки. Но ничего слаще Элла еще не испытывала. К тому же он шептал ей в ухо ласковые слова, некоторые из них ее шокировали, пугали, но тем упоительнее было все остальное.

— Элюня, ты целочка? — вдруг прошептал он.

— Нет, — сразу и гордо ответила Элла.

— Не врешь?

— Нет.

— Что же ты молчала? Пошли отсюда скорее!

— Куда?

— Ко мне, у меня мать в ночную.

Он схватил ее и поволок из зала. Они ни о чем не говорили, а, взявшись за руки, бежали бегом. Но на подходе к их двору Элла вдруг опомнилась:

— Вить, подожди, нас увидят!

— Факт.

— И вообще, я не могу к вам идти...

— Но что же делать? А давай на все плюнем! Какое их собачье дело? Ты хочешь пойти со мной?

— Хочу!

— Тогда пошли!

— Нет, давай не так...

— А как?

— Ты иди в наш подъезд, как будто к Севке идешь, а я потом...

— Годится!

Он ждал ее у их двери, она никак не могла попасть ключом в замок, у него тоже тряслись руки, но наконец они вошли в квартиру, где вкусно пахло кексом. Бабушка всегда умудрялась испечь маленький кекс для внучки из материала заказчика. Но тут Витька обнял ее, прижал к стене и стал расстегивать «молнию» у нее на юбке. И Элла увидела золотых пчел, совсем таких, как на покрывале в воображаемой ленинградской спальне Ивана Аркадьевича. Это было так красиво!

Она сошла с ума! Второй раз превзошел все ее ожидания. У Витьки был опыт, и Элла, как и весь двор, знала, откуда этот опыт. Ему едва стукнуло четырнадцать, когда его затащила к себе в постель не слишком молодая, но весьма любвеобильная дама — жена капитана дальнего плавания. Капитан, далекий от идеала женщин — слепоглухонемым он не был, — узнав о том, что Тамарочка спуталась с четырнадцатилетним пацаном, пришел в ярость, избил жену до полусмерти, но не развелся — это могло повредить его карьере, а переехал с Пушкинской куда-то в новый район. Больше Тамарочку никто в их дворе не видел. Но вскоре Витьку арестовали по подозрению в краже. Его мать была уверена, что это дело рук капитана. Короче, Витьке дали три года,

43

и последние полгода он досиживал уже во взрослой колонии.

— Витечка, — спрашивала Элла, глядя в его невозможно красивые и очень любящие глаза, — Витечка, ты и вправду ничего не крал, а?

— А если б крал, ты бы меня меньше любила?

— Нет, наверное, но все-таки...

— Да не крал я, не крал! Вон и на работу меня взяли, и вообще я завязал!

— А с чем завязал, если не крал, а?

— Ну, Элка, тебе бы прокурором быть! — восхищался Витька, так и не ответив на ее вопрос.

Она понимала: что-то там все же было. Он никогда ни словом не обмолвился о зоне, а если Элла спрашивала, твердо и неизменно отвечал:

— С этим покончено, Элюня! И вспоминать **не** хочу!

— Но ты теперь возьмешься за ум?

— Элюня, кончай с нотациями, иди лучше ко мне!

Это и вправду было для нее лучше всего, она совсем не могла без него жить, но некоторое время, месяца два, им удавалось таить **свой безумный** роман от всех. Когда кончились **занятия в** школе и Элла с бабушкой перебрались **на дачу** в Аркадию, все стало еще проще. Каникулы — святое время! Утром Элла убегала на пляж, купалась, плавала, загорала, а потом, оставив на пляже свое полотенце и книжку, тихонько смывалась. В условленном месте ее уже ждал Витька со своим стареньким мотоциклом, подарком старшего брата, живущего в Ильичевске. И они мчались в крошечный, полуразвалившийся курень

44

на Четырнадцатой станции. Они никак не могли насытиться друг другом. А однажды, наврав бабушке с три короба, она уехала с ним на Каролино-Бугаз, туда, где Днестр впадает в Черное море. В будни там пустынно — и вместо тесного, не слишком опрятного куреня к их услугам было море, небо и песок. И солнце, конечно! Они загорели дочерна.

— Элюня, — сказал вечером Витька, когда они сидели у костра, — давай поженимся, а?

— Давай! — легко согласилась Элла. — Но нас не распишут! Мне же только пятнадцать.

— Черт, я когда на тебя смотрю, не верю просто... ты такая... И буфера у тебя как у...

— Не смей так говорить! — оскорбилась вдруг Элла.

— Ладно, прости. Титечки...

— Прекрати!

— Ладно, ты лучше скажи, пойдешь за меня, а? Если скажешь «да», я знаю, как быть, чтобы нас расписали.

— И как?

— Ребеночка заделать!

— Спятил, да?

— Почему? Все продумано. Заделаем ребеночка, как только дадут справку о беременности, пойдем получим разрешение, и ты еще успеешь сделать аборт!

— Аборт? — возмутилась Элла.

— А что такого? Это небольно, говорят, бабам дают веселящий газ — и это кайф! Правда, потом неделю трахаться нельзя... Но как-нибудь потерпим.

— Мудак! — сказала девочка из приличной семьи.

— Думаешь?

— Уверена!

— Значит, не хочешь замуж?

— Замуж хочу, а аборт не хочу! Давай лучше знаешь как сделаем?

— Ну?

— Расскажем бабушке, все ей объясним, и она позволит нам жить вместе, нерасписанными. А когда мне исполнится восемнадцать, распишемся. По-моему, здорово! У нас большая квартира...

— Ага, так твоя бабка меня и пустила, жди! Я ж для нее уголовник!

— Ты не знаешь мою бабушку! И ты еще будешь ей помогать!

— Тесто месить, что ли?

— Нет, будешь отвозить на своем мотоцикле заказы!

— Ага, я в кино видал, как в Нью-Йорке какой-то парень развозил пиццу в коробках. Кстати, ты когда-нибудь ела пиццу?

— Ага. Бабушка делала по заказу одной тетки, у которой муж итальянец.

— А что... Может, ты и права... Попробуй!

— Что? Поговорить с бабушкой?

— Ну да, чем черт не шутит... Она ж у тебя и сама вовсю еще гуляет, должна понять молодежь. Значит, ты согласна? Да?

— Да!

— В таком разе закрой глаза.

— Зачем?

— Кому сказано, закрой глаза.

Она закрыла глаза, но сердце отчего-то тревожно забилось.

— А теперь смотри!

Он протягивал ей раскрытую ладонь, а на ладони лежало кольцо. Золотое, с синим камнем в оправе из меленьких стеклышек.

— Это что?

— Сама, что ли, не видишь? Кольцо. Между прочим, не хухры-мухры, а настоящий сапфир с брюликами.

— Откуда? — помертвела она.

— Думаешь, краденое? — усмехнулся он. — Не бойся, это еще прабабки моей. Бери, считай, что обручальное!

— Тебе его мама дала?

— Не, мать вообще не в курсах! Это прабабка мне завещала.

— Не ври!

— Да не вру я!

— Нет, врешь! Витька, где ты кольцо взял? Хотя я и знать не хочу! Отнеси его туда, где взял, слышишь?

— А ты чего это раскомандовалась?

— Потому что с вором я жить не желаю!

— Да что ты заладила: «вор», «вор»! Если хочешь знать, кольцо мне и вправду прабабка оставила, отцова бабка, она мать мою на дух не переносила, а когда помирать собралась, своей дочке, моей бабке, сказала: пусть кольцо фамильное Витьке достанется, чтоб он своей невесте подарил. А ты: «вор», «вор»! Если б я кольцо украл, я б его заныкал, а не стал бы тебе дарить, или бы продал Вадьке-часовщику.

— А Вадька что, краденое скупает?

— А ты думала?

— Витечка, ты не врешь? — нежно проворковала Элла, которой смертельно хотелось поверить, что кольцо с сапфиром и брюликами — семейная реликвия.

— Ох, ты меня достала! — Он завалил ее на песок и стал целовать. Это было куда убедительнее любых клятв.

МОСКВА

Элла приехала к австрийскому посольству, готовая стоять в долгой, нервной очереди, но, к ее удивлению, народу было совсем немного, в дверях выдавали анкеты и стояли лавочки и стол, где можно было эти анкеты заполнить. А внутри веселый седой ветеран то ли войны, то ли компетентных органов с прибаутками просматривал документы, откладывая в сторонку то, что не нужно.

— Ох, — сказал он, оглядев Эллу взглядом старого бабника, — ну и повезет кому-то в Вене, — такая краля туда собралась! — И он поцеловал кончики своих пальцев. Элла почему-то смутилась.

И только когда она уже оплатила в банке визу, до нее вдруг дошло, что скоро она увидит мать. Все то время, пока шло приглашение, а оно пришло очень быстро, мать послала его с оказией, пока заказывался билет, утрясался вопрос с отпуском — Валерий Яковлевич был недоволен, что

48

Элла уходит в неурочное время, — она гнала от себя тяжелые мысли, а вот получив банковский квиток, вдруг страшно заволновалась. Мать часто звонила, говорила, что уже приготовила ей комнату, купила билеты в театры, на концерты, что в Вене как раз проходит замечательная выставка Дюрера, а еще что они поедут вместе куда только Элла захочет, что она тоже волнуется, но уверена — они прекрасно поймут друг друга, все-таки родная кровь, и, несмотря ни на что, она любит свою единственную дочь.

А я, думала Элла, я разве ее люблю? Пока, наверное, нет, а смогу ли полюбить снова? Да, конечно да! Она же раскаялась. Уметь прощать — великое дело! И конечно, хочется увидеть Вену, хотя что значат европейские столицы в сравнении с родной матерью, которую она не видела бог знает сколько лет! И надо ли везти ей подарки? Элла решила посоветоваться с Машкой.

— Надо! — твердо заявила Машка. — Пусть знает, что мы тут тоже не лыком шиты! Купи ей какую-нибудь цацку.

— Да ты что? Какую цацку? Я даже не представляю себе, как она сейчас выглядит и что носит... Нет, цацку не повезу!

— А что, матрешку? — усмехнулась Машка. — Или водку?

— Нет, конечно. Куплю ей банку икры.

— Это мысль! Икра всегда ко двору придется, но, надеюсь, ты не красную икру покупать собираешься?

— Нет, конечно.

— А ты в курсе, сколько нынче икра стоит?

— Что ж делать, придется разориться, все-таки мать...

— На полкило сколотишься?

— Полкило? — ужаснулась Элла.

— Меньше западло! А как же широкая русская натура? Зато уже больше ничего другого можно не покупать. Даже водку, у нее там мужика пока нет?

— Откуда я знаю, она ничего не говорила. А вообще ты права. Полкило икры — это круто!

— Только не забудь взять в магазине чек, а то придраться могут на таможне.

— Я думала на рынке купить, в пластмассовой банке.

— Не вздумай! — замахала на нее руками Машка.

— Почему?

— Потому! Насколько я знаю европейцев, фиг они ее сразу жрать будут, они поставят ее в холодильник до лучших времен или до суперторжественного случая. А рыночная икра сколько простоит?

— Да, наверное, ты права... — задумалась Элла. Она ничего не знает о вкусах и привычках родной матери, помнит только со слов бабушки, что больше всего мама любила торт «Наполеон». — И еще я испеку ей «Наполеон»!

— А что? От твоего «Наполеона» можно шизнуться! — сглотнула мгновенно набежавшую слюну Маша. — И вообще, Элка, ты дура. С твоими кулинарными талантами... — привычно посетовала она.

— Что толку в кулинарных талантах? — вздохнула Элла.

Утверждение, что путь к сердцу мужчины лежит через желудок, всегда вызывало у Эллы горькую усмешку. Ее кулинарные шедевры прокладывали дорогу ко всему самому гадкому и отвратительному в представителях сильного пола. Они очень скоро становились требовательными, капризными, наглыми. Вероятно, им казалось, что если женщина умеет так готовить, то должна делать это постоянно, с утра до ночи. Но при этом корили ее тем, что она не укладывается в модные параметры 90-60-90. Конечно, иной раз попадались приличные люди — они не обращали внимания на избыток веса, им это нравилось, некоторые даже влюблялись, но ходить куда-то при такой фантастической кормежке просто уже не могли и не хотели. И в один прекрасный день, порвав с очередным кавалером, Элла решила: все, хватит!

— Машка, имей в виду — я мужиков больше не кормлю!

— Как? — ахнула верная Машка.

— Вот так! Не хочу! Надоело! И не вздумай меня с кем-то сводить!

— Ты что, решила зашиться, как воительница у Лескова?

Машка кончила когда-то филфак МГУ, но филология плохо кормила. А работа в дорогом косметическом салоне, половина которого уже принадлежала ей, позволяла жить достойно.

— Нет, зашиваться я не собираюсь. Но отныне я готовлю мужикам только «курицу в полете»!

— С ума сошла! — расхохоталась Машка.

— Почему? С них хватит! А ты не смей распространяться о том, как я готовлю!

— Элка, это свинство! А доедать?

После визита очередного мужика Машка мчалась к Элле — доедать что осталось — и сильно расширила свой кулинарный кругозор. Она выросла в семье ученых гуманитариев, где питались весьма примитивно. Суп, котлеты, часто покупные, компот из сухофруктов. Машкина мать считала, что тратить драгоценное время на стояние у плиты преступно. А у самой Маши, несмотря на все старания, ничего не получалось. Обязательно или пересолит, или пережарит, или недопечет.

— Нет, Элка, это не мое, — вздыхала она. — Тесто не раскатывается вообще.

— Глупости, я же тебе все написала, это тесто может сделать даже даун. Ты все в точности соблюдала?

— Вроде да, — пугалась Машка.

— Тогда я не понимаю! Ну-ка скажи, как ты делала.

— Сначала просеяла муку.

— Правильно.

— Потом смешала ее с маргарином, добавила ложку сахара, соль, уксус, но оно ни фига не месилось, и я добавила яйцо.

— Идиотка! — кричала в ужасе Элла. — А воду? Воду ты забыла?

— Воду? Да, воды, кажется, я не добавила...

— Но я ж тебе объясняла, что уксус наливают в воду!

— Забыла...

И вот уже три года Элла изредка устраивала пиршества для подруг и старых знакомых, но если на горизонте возникал кавалер, то для него готовилось блюдо времен **перестройки** — «курица в полете». Курицу насаживали на молочную бутылку **и** ставили на противень **с** водой в духовку. В процессе приготовления **курица** оттопыривала крылышки, словно **пытаясь** взлететь. Но куры ведь не летают.

Пожалуй, от этого **блюда** мужчины не так наглели... И Элла считала, **что** метод себя оправдал. Хотя иного и хотелось **побаловать** фаршированной рыбой, пирожками **размером** с полмизинца или яблоками под соусом сабайон, но ей удавалось держать себя в руках. **А один** мужчина задержался надолго. Он был женат, но приходил регулярно, а иногда даже приглашал Эллу в какой-нибудь недорогой ресторан. Он по-своему любил ее, но был так замотан жизнью, что с него и взятки гладки. А Элла его не любила. Она была ему благодарна за то, что он есть, не испытывала отвращения, иной раз даже с нежностью думала о нем, но... Она вообще никого не любила после Витьки...

ОДЕССА

Элла несколько дней не могла решиться поговорить с бабушкой о Витьке. А тут еще как снег на голову свалились московские родственники — дядя Адик и тетя Ида. Они, как всегда, навезли кучу подарков, бабушка была им страшно рада, но никакой возможности для такого серьезного разговора Элла не видела. И сказала Витьке, что надо обождать несколько дней.

— Ладно, когда они свалят?

— Через неделю вроде.

— Подождем, что ж делать, — вздохнул Витька.

А бабушка с тетей Идой все время шептались, что-то считали на бумажках, дядя Адик эти бумажки проверял, но Элла ничего интересного тут не находила. Разве может быть что-то интересное у таких старых людей? Даже бабушкин роман с Люсиком уже не представлял интереса. То ли дело ее собственный роман с Витькой, который стал еще красивее. Волосы уже прилично отросли, он загорел дочерна, и она все время млела — либо при нем, либо в мечтах о нем. И даже вообразить не могла, что их с Витькой судьба решалась сейчас с помощью московских родственников. Она была тихо и безмятежно счастлива. И очень хороша собой. Настоящая одесская красавица! Пышная, полная жизни и любви, согретая южным солнцем и взаимной страстью. Что больше красит женщину? А она, несмотря на юный возраст, уже была женщиной, правда доверчивой, недальновидной — словом, немножко курицей.

Однажды утром бабушка сказала:

— Элка, придется тебе немного потесниться, сегодня прилетает Ия.

Ия была внучкой дяди Адика и тети Иды. Ей уже стукнуло двадцать, она успела побывать замужем и развестись. Элла ее никогда не видела, и ей было любопытно познакомиться с московской модной штучкой. Ия училась во ВГИКе на сценаристку.

— Ладно, — кивнула Элла бабушке. — Надо ее встретить?

— Конечно!

— Я одна поеду встречать?

— Если можно!

— Без проблем! — обрадовалась Элла. — А она надолго?

— Посмотрим, может, поживет у нас недели две, у нее каникулы, ей надо хорошенько отдохнуть.

— А дядя Адик и тетя Ида тоже останутся?

Бабушка посмотрела на нее каким-то странным взглядом и покачала головой:

— Нет, они в воскресенье уедут, как и собирались.

Элла облегченно вздохнула. Одна Ия ничему не помешает.

Ия оказалась высокой, спортивной девушкой, не слишком красивой, но вполне стильной, а главное — свойской.

— Привет, Элла! Ух, какая ты красивая! Давай дружить?

— Давай! — польщенно воскликнула Элла.

— Покажешь мне город?

— Конечно!

Элла обрадовалась, потому что Витька уехал на несколько дней к бабке в Овидиополь. Он звал ее с собой, но она же не могла. Да и потом, разве сравнишь овидиопольскую бабку с московской киносценаристкой, хоть и будущей? Он не обиделся, а, как показалось Элле, даже вздохнул с облегчением, и она поняла это так: он боялся, что Элла станет расспрашивать бабку о кольце. Он все-таки заставил Эллу принять этот дар, но носить его она боялась.

Они с Ией целыми днями гуляли по городу, валялись на пляже, катались на катере — это им устроил Люсик. Ия всем восторгалась и с наслаждением пробовала одесские яства, упоенно закатывая глаза: «Ой, тетя Женя, ничего вкуснее не ела!» — и рассказывала о Москве. Судя по ее рассказам, жизнь в столице была фантастически интересной. И вообще, все самые замечательные люди жили в Москве, и многих Ия хорошо знала.

— Приезжай ко мне, у меня отдельная квартира, я иногда такие вечеринки устраиваю, закачаешься! Слушай, а ты театр любишь? Я тебя всюду свожу, у меня есть знакомые, мне билеты достать в любой театр — раз плюнуть! И в Дом кино сходим, и в Дом литераторов, и в ВТО, и в ЦДРИ... Ты такая красотка, может, подцепишь хорошего жениха, чем черт не шутит! Тебе еще замуж, конечно, рано, но... У тебя парень уже был, ну я имею в виду... ты уже спала с кем-то?

— Да! — с гордостью ответила Элла. — Ты только никому не говори!

— Ты меня что, за стукачку держишь? Слушай, а кто твой парень?

— В каком смысле? — насторожилась вдруг Элла.

— Ну он что, школяр, студент, взрослый мужик?

— Он... работает!

— Доходчиво объяснила! — расхохоталась Ия. — А где работает?

— В филармонии! — ляпнула Элла первое, что пришло в голову.

— Музыкант? — удивилась почему-то Ия.

— Нет, настройщик!

Она мигом сообразила — если сказать «да, музыкант», Ия начнет выспрашивать подробности, а так... К тому же у Люсика был близкий друг — известный всей Одессе настройщик Давид Самойлович Лурье, которого безмерно ценили все музыканты города.

— Надо же! Говорят, редкая профессия...

Они гуляли по городу, и вдруг Ия словно споткнулась.

— Элка, это что такое? — Она стояла у витрины часовой мастерской и ошеломленно глядела на Вадю-часовщика.

— Часовщик, сама разве не видишь? — засмеялась Элла.

— Разве такие часовщики бывают? Можно сбрендить... Слушай, у нас во ВГИКе даже близко нет такого... Обалдеть... Да по нему Голливуд плачет! Конечно, Голливуд — это сказка, но для «Мосфильма» или, на худой конец, для студии Горького сгодился бы. Ты с ним знакома?

— Нет.

— Ладно, я сама!

Она решительно сняла с руки часы и вошла в мастерскую.

Элла в который уж раз наблюдала, как Вадя берет в руки совершенно исправные часы, вскрывает их, качает головой и выписывает квитанцию. Лицо у него при этом покорно-скорбное. Что ж делать, если они так хотят, эти сумасшедшие? Но сейчас на его лице промелькнуло что-то новое, какой-то интерес. Неужели Ийка ему понравилась? Ой, а ведь Витька говорил, будто Ва-

дя скупает краденое. Надо предостеречь Ию...
Хотя зачем, она уже взрослая, разведенка, и уж
теперь она точно будет на моей стороне, если
что...

В мастерскую вошел пожилой мужчина в бес-
козырке без ленточек. Она больше напоминала
берет. А Ия пулей выскочила на улицу:

— Элка, умереть не встать!

— Кажется, он на тебя глаз положил.

— Уж не знаю, но свидание назначил!

— Нет, правда? — поразилась Элла.

— Я сама прибалдела!

— И когда?

— Вечером.

— Куда пригласил?

— Не знаю, просил подойти сюда к концу работы.

— Наверное, поведет тебя в «Красную», в бар
или в ресторан.

— Элка, куда бы ни повел, побегу за ним хоть
на край света! Какие глаза... Он женат?

— Нет. Живет вдвоем с мамой.

— Это плохо. Хуже не бывает. Можно увести от
любой жены, но увести от мамы маменькиного
сынка, да еще такого... Нереально!

— Ты сразу замуж за него собралась?

— Что ты смеешься? Я влюбилась, это был
удар грома или, как я читала в одной книжке,
«солнечный удар»! Интересно, он не импотент?

— Откуда я знаю?

— А что о нем говорят?

— Всякое. Даже кто-то сказал, что он это... педик.

— Ерунда! Был бы педик, не стал бы свидание назначать. Ну все, Элка, поехали домой, надо отдохнуть, привести себя в порядок... Только ты моим ничего не говори! А то они такой хай поднимут!

Элла молча кивнула.

Вечером Ия умчалась на свидание, наврав с три короба бабке и деду, а Элла грустно слонялась по саду и жалела, что не поехала с Витькой в Овидиополь... Потом забрела в сарайчик, где было припрятано кольцо. И решила, что, пожалуй, здесь не слишком надежное место: Люсик частенько заглядывает в сарай — то взять инструмент, то за дровами для шашлыка. Она достала кольцо и решила, что завтра отвезет его на городскую квартиру. По крайней мере до осени никто там его не обнаружит, если хорошенько спрятать.

— Элла, Элла! — донесся до нее голос Ии. Странно, что это она так быстро вернулась?

Элла сунула кольцо в карман платья и выскочила из сарая.

— Я тут.

Ия была бледна как смерть.

— Что? — испугалась Элла.

— Кошмар и жуть! Я пришла, а мастерская закрыта, его нет... Но хуже всего, что дзерь... опечатана!

— Как — опечатана?

— Очень просто! И люди говорят, что его арестовали! Можешь себе представить!

— Господи, за что?

— Не знаю я, кто-то говорил, что на него донесла какая-то обиженная стерва! Я, конечно, понимаю, ревность, злость, но сажать... Я не верю, что с такими глазами можно... А между прочим, у него остались мои часы! Швейцарские, подарок отца.

— А квитанция есть?

— Какая квитанция, когда любовь с первого взгляда?

— Ну можно заявить в милицию, ты ж не виновата.

— Ни за что! Иметь дело с милицией? Да черт с ними, с часами, скажу отцу, что потеряла или украли... Лучше украли, вроде моей вины нет... Фу, я вся взмокла. Ни фига себе свидание! Представляешь, если бы его повязали не в мастерской, а в ресторане? Со мной? Хороший бы я имела вид! Да еще могли бы загрести вместе с ним! Поди докажи, что ты не верблюд! Можно считать, легко отделалась! Нет, видно, не судьба такого красавца захороводить. И ведь в Москве никто не поверит! Скажут, я это все придумала для курсовой работы. Эх, жалко, я его не сфотографировала! Хоть бы портрет на память остался!

— Портрет? Портрет можно достать.

— Как?

— У фотографа на Одиннадцатой станции висит Вадин портрет. И он втихую подторговывает его фотографиями, я знаю.

— Откуда?

— Одна моя бывшая подруга говорила. Она там купила.

— Завтра с утра отведешь меня туда! С фотокарточкой можно такую тень на плетень наводить...

60

— Какую тень? — не поняла Элла.

— Повесить у себя в квартире! Кто зайдет, обязательно спросит, кто да что. А я буду томно закатывать глаза... ой, а еще ты мне сделаешь надпись на фотке.

— Я? Какую надпись?

— Дарственную, как будто от него. «Дорогой и любимой Иечке» или что-то в этом роде. Бабы все обзавидуются, а мужики ревновать будут и чувствовать свою неполноценность в сравнении с таким красавцем...

Тоже мне любовь, с презрением подумала Элла. Вадя сейчас в милиции, а она... Это что же, все сценаристы такие? Наши фильмы про любовь по большей части полная фигня! Влюбленные там только бегают, взявшись за руки, целуются под дождем, а из постели вылезают в трусах. Тьфу!

Утром Ия, с аппетитом позавтракав, шепотом потребовала:

— Поехали к фотографу, ты же обещала!

Элла, пожав плечами, согласилась. Она уже поняла, что Ия хоть и неплохая девушка, но пустобрешка.

Когда они вернулись в Аркадию, вид у бабушки был странный, ничего хорошего не предвещающий. Интересно, что же случилось? Но Евгения Вениаминовна помалкивала пока, а дяди Адика не было дома. И тут вдруг Элла вспомнила, что вчера забыла спрятать кольцо, оставила в кармане платья. Она похолодела, но платье спокойно висело себе в шкафу, и кольцо было на месте. У Эллы камень с души свалился. Значит, дело в чем-то другом. Наверное, бабушка поссорилась с

Люсиком. Конечно, именно в этом причина ее грозного вида и настроения. Ничего, помирятся. Но кольцо надо все-таки спрятать, пусть пока в сарай, зарыть его под дровами поглубже — и дело с концом. Она взяла свой детский совочек, вышла в сад и, стараясь остаться незамеченной — бабушка колдовала на летней кухне, и тетя Ида с нею, — юркнула в сарай. Так, если выкопать ямку под поленницей у самой стенки, маловероятно, что кто-то найдет. Она села на корточки и стала копать слежавшуюся, сухую землю.

— Так, что это ты тут прячешь? — раздался вдруг голос Евгении Вениаминовны. — А ну покажи! Так я и думала. Я давно ждала чего-то в этом роде! А ну говори, где взяла кольцо?

— Нашла!

— Врешь, паршивка! Если б ты его нашла, то явилась бы ко мне и показала, а не стала бы прятать! Говори, где взяла, говори, а то хуже будет!

— Бабушка, я его правда нашла, только вчера, просто не успела...

— Врешь, тебе его твой уркаган подарил, да? Или ты сама украла?

— Украла? Я украла? — возмутилась Элла, но тут до нее дошел смысл бабушкиных слов про уркагана. Она замерла с открытым ртом.

— Думаешь, я слепая-глухая и совсем без мозгов? Только не хотела вмешиваться, дура! Думала, первая любовь, нельзя вмешиваться, само пройдет! А еще немножко — и ты в колонию загремишь! Откуда кольцо?

— Нашла, а спрятать хотела, потому что... потому что собиралась подарить его тебе на день рождения! — Элле показалось, что отговорка весьма удачная.

— Не ври мне!

— Я не вру, — упавшим голосом проговорила Элла.

— Нет, врешь, я ж тебя знаю. Так вот тебе мое последнее слово... Ида, Адик приехал?

— Да!

— Достал?

— Да!

— Отлично! Так вот, сегодня вы вчетвером уезжаете! В Москву!

— Как? — ахнула Элла.

— Вот так, очень просто. — Бабушка крепко взяла ее за руку и потащила в дом. Там на веранде сидели Люсик и дядя Адик. А тетя Ида в комнате тихо кричала на Ию. Атмосфера была грозовая. В небе тоже сгущались тучи и навалилась духота.

— Сядь! — приказала бабушка и схватила сигарету. Люсик щелкнул зажигалкой.

— Элка, нам жутко повезло, достали два купе в спальном вагоне. Поедем как цари! Но чего нам это стоило! Люсик достал билеты через обком партии. Можешь себе представить? — запыхавшись, говорил дядя Адик.

— Ни один другой канав не сработав, — качал головой Люсик, — я уж думав, что ничего не выйдет! Но тут вспомнив, что есть один знакомый в обкоме, упав ему в ножки — и он достав из обкомовской брони! Пришвось пообещать ему две бутывки Жекиной абрикосовки!

— Люсик, ты спятил, нашел валюту! — возмутилась бабушка.— Скажи спасибо, что это ты не свои дела улаживал, охота была тратить на всякую партийную сволочь мои труды!

— Тише, Жека, тише! — поморщился Люсик.

— Присмотрите за ней, я пошла собирать ее вещи!

— А зачем мы едем в Москву? Вы же хотели еще побыть. А Ия вообще...

— Мало ли что мы хотим в этой жизни! — развел руками дядя Адик. — Я, например, хочу сейчас пить кока-колу со льдом на набережной Ниццы, и что?

Возразить ему было нечего.

А Люсик погладил Эллу по голове и прошептал:

— Ничего, Эвка, не так пвохо, в Москве скучать не будешь, там весево — магазины, театры, музеи. Развеешься, оховонешь, и Жека успокоится. Побудешь немного и вернешься!

— Но я и вправду нашла это кольцо! — шепнула в ответ Элла.

— Будем надеяться!

МОСКВА

В последние дни перед отъездом в Вену Элла так волновалась, что на работе почти ничего не соображала. Валерий Яковлевич недовольно качал головой, но замечаний не делал, видимо входил в положение. В агентстве все знали — у Эллы Борисовны нашлась родственница за границей, в Австрии. Степень родства она не уточняла, но все знали, что у нее мать за границей, а степень волнения выдала ее с головой. Разве станет человек в здравом уме так психовать из-за какой-нибудь десятой воды на киселе? Но все помалкивали, даже Леля.

В последний рабочий день, как было принято у них в агентстве перед отпуском, Элла «проставлялась». Испекла большущий пирог с грибами, наделала каких-то салатов, а торт купила. Ей предстояло еще вечером испечь «Наполеон» для мамы. И, разумеется, они хорошо выпили по случаю ее отъезда. Мария Игоревна пожелала ей удачной поездки, Ванда — европейского жениха, Леля — похудеть. А Валерий Яковлевич произнес:

— Элла Борисовна, дай вам Бог счастья и жениха, но главное — возвращайтесь поскорее, нам будет вас не хватать! — И он взял со стола уже пятый кусок пирога с грибами.

А Леля, помешанная на диетах, третий.

Элла растрогалась и пообещала по возвращении из отпуска испечь им фруктовый торт. Вдохновленный такой перспективой, Валерий Яковлевич заявил, что в аэропорт Эллу отвезет его водитель.

Элла еще больше растрогалась и решила, что купит в Вене сувениры для всех сотрудников, даже для Лели.

Вечером после работы явилась Машка — сделать подруге массаж, маску и все что нужно для того, чтобы завтра Элла выглядела на пять с плюсом.

— Ты продумала, что наденешь в самолет?

— Все черное!

— Почему это?

— Черное худит, и вообще я люблю черный цвет. Мне идет.

— А она не воспримет это как траур по материнской любви?

— Откуда я знаю, как она что воспримет?

— Тоже верно. Элка, ты совсем ее не любишь?

— Не знаю. Я сейчас еще не понимаю, кого любить... Вот увижу ее и пойму, наверное... и полюблю... или нет...

— Да, это как с мужиком. Иногда встретишься глазами — и все, он уже родной и любимый, а то проживешь с ним лет пять, а он как был чужой, так и остался.

— У меня так не было.

— Как?

— Чтобы родной... С первого взгляда или с десятого... Все чужие.

— Ничего, еще не вечер! Особенно за границей. Это у нас теперь баба уже в сорок лет не котируется, а за границей, говорят, наоборот.

— Почему в сорок не котируется? — испуганно спросила Элла.

— Ну не то чтобы... Это смотря в каких кругах. В модной тусовке, если ты не звезда, а просто баба, даже охренительно красивая, после сорока шансов практически нет.

— Шансов на что? — уточнила Элла.

— На классных мужиков. Не знаю, это мои клиентки из тусовки жалуются.

— Ну если ничего другого в жизни нет... И потом, что такое классный мужик в их представлении? Богатый?

— Ну это в первую очередь. Тут закономерность прослеживается невооруженным глазом: чем богаче мужик, тем моложе у него бабы.

— Слушай, Машка, а нам-то с тобой что до этого? Мы же не из тусовки и на олигархов не претендуем. Нам другие качества в мужиках нужны. А на жизнь сами заработаем. Так спокойнее, правда?

— Ты права, Элюня! А то олигархов стреляют, сажают, и вообще. Нам бы чего попроще... А простым мы и в сорок сгодимся, к тому же нам до сорока еще пять лет! Как ты умеешь успокаивать, Элка! А то я сегодня расстроилась.

— Из-за чего?

— Из-за клиентки, из-за чего ж еще! Пришла, молодая, красивая, богатая, а ей надо было минут десять подождать — она раньше явилась. И говорит: «Мария Дмитриевна, можно я тут у вас поплачу?» Представляешь себе? А мне некогда, я говорю: плачьте, Нелли, сколько влезет.

— И чего она плакала?

— Видно, кисло ей, молодой, красивой и богатой, живется. Поправилась на полтора кило, а муж ей скандал закатил: мол, толстая корова. А она — в чем душа держится, прозрачная просто... Это ее счастье, что она с тобой не знакома.

— Почему? — удивилась Элла.

— Да вот если бы она твой «Наполеон» попробовала, поняла бы, что такое счастье в жизни!

— Намекаешь? — рассмеялась Элла.

— А то! Твоей мамаше такой тортище не одолеть.

— Так и быть, отрежу тебе край! Тем более он в коробку не лезет.

— Кайф, Элюня! А ты такси заказала?

— Мне Серов свою машину с водителем дает.

— Слушай, он к тебе не клеится?

— Слава богу, нет. Просто ценит хорошего работника.

— Элка, а ты вещи собрала? Сколько мест получилось?

— Три. Плюс торт.

— Спятила, да? Разве можно так ездить? Ты должна выглядеть элегантно! Дай-ка я на твой багаж гляну! Конец света! Нет, так не годится! Эта сумка вообще только на выброс! И чемодан, конечно, тоже! Неприлично!

— Мне плевать!

— Напрасно! Твоя маманя должна увидеть элегантную, преуспевающую даму, а не челночницу какую-то затрюханную. Этот чемодан, не говоря уж о сумке, может вызвать только жалость и отвращение! И как я раньше не подумала...

— Теперь уж поздно, — легкомысленно махнула рукой Элла. — Ночь на дворе!

— Ну в принципе можно купить приличный чемодан в дьюти-фри...

— И переть его с собой в самолет? Да он неподъемный!

— Тоже верно, но так ехать нельзя! А у тебя тут соседей, у которых можно раздобыть приличный чемодан, нету?

— Нету!

— Тогда ладно, я смотаюсь домой и привезу тебе две сумки! Поедешь как приличная женщина, а не бомжиха!

— И тебе не лень?

— Лень, конечно, но я ж все-таки на колесах! Элка, тебе надо завести машину, научиться водить, это современно, особенно для одинокой женщины.

— С ума сошла! Зачем мне эта морока? Да если даже я каждый день буду на такси ездить, мне это дешевле обойдется.

— Дешевле? Пожалуй, но своя машина — это стильно!

— Да ты, по-моему, все деньги в нее вбухиваешь!

— Ну она ж пятый год у меня, скоро поменяю, у меня это в плане. Ну я помчалась!

Элла беспомощно развела руками. Ей самой не пришло бы в голову, что с таким чемоданом и сумкой ехать неприлично, но раз Машка так считает... Она лучше разбирается в подобных вещах. Комплекс провинциалки был в Элле силен, несмотря на долгие годы, прожитые в Москве. Сейчас, конечно, многое было преодолено, она уже правильно ставила ударения, не говорила больше тамо́женник, соломи́нка, не называла соленые огурцы кислыми, а кислую капусту соленой, как некогда, но напевность одесской речи еще сохранялась, придавая особую теплоту ее и без того красивому, звучному голосу. Слушая ее, хотелось очутиться в теплых краях, улечься на теплый песок, загорать, купаться в море, есть фрукты и вареники с вишнями...

Маша вернулась вскоре с роскошной, большой сумкой на колесиках и второй, поменьше, из темно-коричневой мягчайшей верблюжьей кожи, купленными в Тунисе.

— Машка, какая роскошь! Я не могу... А вдруг в самолете попортят?

— Не попортят!

— А если украдут?

— Слушай, не занудствуй, а то накаркаешь! Знаешь что, я, пожалуй, останусь у тебя ночевать, не возражаешь?

— Здорово! — искренне обрадовалась Элла.

— По крайней мере буду спокойна, что ты уехала в приличном виде.

— И мне не так страшно будет...

— Тебе страшно? — Глаза Машки налились слезами сочувствия.

— Не то слово.

Часть вторая

ЭЛЛА БОРИСОВНА

Лететь до Вены недолго, всего два часа двадцать минут, но Элла вконец извелась. Самолет оказался старым, тесным, с такими короткими ремнями безопасности, что она едва смогла застегнуть их на животе, а столик так впивался в тело, что не то что есть, дышать было немыслимо, и Элла решительно отказалась от завтрака, а взглянув на то, что дали соседям, даже обрадовалась. Эх, надо было не жадничать, а лететь «Австрийскими авиалиниями», там хоть и дороже, но наверняка удобнее и лучше. Но, глядя, как спокойно себя чувствует тощая пожилая дама в соседнем кресле, с каким аппетитом жует отвратительного вида булку, Элла почувствовала себя толстой, некрасивой, неуклюжей — совсем неподходящее настроение перед встречей с матерью. Но она вспомнила наставления Марии Игоревны и принялась повторять про себя: «Я красавица, я красавица, а полнота мне идет, я такая — не нравится, не берите!» — и понемногу успокоилась. Выпила красного вина.

71

Господи, а как же мы друг друга узнаем? — испугалась вдруг Элла. Ведь за столько лет мы обе неузнаваемо изменились. Или мать рассчитывает на свое материнское сердце? А может, она будет стоять с табличкой «Элла Якушева»? А вдруг она по какой-то причине не сможет приехать в аэропорт? Тогда, наверное, она попросит кого-то меня встретить или объявят по радио, чтобы я подошла к окошку информации, а там скажут, чтобы я взяла такси? Но я ж не говорю по-немецки... Ничего, объяснюсь по-английски! Главное — у меня есть с собой деньги, на худой конец — возьму такси и поеду в какой-нибудь отель... Ерунда, как она может меня не встретить? Чушь собачья! Обязательно встретит...

От волнения она даже не заметила, как прошла паспортный контроль. И, стараясь не терять из виду высокую девушку в красной курточке, которую выбрала ориентиром, направилась за багажом и вдруг вспомнила, что сумки — чужие, испугалась, что может их не узнать, но тут же успокоилась: Машка вчера навязала на багаж красные ленточки. Ага, вот сумка! А вон и вторая, на колесиках. Погрузив все это на тележку и туда же положив коробку с тортом, которая, к счастью, не помялась в мелком багажном отсеке, Элла подтянула живот, перевела дыхание и медленно направилась к выходу, замирая от страха. И тут же увидела мать. Та мало изменилась. Постарела, конечно, и волосы явно крашеные, но... Очень стильная европейская дама растерянно озирала толпу выходящих пассажиров.

— Мама!

Европейская дама вздрогнула, глянула на Эллу, и они бросились друг другу в объятия.

— Мамочка, я сразу тебя узнала, с первого взгляда!

— Боже мой, Элка, какая ты толстая!

Ее как обухом по голове ударили. Чего угодно ожидала она от встречи с матерью после стольких лет, но такое! Больше всего на свете захотелось немедленно вернуться в Москву. Слезы комком стояли в горле, но она взяла себя в руки и холодно сказала:

— Ты разочарована, мама?

— Ах нет, что ты, прости меня, это я от растерянности, сама не знаю, что ляпнула, ты пойми, я ж тебя помню маленькой девочкой...

— Я и тогда была нехуденькой.

— Но ведь все могло измениться с годами...

Она говорила по-русски странно, одесская интонация сохранилась, но появился какой-то чужой акцент.

— О, сколько у тебя вещей, ездить надо с минимальным багажом, в конце концов всегда можно купить что-то необходимое... Ну ничего, научишься... Идем скорее, у меня на сегодня много планов! Не будем терять время, правда? Иди за мной!

Мать шла впереди, а Элла уныло катила за ней свою тележку с сумками и тортом. Мать была стройная, подтянутая, с красивыми ногами, в короткой модной юбке.

Хорошо хоть, ноги я от нее унаследовала. Мать остановилась возле роскошной «Ауди». Открыла багажник. Элла погрузила туда свои пожитки, окончательно пав духом.

— Ты водишь машину? — спросила мать.

— Нет.

— Но как же ты обходишься?

— Прекрасно обхожусь, — пожала плечами Элла. Разве такие вопросы должна задавать мать? Они сели в машину.

— Пристегнись!

Элла покорно завозилась с инерционным ремнем, никак не попадая в замок.

— Я не умею.

Мать молча помогла ей. В машине повисла тяжелая пауза.

Вырулив со стоянки, мать сказала:

— Ну рассказывай!

— Что?

— Все! Я абсолютно все хочу о тебе знать!

— Ну я не знаю... Ты, наверно, не поймешь... У нас ведь все изменилось, совсем другая жизнь...

— А как ты оказалась в Москве? И давно?

— Давно, уже двадцать лет...

Они уехали в Москву в тот же день. Элла ничего не смогла с этим поделать. У них было два купе в абсолютно пустом вагоне. Всю дорогу дядя Адик возмущался:

— Нет, вы можете мне это объяснить? Если вагон пустой, где тогда билеты, спрашивается вопрос? Почему их нигде не было? Почему надо было унижаться в обкоме, спрашивается вопрос?

— Дед, тебе не все равно? — морщилась Ия. — Тебе же лучше — не надо стоять в очереди в сортир! Ты едешь как важная персона, вот и радуйся!

— Как, спрашивается вопрос, я могу радоваться, что столько народу не достало билетов, что вагон идет порожняком, а железная дорога недосчитается прибыли! Это черт знает что!

Ия не выдержала и, схватив Эллу за руку, увела ее в соседнее купе, где работал кондиционер, было чисто и шикарно.

— Мне лично нравится так ехать, тем более тетя Жека надавала с собой таких вкусностей! Элка, ты можешь рассказать мне откровенно, из-за чего такой кипеш?

— Из-за меня, — вздохнула Элла. — И из-за Витьки.

— Так! Кто такой Витька, почему не знаю?

Элла не была уверена, что надо посвящать Ию в свои тайны, но, с другой стороны, кто ей поможет, кроме Ии? И она, рыдая, поведала той горько-сладкую историю своей преступной первой любви.

— Ну ни фига себе произвол! — возмутилась Ия. — Взять человека и отправить в другой город, не спросясь, как посылку! Варварство! Ты так его любишь?

— Ужасно!

— И он тебя ужасно?

— И он! Он даже хотел мне ребеночка заделать, чтобы нам разрешили жениться...

— Еще не хватало! Идиот он, что ли? Но с другой стороны... Это даже трогательно. Он, видно, совсем еще телок, хоть и отсидел в колонии... Ну ничего, Элка, все утрясется. А может, так и луч-

75

ше... Поживешь недельку-другую в Москве, наведем на тебя столичный лоск, познакомишься со знаменитостями, будешь делать вид, что успокоилась, что тебе не до одесского урки, и вернешься, не дрейфь! Главное, чтобы дед с бабкой давали правильные сводки о твоем состоянии духа.

— А вдруг Витька обидится, что я так уехала?

— А мы ему телеграмму пошлем! Ты его адрес знаешь?

— Конечно!

— Значит, на ближайшей большой станции пойдем погуляем и дадим телеграмму. Только текст надо составить заранее. Короткий и впечатляющий. Он с кем живет?

— Со мной, — всхлипнула Элла.

— Я не про то, — усмехнулась Ия. — Кто у него дома есть? Мать, отец?

— А, мать.

— Она в курсе вашего романа?

— Вроде нет.

— Тогда текст должен быть таким: «Связи срочной необходимостью увезли Москву». Будет понятно, что не по своей воле поехала.

— А может, не надо про срочную необходимость, он еще подумает, что на аборт...

— Верно мыслишь, Элка! Хотя, что мы напишем, не так важно! Главное — как подписаться. Элла — не годится. Мать сразу что-то просечет. Значит, надо придумать подпись. Как он тебя называет?

— Элюня.

— Не пойдет. А еще как?

Элла залилась краской:

— Это нельзя...

— Ну я про постельные клички не спрашиваю. Ну а школьная кликуха у тебя есть?

— Есть, но она дурацкая.

— Неужели Эллочка-Людоедка?

— Нет, так меня только Лирка звала, она гадина. А одно время меня звали Эльтон, это когда мы соленые озера по географии проходили... — смущенно проговорила Элла. — Эльтон, Баскунчак...

— А Витька твой в курсе?

— Вроде да!

— Годится, похоже на фамилию. И без признаков пола. Здорово! «Вынужденно нахожусь в Москве тчк Ненадолго тчк Привет тчк Эльтон». И никто ничего не разберет.

— Только бы Витька разобрал, хотя он сообразит, он ушлый.

И с первой же большой станции они отправили телеграмму в Одессу.

Как ни странно, после этого Элла совершенно успокоилась и уже с удовольствием думала о московских развлечениях.

В Москве Эллу, чтобы не слишком притеснять, поселили у Ии, которая первым делом повесила у себя в комнате портрет Вади-часовщика.

— Хорошо все-таки, что я не успела в него по-настоящему втюриться, а то бы мучилась сейчас... И может, стала бы ждать его из тюрьмы...

— А вдруг его еще отпустят? — предположила Элла. — Вдруг выяснится, что он ни в чем не виноват?

— Ага, жди! Даже если не виноват, все равно посадят. У нас отпускать ох как не любят! Хотя мне кажется, он ни в чем не виноват, с такими глазами... Наверное, какая-нибудь ревнивая сучка его посадила из мести. Кстати, хороший сюжет для сценария... Баба из ревности сажает мужика, но находится порядочный следователь, который выводит ее на чистую воду, а его дочь влюбляется в героя...

— Да ну... — поморщилась Элла.

— Что, не нравится?

— Нет! Про что это кино будет? Про любовь? Про милицию?

— Про любовь и про милицию!

— Ага, следователя будет играть Леонов, героя Костолевский, ревнивую бабу Полищук, а дочку следователя...

— Элка, ну ты даешь!

— А про Вадю твоего, кстати, говорили, что он скупает краденое!

— Кто говорил?

— Витька!

— Он откуда знает?

— Вот и я думаю — откуда... Хотя слухи разные ходят.

— Ой, Элка, а вдруг они в одном деле замешаны?

Элла смертельно побледнела.

— Ты хочешь сказать, что Вадя Витьку сдаст?

— Да боже сохрани! Знаешь, давай лучше снимем этот портрет. Ну его на фиг! На нехорошие мысли наводит. Все ерунда! Витька твой у бабки и наверняка завязал, даже если что и было! Он же не дурак, смолоду жизнь себе портить, тем более жениться хочет на тебе. Он когда вернуться должен был? И зачем вообще в этот Овидиополь поехал?

— Бабке помочь. Крыша, забор, то, се. Ну и абрикосу собрать.

— Абрикосу? — расхохоталась Ия.

— Абрикосы, — покраснев, поправилась Элла. — Но у нас так говорят.

— Ну все, с Одессой мы пока завязываем! Живем московской жизнью!

И они пустились в загул. Он выражался в том, что Ия таскала Эллу за собой повсюду. В Москве летом театров было мало, в основном гастролеры из других городов, а еще девушки ходили в гости, в мастерские молодых художников, и раза два Ие с трудом удалась увести Эллу от нетрезвых представителей богемы, сразу пускавших слюни на столь юную, но зрелую красоту.

— Элка, ты пользуешься успехом!

— Да ну, они все старые!

— А как же Иван Аркадьевич? — подмигивала Ия.

— Ну его вообще, вспомнить тошно.

— Слушай, а если б ты была девушкой, ты бы Витьке дала?

— Да! — ни секунды не сомневаясь, ответила Элла. — Он знаешь какой...

— Соскучилась по нему?

— Ужасно!

— Душой или телом?

— И душой, и телом!

— И тебе в Москве никто не понравился?

— Нет! — решительно ответила Элла.

— Вот это любовь! Мне бы так влюбиться... Слушай, а у него телефон есть?

— У них самих нет, но у соседки, Инги Мироновны, есть. Она с его мамой дружит. А что?

— Не хочу, чтоб ты тут от тоски зачахла. Позвони, может, он прилетит хоть на денек, а?

В то время прилететь на денек можно было легко, билеты стоили недорого.

Элла вспыхнула:

— Правда?

— Конечно! Я вас тут одних оставлю, так что...

— Иечка, ты правду говоришь?

— Нет, вру! — рассердилась Ия. — Звони давай!

— Я лучше с переговорного...

— Ерунда, не разорюсь!

Элла готова была душу продать ради Ии. Дрожащими руками она набрала номер.

— Извините, пожалуйста, нельзя ли попросить к телефону Виктора Шебанова.

— А кто его спрашивает?

— Это его знакомая...

— Элка, это ты, что ль?

— Я, — почему-то испугалась Элла.

— Элла, деточка, забудь ты про него, опять его посадили, Витьку твоего. Забудь о нем, ты девочка из приличной семьи, а он... Хоть Маргарита и подруга моя, но парень у нее пропащий, у него глаз бандитский... Чистый урка, вот его позавчера и замели...

Элла выронила трубку.

— Что там? — встревожилась Ия, видя, как побледнела, даже, можно сказать, посинела Элла.

80

— Посадили... — одними губами проговорила Элла и рухнула на пол.

А через сорок минут ей пришлось вызвать «скорую». Потому что Элла корчилась от боли в животе... «Внематочная беременность», — поставил диагноз врач и увез Эллу в больницу.

Вызвали бабушку. Она примчалась и рассказала родственникам, что Витьку взяли в поезде Одесса—Москва, он шиковал в вагоне-ресторане, предварительно выкрав пухлый бумажник у толстяка, похожего на вороватого директора базы. Но он оказался офицером КГБ. А поскольку это был рецидив, то парню, конечно, влепят на всю катушку. Все это она безжалостно выложила бледной, несчастной, зареванной внучке и добавила:

— Это счастье просто, что внематочная... Аборт был бы хуже. Но теперь ты понимаешь, что кольцо краденое?

— Нет! — закричала Элла. — Это его бабки кольцо, вернее, прабабки!

— Вранье! Ко мне его мать приходила. Не было никакой прабабки, набрехал он все! И ни в какой Овидиополь он не ездил, а мотался с дружками в Николаев.

— Нет, это вранье, он ехал ко мне в Москву... — рыдала Элла, чувствуя себя самой несчастной на свете. А еще у нее мелькнула одна мысль, показавшаяся ей недостойной, — ее ж теперь в школе задразнят, проходу не дадут... А может, и допрашивать станут...

Но тут бабушка сказала ей самое главное:

— Ты больше в Одессу не вернешься!

— Как?

— А вот так! Я нашла обмен, продала дачу и свой курень, и Люсик тоже с обменом помог, так что теперь у нас будет двухкомнатная квартира в Беляеве, спасибо Адику, он так помог...

И тут Элла вспомнила таинственные переговоры бабушки, какие-то бумажки с подсчетами... Значит, бабушка давно это задумала и Витька тут вовсе ни при чем?

— А как же папа?

— А что — папа? Ему однокомнатная досталась. Ничего, съедется со своей подстилкой — и ладно. Надо отдать ей должное, она на твою площадь не покушалась.

Вот так они оказались в Москве осенью восемьдесят третьего года.

Но рассказать об этом матери, этой чужой, холеной женщине, невозможно. И Элла просто сказала:

— Бабушка вышла замуж за Люсика, и мы все вместе перебрались в Москву.

— Но, насколько я помню, это было невероятно сложно, в Москву ведь, кажется, не прописывали?

— Да, непросто, но бабушка подключила всех родственников, как она сама говорила, землю с небом свела...

— А отчего... Как умерла мама?

— Сначала Люсик умер, он ушел с ночи в очередь за яйцами и не вернулся. Сердце. А бабушка еще пожила года три, а потом у нее обнаружили эмфизему легких, велели бросить курить, а она ни в какую... Последняя, говорит, радость в жизни осталась... но это так, к слову... А потом она упала, сломала шейку бедра, но встала, начала ходить, а в один прекрасный день не проснулась... Врачи сказали, что она была очень-очень больна, сердце никудышное...

— Боже мой, боже мой! Эллочка, а что слышно про папу?

— Умер еще в девяностом году. Цирроз печени.

— Господи, как страшно... Значит, ты одна? Совсем?

— Ну у меня есть, как это называется теперь, бой-френд...

Элла сама чувствовала, что отвечает матери холодно, недобро, но ей просто не хотелось демонстрировать свою боль. Зачем? Не думала же мать, что все живы-здоровы и процветают.

— Но ты, насколько я могу понять, не бедствуешь? — осторожно осведомилась мать.

— Да нет, у меня все нормально. Я работаю, зарабатываю — не бог весть сколько, но жить можно.

— Ну вот мы и в Вене! Удивительный город, ты увидишь!

Город и вправду был красив, элегантен, но Элла почему-то сразу невзлюбила его. Ей казалось, что тут ей будет плохо, неуютно.

— Сейчас едем домой, там попьем кофе, ты устроишься — и обсудим наши планы. Я приготовила тебе разные проспекты, определишься, куда хочешь пойти. Сейчас в «Альбертине» прекрасная выставка Дюрера. В оперу я купила билеты... Ты любишь оперу?

— Да. Спасибо.

— В драматический театр тоже сходим... очень модный спектакль... ну и по окрестностям поездим, в Зальцбург надо тебя свозить обязательно. И вообще, я все тебе покажу! Ты ведь, вероятно, и купить что-то захочешь?

— Я еще не думала.

Элле было совсем не до достопримечательностей. Обида первых минут не проходила.

Она молча смотрела в окно.

— А ты была замужем? — спросила после паузы мать.

— Была.

— И что?

— Ничего. Развелись.

— Сколько ты с ним прожила?

— Четыре года.

— А дети? Почему у тебе детей нет?

— Потому что у меня была внематочная, а после операции сказали, что уже не будет... А у тебя больше нет детей?

— Нет, ты у меня единственная!

— А...

— Элла, детка моя, я понимаю, тебе трудно...

— А тебе разве легко?

— Нет, мне тоже трудно. Я чувствую себя бесконечно виноватой, а ты только усугубляешь мою вину...

— Извини, я не нарочно. Просто мне нелегко освоиться с мыслью, что у меня есть мать.

Элла сама поняла, что это прозвучало жестоко и, пожалуй, даже грубо.

— Я вполне тебя понимаю, но, надеюсь, мы сумеем преодолеть... Я постараюсь.

— Я тоже!

— Ну вот, мы почти приехали. Тут рядом знаменитый дворец Шенбрунн и чудный парк, я по утрам там бегаю, а ты бегаешь?

— Нет.

— А еще я хожу в бассейн. Ты ведь хорошо плаваешь, да?

— Ты это помнишь?

— Еще бы! Я сама тебя учила плавать. А вот и мой дом!

— У тебя свой дом?

— Да. Это очень престижный район!

Она пультом открыла ворота глухого, высокого забора и въехала во двор. Взору Эллы предстал большой, красивый дом, увитый виноградом.

— Какая прелесть! — вырвалось у нее. — А сад какой огромный!

— Скорее это маленький парк, — с гордостью ответила мать. — Знаешь, раньше здесь жила знаменитая оперная певица, но потом дом купил мой муж... Он был врач... Очень крупная величина. Я обожаю этот дом! Когда-нибудь он будет твоим!

Вот только этого мне и не хватало, испуганно подумала Элла.

— А кто же здесь убирает и за садом следит?

— В основном я сама, но раз в неделю приезжает супружеская пара: она убирает дом, а он занимается садом. Ну пойдем, покажу тебе твою комнату.

Дом был великолепен. Они поднялись по красивой деревянной, устланной ковром лестнице на просторную площадку. Элла успела заметить, что мебель везде старинная, в прекрасном состоянии, на стенах, даже на лестнице, висят картины. Мать открыла высокую филенчатую дверь:

— Вот твоя комната, а вот ванная, там дальше туалет.

Все это размещалось на отдельной площадке второй лестницы, над которой висели большие фотографии в рамках. На одной Элла узнала Ельцина с седым, представительным мужчиной. Мать, поймав ее взгляд, улыбнулась:

— Это мой муж с вашим президентом. А это Леонард с Альбертом Гором. Ну ты потом все посмотришь. Располагайся. Тут два шкафа, надеюсь, ты поместишься со своими платьями.

Комната была очаровательная, обставленная в сельском стиле, особенно Элле понравился комод из крашенного в синий цвет дерева, неполированный, без всякого блеска. А еще увитое виноградом окно. За окном она увидела только кусты и деревья. Открыла створку и вдохнула дивный, совсем не городской воздух. Хорошо, что тут мебель не ампирная, с облегчением подумала она. Можно спокойно жить. На тумбочке, роль которой выполнял круглый низкий столик, накрытый сине-сизой, в цвет комодика, скатертью, стояла лампа, бутылка минеральной воды, стакан и лежала небольшая шоколадка. Как в гостинице, усмехнулась Элла. И полезла в сумку за подарками. Она слышала, что внизу мать возится с посудой. И, подхватив торт, икру и пакет с купленным накануне отъезда оренбургским платком, побежала вниз:

— Мама, вот тут для тебя...

— Что это? Икра? Боже мой, Элка, спасибо тебе.

— А это оренбургский платок, я не знаю... Он проходит в кольцо, как положено... ты попробуй, попробуй!

Мать сняла с пальца кольцо с крупной розовой жемчужиной и продернула сквозь него платок.

— С ума сойти! Прелесть, мои приятельницы будут потрясены!

— А вот это, мама, «Наполеон», твой любимый!

— «Наполеон»? Ты помнишь, что я любила «Наполеон»?

— Конечно, помню, но, даже если б не помнила, бабушка всякий раз, как его пекла, говорила: «Любимый торт твоей беспутной матери!»

— Она часто говорила обо мне плохо?

— Да нет, не очень. По-моему, она даже одобряла тебя за то, что ты ушла от папы... Говорила, что курица взлетела... Но когда ты перестала появляться...

— Да, я понимаю! Ладно, пока не будем о грустном, спасибо тебе за подарки, они поистине прекрасны. Но икру я спрячу до Рождества! А вот торт...

— Торт до Рождества не спрячешь! — засмеялась Элла.

— Видишь ли, я, к сожалению, склонна к полноте, мне приходится во всем себе отказывать, чтобы держать форму. Но я попробую непременно, а потом что-нибудь придумаю... О, я знаю! Я отнесу его...

— Да ты сначала попробуй, — засмеялась Элла. — У меня у самой слюнки текли, пока я его делала!

Они сидели в саду за большим деревянным столом, где на изящных тарелочках лежали весьма изящные кусочки копченой ветчины, сыр камамбер и фрукты. И, разумеется, стоял Эллин «Наполеон».

— Мама, а у тебя есть хлеб? — не без робости осведомилась Элла, которая не поела в самолете и сейчас была очень голодна.

— Хлеб? Ах, прости, я не держу в доме хлеба. Тебе, кстати, тоже следовало бы воздерживаться.

Элле стало тоскливо. Она смотрела на красивый дом, увитый виноградом, и подумала: «Весь увитый зеленью, абсолютно весь, домик невезения...» — а дальше не придумывалось, вероятно с голодухи. Она подцепила вилочкой совершенно прозрачный кусочек ветчины и отправила в рот. С хлебом прохиляло бы, а так слишком копченый вкус... А есть без хлеба камамбер она и вовсе не могла. Пришлось съесть хороший кусок собственного торта.

— А ты так и не попробуешь? — спросила Элла у матери.

— Разумеется, попробую.

Она отрезала себе кусочек поистине символический.

— О, это божественно! Еще лучше, чем у мамы... Но ты прости, один кусок может свести на нет все мои усилия...

Элле опять захотелось уехать домой. Интересно, зачем я ей вдруг понадобилась?

— Элка, а ты пробовала сидеть на диете?

Ей захотелось завыть.

— Я все пробовала, а потом пришла к выводу, что не надо бороться с собственной конституцией.

— Нет, именно надо, вот я же борюсь — и, как видишь, успешно!

О, сколько могла бы ей сказать в ответ дочь, но она молчала, боясь, что разволнуется, расплачется, устроит неприличную сцену, слезы были уже на подходе, но, к счастью, у матери зазвонил мобильный телефон. Она заговорила по-немецки довольно бегло, как отметила Элла, но с явным английским акцентом. Господи, неужели ее действительно не заботит ничто, кроме фигуры? К ней приехала дочь, которую она бросила совсем еще ребенком, чья жизнь, можно сказать, рухнула после ее ухода, а ей даже в голову не пришло хоть как-то обласкать эту дочь, хотя бы приготовить ей завтрак, пусть даже с ущербом для фигуры? Неужели она не помнит, как Элла обожала яблочные блинчики, которые мать пекла к завтраку по воскресеньям? Ладно, Элла Борисовна, сказала она себе, хватит жалеть себя, ну не испекли тебе блинчиков, а ты сама их испечь разве не можешь? У твоей матери возрастной сдвиг по фазе, хотя вроде и рановато, но, видно, с голодухи клетки мозга начали отмирать раньше времени, ее можно только пожалеть. Это самовнушение помогло, ей стало легче. В минуты серьезной жалости к себе — а было из-за чего жалеть, ох, было! — она обращалась сама к себе по имени-отчеству. Но интересно все же, что будет с тортом? Сама не съест, и мне кайф отравит... Неужто выбросит? Или отдаст уборщице? Ну что ж, пусть, может, нормальные люди оценят ее труды? И какого черта я сюда на месяц приперлась, хватило бы и недели... После торта хотелось съесть еще ломтик ветчины — они с бабушкой Женей после сладкого любили ухватить кусочек черного хлеба с солью или соленый огурчик. Но тут я не решусь... А вот грушу возьму, вон та справа, очень красивая! И она потянулась за приглянувшейся грушей. Коричневато-золотистая, она источала дивный запах и на вкус оказалась восхитительной, сок так и брызнул. Ах, хорошо! Солнышко, сад, какая-то птица стрекочет, все не так уж скверно! Когда мама не говорит о моей фигуре, с ней, кажется, можно иметь дело.

— Элка, что за детская манера есть фрукты! У тебя же стоит тарелка, вот фруктовые приборы...

— А мне так вкуснее! — беззлобно ответила Элла. Она решила не принимать близко к сердцу замечания матери. — Мама, ты мне лучше расскажи, как ты очутилась в Вене? Ты же жила в Америке, и муж у тебя был наш одессит...

— О боже, вспомнила! С тех пор у меня было еще три мужа!

— И что, все умерли?

— О нет! Умер только Леонард. С остальными я просто расставалась. Могу сказать, я имела успех у мужчин.

— А ты их любила?

— Любила, конечно, кого-то больше, кого-то меньше. Я только Борю совсем не любила.

— А он тебя любил... Так любил, что спился после твоего ухода! Он и меня-то невзлюбил, оттого что я на тебя похожа! Считай, погиб из-за любви к тебе, — мстительно сказала Элла, которой непереносимо больно было слышать, что мать не любила отца... Выходит, я дитя нелюбви? Поэтому и моя любовная жизнь складывается так бездарно? Наверное, это генетика... — Но хорошо все-таки, что ты это сказала.

— Что именно?

— Что не любила папу.

— Почему?

— Многое становится понятным, — навела туману Элла. — Ну что, может, двинем в город?

— Да, в самом деле. Но мы не поедем на машине. В городе проблемы с паркингом, поедем на метро. А вернемся потом на такси. Кстати, ты запоминай дорогу, я сегодня все тебе покажу, но в ближайшие дни я до обеда буду занята, к тому же я плохо переношу эти толпы туристов. Не обижайся, но я... Ты за несколько дней увидишь главные достопримечательства...

— Достопримечательности, — машинально поправила Элла.

— Ах, ну да, — улыбнулась мать. — Я очень много читаю по-русски, это помогает, конечно, сохранять язык, но... Так что я хотела сказать? Ах да... Когда эти самые достопримечательности тебе надоедят, я как раз освобожусь и мы поездим по нетуристическим местечкам...

— А здесь такие есть?

— Разумеется! Ну и по магазинам вместе походим! Я хочу, чтобы ты хорошо оделась, я куплю тебе все, что пожелаешь. А еще свожу тебя к своему парикмахеру...

Элла ликовала. Несколько дней она сможет ходить по Вене одна!

Когда они вышли за ворота, мать сказала:

— Запоминай дорогу! Завтра уже пойдешь сама!

Метро ей очень понравилось. Почти все время едешь поверху, вагоны приятные, с мягкими, пестрыми диванчиками, где многие пассажиры оставляют газеты, а главное — громко и очень ясно объявляют остановки.

— Мы едем до станции «Карлсплац», там я тебе все покажу!

Пока они ехали, матери кто-то позвонил, она довольно долго говорила, и в голосе ее появились какие-то незнакомые нотки. Да она с мужиком говорит, могу голову прозакладывать, и не просто с мужиком, а с любовником! Во дает! — даже с восхищением сообразила Элла. Вот это я понимаю, от прежней курицы не осталось и перышка, куда там! Весьма блядовитая птичка с голосом горлицы... Наверное, стыдно так думать о родной матери. Да какая она мать? Но она все-таки раскаялась, вспомнила обо мне, пригласила к себе... и даже хлеба к столу не удосужилась купить... Она ж не знала, что я толстая, а если б я оказалась тощей, как швабра? Тогда она купила бы хлеб по дороге из аэропорта? Жди-дожидайся! Интересно, а как она собирается есть икру? На диетических хлебцах? Гадость какая!

— Нам на следующей станции выходить, — прервала ее мысли мать.

Город был поистине прекрасен! Элла, естественно, восхищалась всем, чем принято восхищаться в Вене, но все же первый день с матерью она представляла себе несколько иначе.

Часов около шести мать повела ее в ресторан, где Элла заказала себе, разумеется, венский шницель и кофе с куском яблочного штруделя. Мать ела лишь какой-то малоаппетитный, на Эллин взгляд, салатик, кусочек отварной рыбы и пила минеральную воду без газа. Элле хотелось выпить кружку пива, но она не решилась. Венский шницель был приличный, не более того, но она была такая голодная, что ела его с наслаждением, а яблочный штрудель был выше всяких похвал, да его еще подали с горкой взбитых сливок. Она наслаждалась, но в какой-то момент поймала на себе исполненный такого ужаса и жалости взгляд, что кусок штруделя застрял у нее в горле. Так недолго и комплекс неполноценности заработать.

— Мама, не надо так на меня смотреть, пожалуйста!

— Элла, девочка моя, но ты себя губишь!

— Ничего, как-нибудь!

— Но как-нибудь не годится! Ты еще так молода, а...

Элла вдруг разозлилась:

— Мама, тебе не кажется, что ты все время говоришь о чем-то...

— Да-да, прости, у меня, наверное, это уже пунктик... Не сердись.

— Я не сержусь, просто мне кажется...

— Ты, разумеется, права!

После ресторана они поехали домой, и поскольку прошлую ночь, как выяснилось, обе не спали, то в десять разошлись по комнатам.

Нет, подумала Элла, на месяц меня не хватит. Она еще более чужая, чем была все эти годы. Незнакомая, малосимпатичная женщина, бестактная и чудовищно эгоистичная. Непонятно только, зачем я ей понадобилась... Она ведь совершенно не понимает, как ей себя со мной вести. Ну и я, честно говоря, не очень понимаю. Черт знает что.

Но кровать была удобная, воздух за открытым окном свежий, и Элла крепко уснула.

Утром она побежала в «свою» ванную, просторную, со множеством сверкающих белизной шкафчиков, в которых ничегошеньки не было. Правда, на полочке под зеркалом стояли кремы и лосьоны какой-то неведомой фирмы, явно очень дорогие. На вешалке висел пушистый халат, который, впрочем, был бы впору разве что худенькой школьнице... Но у Эллы был с собой симпатичный голубенький в белых розочках халат, подаренный Машкой на Новый год. Она хотела было в нем спуститься вниз, но решила, что не стоит, и сразу оделась, чтобы ехать в город, — любимые канадские джинсы на резинке и купленная перед отъездом китайская джинсовая рубашка, которая необыкновенно ей шла. Ей вообще шли спортивные вещи. Внизу слышались голоса. Видимо, приехала прислуга. Элла спустилась в кухню. Там уже возилась высокая полная женщина лет сорока в брючках до колен и клетчатой рубахе.

— Гутен морген, — сказала Элла.

Женщина широко улыбнулась и протянула руку. Они поздоровались. Какая милая, подумала Элла.

Тут появилась мать в спортивном костюме. Видимо, с пробежки вернулась.

— О, детка, с добрым утром, как ты спала?

— Прекрасно, мама!

— У меня сегодня разгрузочный день, а тебе фрау Зайдель подаст завтрак в столовой.

Действительно, краешек длинного стола красного дерева был прикрыт скатеркой, и фрау Зайдель уже заваривала кофе. Запах был головокружительный. К тому же фрау Зайдель немного говорила по-английски и спросила, не хочет ли Элла к завтраку яйцо.

— Нет, спасибо, — улыбнулась она. На фиг мне нужно яйцо, если нет хлеба с маслом?

Она выпила действительно прекрасный кофе, проглотила два ломтика все той же прозрачной ветчины. И еще съела обезжиренный йогурт, впрочем довольно вкусный. Потом чинно поблагодарила любезную фрау Зайдель и побежала наверх за сумкой и темными очками.

— Элла! — окликнула ее из спальни мать.

— Да, мама?

— Ты собираешься что-то покупать сегодня?

— Не знаю, если что-то попадется по дороге...

— Нет, ты не ходи там по магазинам — слишком дорого, туристические тропы... Покупать лучше на Мариерхельферштрассе. Запомнишь?

— Нет, конечно! Но это неважно, я не собираюсь...

— Все равно, я хочу дать тебе денег.

— Спасибо, у меня есть.

— Сколько у тебя с собой? — с ласковой улыбкой спросила мать.

— Восемьсот евро.

— О боже! — рассмеялась мать. — Вот тут две тысячи наличными. Я знаю, русские предпочитают кэш.

— Но зачем так много?

— Ну вдруг тебе что-то приглянется. И вообще, я не хочу, чтобы ты тратила свои деньги. Прошу тебя, возьми!

— Хорошо, спасибо! — согласилась Элла, решив, что тратить эти деньги пока все равно не будет. — У вас тут как с преступностью?

— Вполне спокойно. Зимой сюда приезжают толпы богатых итальянок, чтобы спокойно щеголять в роскошных мехах. В Италии это опасно.

— Здорово! Спасибо, мама.

— Если что, свяжемся по телефону. Быть может, я освобожусь раньше, чем предполагаю, тогда встретимся где-нибудь и пообедаем.

Нет уж, лучше я одна, подумала Элла, но кивнула.

Она просто бродила по улицам, по тем самым туристическим тропам, заглядывала в какие-то магазины, даже купила себе красивый голубой шарф из мягкого шелка, который немедленно нацепила на рубашку под воротник, и показалась себе бешено элегантной. Потом купила сандвич с ветчиной и сыром и с удовольствием умяла его, сидя на лавочке, а потом в подземном переходе у оперного театра посетила сортир под названием

«Опера», где на кабинках висели таблички «Ложа № 2» и все совершалось под музыку Штрауса. Эти нехитрые развлечения почему-то доставляли ей острое удовольствие, как будто она школьницей прогуливает урок и делает при этом что-то запретное, не совсем приличное... Она решила, что обедать будет в кафе «Моцарт», что напротив «Альбертины», где как раз проходит выставка Дюрера. Но я туда сегодня не пойду, уж больно погода хороша...

Но когда она пришла в кафе «Моцарт», там уже яблоку негде было упасть, а еще и очередь стояла. Ну ни фига себе! Она потолкалась по другим близлежащим заведениям, но везде было битком. Ничего, подожду, мне не к спеху, решила она. Только бы мама не позвонила. Не хочу я с ней обедать! Если позвонит, не отвечу. Я ж могу просто не услышать звонка, правда? Но в результате она набрела на очень милое старинное кафе конца восемнадцатого века, где было уютно, вкусно пахло и публика явно местная. Пожилой господин в больших роговых очках весьма плотоядно на нее поглядывал.

Она заказала гуляш и бокал красного вина, а еще кофе и кусок ванильного торта. Наверное, в другой ситуации она ограничилась бы чем-то одним, она вообще не так уж много ела, но когда ей начинают считать калории... Дух противоречия, ничего не попишешь! А пока ей не принесли заказ, она с удовольствием разглядывала кафе и его посетителей. За соседним столиком сидела пожилая дама с неимоверно аккуратной седой прической. Она пила что-то спиртное, курила и читала газету. Наверное, она здесь завсегдатай... И вон те два пожилых дядечки. С каким аппетитом они едят, смотреть приятно. За угловой столик сели двое мужчин. Один восточного типа, а второй среднеевропейского. Они были заняты, по-видимому, не слишком приятным разговором. Еще за столиком слева от Эллы сидела тощая очкастая девица с какими-то бумагами, которые, казалось, целиком ее поглотили. Чашка кофе оставалась нетронутой, так же как кусок кекса. И тут в проходе появился огромный черный кот. Он медленно и важно шествовал между столиками, словно проверяя свое хозяйство. Элла пришла в восторг и схватилась за фотоаппарат. Надо запечатлеть такого красавца. Кот замер, как будто понял, что его будут фотографировать, а потом направился к очкастой девице и вспрыгнул на диванчик рядом с нею. И тут раздался такой вопль, что все повскакали с мест. Девица буквально билась в истерике. Это она кота так испугалась? Вот ненормальная! К ней уже спешил мужчина в фартуке, примчалась официантка и унесла кота. Мужчина объяснялся с очкастой. Она швырнула на столик деньги и, подхватив свои бумаги, вылетела вон. Мужчина что-то громко сказал по-немецки, и все посетители рассмеялись. Элле было жалко, что она не поняла его слов. Наверное, он как-то солоно пошутил по поводу истерички... А вот и мой гуляш, с удовольствием подумала Элла. Едва она отпила глоток вина, как к ней вдруг подошел мужчина, тот, среднеевропейского типа, и что спросил по-немецки. Она подняла глаза, улыбнулась, развела руками: не понимаю, мол. Но вдруг больно сдавило сердце. Она еще ничего не успела осознать...

— Элюня, ты меня не узнаёшь?

— Витька! Витечка! Откуда ты?

— Господи, Элюня, ты совсем не изменилась! Дай я хоть обниму тебя!

А он изменился, ах как он изменился! Он был совсем взрослый и какой-то высохший, тощий. Похож на алкаша в завязке, мелькнуло почему-то в голове у Эллы.

— Что, постарел? — усмехнулся он, видимо поняв ее мысли.

— Нет, просто похудел очень.

— А ты цветешь... Красивая... Господи, Элюня, вот где Бог привел встретиться!

Он сел напротив:

— Элюня, Элюня, как же я рад тебя видеть!

— И я, — пробормотала Элла. Она была слишком растеряна, чтобы просто радоваться.

— Скажи, ты что в Вене делаешь?

— Я приехала... к матери...

— Она теперь тут живет?

— Да.

— А моя мать умерла.

— Я знаю. Бабушка тоже умерла, и китобой, и папа... А ты что тут делаешь?

— Живу, я тут живу. Уже шестой год... Я искал тебя, Элюня, но не нашел... Ты не отвечала на мои письма, я уж черт знает что думал, я не знал, что тебя в Москву насовсем увезли... думал, так... на время. Я ведь тогда к тебе в Москву ехал, когда меня взяли...

— Я знаю. Я не могла тогда ничего... я в больнице лежала, у меня внематочная была и осложнения... А писем я не получала.

— Элюня, ты ешь...— грустно улыбнулся он. — Гуляш здесь вкусный.

— Витька, как странно, что все тут оказались... В Вене... И мама, и ты... из прошлого...

Он взял ее руку. Поцеловал каждый пальчик:

— А мое кольцо не носишь?

— Нет. Ворованное добро впрок не идет. Его украли вместе в драгоценностями бабушки Тони. Бабушка Женя тогда так и сказала — что ворованное, что конфискованное добро впрок не идет...

— Не простила меня?

— Не в этом дело. Просто ты меня бросил в самый трудный момент. Может, если бы ты не спер тогда бумажник...

— Знаешь, Элюня, у меня было время надо всем этим подумать, но судьба есть судьба... Может, если бы я не спер тот бумажник, вся моя жизнь сложилась бы по-другому... Я ведь завязал, Элюня. Совсем! Я теперь добропорядочный человек, у меня свое дело, семья, дети... А у тебя есть семья?

— У меня нет семьи и не может быть детей после той истории, — довольно жестко проговорила Элла. — А чем ты занимаешься?

— Я ювелир. И притом высококлассный.

— Пустили козла в огород, — усмехнулась Элла.

— Да нет, — улыбнулся он. — Просто я на зоне встретил одного мужика, он тоже был ювелир, но по образованию минералог, он все-все знал о драгоценных камнях и рассказывал о них такие сказки и поэмы, что я заразился... Потом мы вместе были на химии. Его бросила жена, сын не желал иметь с ним дела, и он отнесся ко мне как к сыну. Потом мы с ним работали в одной кооперативной фирме, он учил меня. У меня оказались способности к этому делу. Потом он уехал к сестре в Израиль — а я женился на его племяннице и тоже уехал за ним. И мы вместе открыли свое маленькое дело, оно стало быстро расти — и вот теперь у него большая фирма, а у меня венский филиал... Я небедный человек, и у меня чистая совесть. Вот так, Элюня! Ну а ты?

— Я юрист, Витя, занимаюсь авторским правом.

— Это не скучно?

— Да нет. Иногда бывает ой как весело! Живу одна...

И вдруг она поняла, что не может и не хочет оставаться в этом городе.

— Витька, ты можешь кое-что для меня сделать?

— Все, что скажешь! — горячо откликнулся он.

— Помоги мне поменять билет, я по-немецки ни в зуб ногой, говорить с матерью на эту тему не могу, а если поставить ее перед свершившимся фактом...

— Ну это как нечего делать! У тебя билет с собой?

— Нет, он дома.

— Значит, завтра?

— Если можно!

— А почему ты вдруг решила? Из-за меня?

— Нет, из-за нее! Но главным образом из-за себя! Мне у нее душно! Я тут всего два дня...

— А приехала на сколько?

— На месяц!

Он расхохотался:

— Ничего себе, это за два дня она так успела тебя достать?

— Я не хочу об этом говорить...

— Хорошо! Но ты можешь на меня рассчитывать. Только имей в виду, что, например, на завтра или послезавтра билетов может просто не быть...

— Я понимаю.

— Замечательно, Элюня, но я хочу тебя тоже попросить кое о чем.

— Слушаю!

— Давай завтра побудем вместе, а? Я покатаю тебя по окрестностям, мы погуляем, поговорим...

— Хорошо! Но сначала билет.

— Как скажешь. Где мы встретимся? Ты где живешь?

— Ватмангассе.

— Где это?

— Тринадцатый бецирк.

— А! Хочешь, я за тобой заеду? Ну, скажем, в половине десятого?

— Хорошо. Запиши мой телефон.

— И ты мой. С ума сойти, Элюня... Сколько ж мы не виделись?

— Двадцать лет, всего ничего. Знаешь, Витька, я иногда представляла себе нашу встречу...

— И я...

— Но что это будет так... И в Вене... Странно, да?

— Знаешь, я уж давно перестал удивляться. Жизнь еще и не такие сюрпризы подбрасывает. Но мне все-таки надо еще это осмыслить. Если бы эта полоумная не испугалась кота, я бы мог тебя просто не заметить. А она завизжала, я оглянулся и... Как в кино...

Он проводил ее до стоянки такси, поцеловал на прощание. В ней ничто не шелохнулось. Она просто была рада, что он жив, что у него все хорошо, что он поможет ей завтра... Но ее больше не трясло от его прикосновений, золотые пчелы не летали перед глазами, а вот она сама вдруг ощутила, что курица, кажется, собралась в полет — для начала в Москву, домой, а там будет видно!

Мать была дома.

— Ну наконец-то! Почему ты не отвечала на звонки?

— Я не слышала, — совершенно искренне ответила Элла. Она вытащила из сумки мобильник и обнаружила, что он полностью разрядился. — Странно, я его, кажется, заряжала вчера.

— Боже, какая ты несобранная. Ну как провела время?

— Отлично, мама! Только устала.

— Эллочка, у нас сегодня визит...

— Какой визит?

— Придет один человек, я хочу тебя с ним познакомить.

— Какой человек?

Мать слегка залилась краской.

— Ну он мой большой друг и давно хотел с тобой познакомиться.

— Мама, это твой любовник, что ли?

Она поморщилась:

— Ну я же сказала, друг...

— Бойфренд?

— Называй как угодно! — поджала губы мать.

— Но я же не говорю по-немецки.

— Он вполне прилично говорит по-русски.

— Это дело другое. А когда он придет? Я успею хоть немножко отдохнуть?

— Да-да, он придет в девять.

— Может, надо что-то приготовить? — по привычке предложила Элла.

— О нет, мы выпьем вина. Он после шести не ест.

Парочка, баран да ярочка, подумала Элла. Но после встречи с Витькой она ощущала странную легкость, ей было на все наплевать.

Бойфренд явился ровно в девять. Это был очень высокий, худой и элегантный господин лет за шестьдесят, с близоруким взглядом голубых, слегка навыкате, глаз и приятными старомодными манерами. Мать, причесанная, подтянутая, подкрашенная, выглядела потрясающе. Даже не скажешь, что я ее дочь, скорее младшая сестра, удивленно подумала Элла. Но какова, не успела одного похоронить, как уже новый претендент. Только я-то ей зачем?

Они чинно сидели в гостиной за столом красного дерева.

— У вас очень красивая дочь, моя дорогая Мика. В ней столько жизни, приятно, весьма приятно познакомиться с вами, душа моя! — на очень приличном русском заявил господин Вебер. — Вы похожи на вашу замечательную матушку!

Элла понятия не имела, что надо отвечать на такие речи, и потому помалкивала.

— Элла, душа моя, какая сейчас жизнь в России?

— Трудно сказать, — промямлила Элла.

Господин Вебер подлил ей вина. Вино было превосходное.

— Скажите, душа моя, в каком сейчас состоянии балет в Большом театре? Я, видите ли, старый балетоман, знал раньше всех ваших звезд, и прежде всего несравненную госпожу Плисецкую. Но кроме нее там были и другие изумительные балерины — Рябинкина... Елена Рябинкина, мне она безумно нравилась, но как-то рано сошла... Максимова, Кондратьева, Бессмертнова, Тимофеева — целое удивительное созвездие, это не говоря о мужчинах... Васильев, Лиепа, Фадеечев, Годунов... Ах, какая грустная судьба у Годунова... А кто сейчас блистает в Большом?

— Я не знаю, — честно призналась Элла, весьма далекая от балета. — Говорят, замечательно танцует Николай Цискаридзе... Но я не видела, только по телевизору...

— О, мне жаль вас. Это такое удовольствие! Помню, я всегда был приверженцем московской школы танца, а покойный Лео — петербургской, тогда ленинградской... Советую, идите в балет — и вам гарантированы часы настоящего счастья!

— Да, наверное, вы правы, — промямлила Элла.

— Она загубила свой талант, что называется, зарыла в землю, — сказала вдруг мать. — Училась играть на скрипке, и не где-нибудь, а в одесской школе имени Столярского, откуда вышли лучшие музыканты. Я видела ее звездой, а она выбрала такую скучную, такую приземленную профессию...

— Ну не всем же быть звездами, — пожала плечами Элла и порадовалась в душе, что скоро уедет отсюда. Слишком уж явно мать демонстрирует свое разочарование в дочери. Слишком явно!

— О, совершенно согласен с Эллой! — постарался замять неловкость господин Вебер. — Не обязательно быть звездой, главное — быть счастливой, не правда ли? Мне очень нравится ваша дочь, Мики! Она такая красивая и непосредственная... Мы с вами, Элла, непременно пойдем в балет, когда приедем в Москву с вашей мамой. У нас есть такие планы. Я заранее закажу по три билета на все интересные спектакли!

— Это будет свадебное путешествие? — спросила Элла, благо мать в этот момент вышла из комнаты.

Он мило рассмеялся:

— О женщины, от них ничего не скроешь! Я давно люблю вашу маму, она удивительная женщина!

— Скажите мне честно, это из-за вас она стала меня искать?

Он слегка покраснел:

— Нет-нет, что вы... Я тут совершенно ни при чем... Но я, разумеется, хотел с вами познакомиться, ведь у меня нет своих детей, мы немолоды оба, и кто знает, как обернется жизнь. Надо же кому-то все оставить... Но Мики давно хотела вас искать...

— Спасибо за откровенность, — шепнула Элла.

Наверное, меня как наследницу забракуют, со смехом подумала она. Если меня забраковали как дочь... Впрочем, и я ее как мать тоже забраковала. Значит, мы квиты! А этот Вебер симпатяга. Он, похоже, дружил с ее покойным мужем, любил ее — и вот дождался своего часа... Что ж, у каждого свои радости!

Когда господин Вебер ушел, Элла сказала:

— Поздравляю, мама, он очень милый.

— Ты ему тоже понравилась. Он сказал, что ты на редкость привлекательная женщина. — В голосе матери слышалось нескрываемое удивление.

— Знаешь, мама, у нас говорят — часть мужчин любит полных женщин, а другая — очень полных!

— Глупое самоутешение русских распустех! — припечатала мать. — И я очень тебе советую заняться собой! Ты увидишь, похудев, ты станешь в сто раз лучше!

Элла промолчала и решила, что завтра первым делом в городе съест кусок шоколадного торта. Но тут же вспомнила, что утром за ней заедет Витька — и надо как-то объяснить это матери.

107

— Да, мама, знаешь, я совсем забыла... Я сегодня встретила одного знакомого, еще по Одессе, и он обещал меня завтра повозить по городу.

— Кто он такой?

— Не волнуйся, весьма респектабельный господин, у него своя ювелирная фирма.

— Но где ты его встретила?

— В кафе.

— А я его не знаю? — заинтересовалась мать.

— Ну, наверное, ты помнишь его мать, Веру Сергеевну Шебанову из нашего двора, это ее сын, Витя. Мы дружили в юности, потом потеряли друг друга из виду.

— Шебановы? Нет, я не помню... А где они жили?

— Во флигеле, на первом этаже.

— Подожди, она была портнихой?

— Нет, она работала в порту.

— Нет, тогда не помню. Но как разбросало людей по свету! Говоришь, он ювелир? Это может быть интересно. Когда он за тобой заедет?

— В половине десятого.

— Жаль, у меня завтра в этот час процедуры. Но ты возьми у него визитную карточку. Непременно.

— Хорошо, мама.

— Что ж, я рада, что ты не будешь скучать, пока я занята!

Надеюсь, когда ты освободишься, меня уже здесь не будет! — мысленно проговорила Элла и, вслух пожелав матери спокойно ночи, побежала к себе наверх, а Людмила Семеновна болезненно поморщилась: дочь так топает по лестнице!

Витька вчера совсем, ничуточки ее не взволновал, но перед встречей с ним она все-таки решила навести красоту по максимуму. Вымыла голову, накрасилась, надела любимую черную рубашку, а к ней вчерашний шарфик, он здорово освежал и, разумеется, надушилась любимыми духами «Холодная вода».

И выбежала за ворота, сияя. Он вышел ей навстречу из бежевого «Мерседеса», и они обнялись.

— Элюня, ты сегодня просто отпадно выглядишь! Как я рад тебя видеть! Садись, пристегивайся. Сама справишься или помочь? Ох, какие духи приятные! Ну, ты не передумала менять билет?

— Не передумала! Вить, скажи, почему тут все ездят на «Мерседесах», а? Вот даже прислуга к матери на «Мерседесе» приезжает и почти все таксисты...

— В Австрии достаточно высокий уровень жизни, а «Мерседес» здесь не признак особого богатства, а просто надежная, хорошая машина по сравнительно доступной цене. Только и всего!

— А...

Поменять билет удалось уже на послезавтра. Элла сияла.

— Элюня, а может, ты делаешь глупость? Приехала на месяц в такой город, в такую страну, можно вообще поездить по Европе...

— Нет, Витька, я не хочу ничего! Мне тошно быть воплощенным разочарованием, понимаешь?

Он посмотрел на нее с нежностью и кивнул.

— Витька, а как тебе удалось освободиться на целый день? Ты ж, наверное, очень занятой человек?

— Не имеет значения, если я встретил тебя. Я, Элюня, никого и никогда так не любил...

— И я... Никого и никогда... Но я еще надеюсь.

— А я уже нет. Но мне и не надо.

— Витечка, скажи, ты что, пил?

— Да, было дело, по-черному пил. От тоски... Но все-таки нашел в себе силы... теперь вообще не пью, даже вот с тобой по рюмашке за встречу не выпью! Я скучный стал, правильный, да? Иной раз самому тошно. Но у меня дети...

— А фотографии детей с собой есть?

— Да. Вот смотри, специально сегодня захватил тебе показать. Это сын, Ники, ему девять, а вот дочка... Элла.

— Витька!

— Она совсем на тебя не похожа, но приятно... что она тоже Элла... А вот это Соня, моя жена. Она хороший человек, чудная мать, настоящий друг...

— Тебе повезло в жизни, Витька, а ты говоришь так, будто тебе не в радость...

— Да нет, не обращай внимания, просто у меня теперь в жизни другая температура. Раньше постоянно было тридцать девять, а теперь тридцать шесть и шесть. А ты по-прежнему температуришь?

— Не знаю, я не думала... Но, наверное, тоже нет, перегорела...

— Нет, у тебя есть еще порох в пороховницах. Только надо, наверное, что-то поменять в жизни. Полюбить...

— Легко сказать! Некого любить-то, Витечка!

— Ерунда, Элюня, ты очень скоро влюбишься без памяти, а то и полюбишь по-настоящему, я знаю.

— Откуда ты можешь это знать?

— Хочешь, расскажу?

— Хочу!

— Ты вот призналась, что любила только меня, а значит, всех мужиков сравнивала со мной, с тем бешеным парнем, каким я тогда был, и они казались тебе пресными, вялыми, да?

— Ну что-то в этом роде.

— А теперь ты увидела, каким я стал, ты разочарована...

— Неправда!

— Элюня, ты же всегда была хорошей девочкой, и как хорошей девочке тебе не может не быть приятно, что я стал приличным человеком, не пью, главное — не ворую, что я достойный член общества, — усмехнулся он не без горечи, — но ты любила-то того, вора с бешеным темпераментом...

— То есть ты хочешь сказать...

— Нет, я хочу сказать совсем другое. Что ты теперь свободна, того Витьки Шебы больше нет, нигде нет, понимаешь?

— Может быть... Да, наверное, ты прав... Витьки Шебы нет, и мамы, любящей, но где-то заблудившейся, тоже нет... Но ты... Витька, откуда ты такой мудрый, тебе ж еще и сорока нет!

— Потрепала жизнь, ну, наверное, с самого начала я не вовсе дураком был. Ну хватит нам этих философствований, поехали обедать на виноградники! Хоть попробуешь настоящей австрийской кухни...

Он привез ее в ресторан на открытом воздухе, они поднялись на гору на самый верх, где стояли столы и лавки из потемневшего дерева и откуда открывался чудесный вид на другую гору, сплошь засаженную виноградом, с церквушкой наверху.

— Вина выпьешь, Элюня?

— Нет, не стоит.

— Да что ты, надо попробовать местное вино, а за меня не волнуйся, я спокойно выпью сок.

Подошла пожилая официантка, он сделал заказ.

Когда она принесла графинчик вина, высокий стакан сока и бутылку минеральной воды, Витька сказал:

— А теперь пошли за едой!

— Куда? — страшно удивилась Элла.

— Вниз! Здесь подают только напитки, еду надо брать самим!

Какая глупость, подумала Элла, тоже мне удовольствие — с полным подносом тащиться на эту гору. Но промолчала. Спускаться, к счастью, пришлось не до самого низа. В небольшом помещении за прилавком чего только не было!

— Советую взять свиное жаркое с картошкой и капустой, а еще наберем вот этих салатов.

Женщина за прилавком ловко отрезала большие, невероятно аппетитные куски жаркого, под Витькиным руководством наполняла мисочки какими-то неведомыми салатами, у Эллы уже текли слюнки. Она только с сожалением думала, что, пока они донесут все это наверх, мясо остынет. Оно конечно же остыло, но не совсем, и Элла смогла оценить удивительную, какую-то карамелевую корочку на сочном и совсем нежирном жарком.

— Нравится? — спросил Витька.

— Класс! Наверное, это с жженым сахаром сделано... А вот это что за беленькие штучки?

— Не знаю, как это по-русски, а тут это называют шварцвурцель, то есть черный корень.

— Но он же беленький, я у нас такого не встречала, прелесть, такая нежная штука...

— А ты, наверное, хорошо готовишь? — ласково улыбнулся Витька.

— Говорят, да.

— Повезло твоим мужикам...

— Нет, — засмеялась Элла, — я им уж давно готовлю только «курицу в полете»!

— Это еще что такое? — фыркнул он.

Элла объяснила.

— Правильно, молодец, нечего их баловать. Но я чувствую, если полюбишь по-настоящему, то уж сумеешь накормить его на славу!

— А мне бы хотелось хоть разочек по-настоящему накормить тебя. Приезжай в Москву, Витечка! У тебя нет в Москве никаких дел?

— Пока нет, а там кто знает... Соня очень хочет в Москву, она же москвичка...

— Прекрасно, приезжай с Соней!

— Боюсь, она не поймет... Эх, Элюня, хорошо с тобой, легко. Ты прости меня, ладно?

— За что?

— Да за все... Но главное — за то, что у тебя нет детей.

— Значит, не судьба... — тихо сказала Элла.

— И все-таки ты меня прости. Закрой глаза.

— Зачем?

— Надо!

Сейчас он подарит мне какую-нибудь цацку, с грустью подумала Элла. И действительно, он взял ее руку и надел на безымянный палец кольцо.

— Можешь открыть глаза!

Кольцо было удивительное. Очень крупный дымчатый топаз в обрамлении бриллиантиков.

— Ой, какая красота! Это ты сам сделал?

— Да. Я очень люблю топазы... У меня есть целая коллекция топазовых украшений, она принесла мне настоящую славу в нашем мире. Это кольцо из той серии, и оно называется «Элла». Вот смотри. — Он вытащил из бумажника сложенный листок, по-видимому из какого-то каталога, где было снято это кольцо и написано по-английски и по-немецки, что оно называется «Элла», автор Виктор Шебанов. У Эллы потекли слезы по щекам.

— Витечка, что они с нами сделали, за что? Кому мешала наша любовь?

— Глупости, Элка, во всем виноват я один. И я прошу у тебя прощения. Вот тебе к кольцу сертификат, в любом филиале нашей фирмы тебе его бесплатно почистят, починят, если что... Только обещай мне, что будешь его носить.

— Конечно, буду, — шмыгнула носом Элла, — такая красотища!

— И еще пообещай мне... одну вещь.

— Что?

— Что когда найдешь себе человека, за которого захочешь выйти замуж, ты мне сообщишь, чтобы я спал спокойно, договорились?

— Договорились, — опять всхлипнула Элла, — ну вот, а мне нечего тебе подарить... Но я пришлю из Москвы, ты мне адрес оставь...

— Что ты можешь мне прислать? — улыбнулся Витька.

— Хочешь, все альбомы Макаревича пришлю? Помнишь, как ты его любил?

— Макаревича? Да нет, не надо. Это прошлое. Я не обещаю, что буду писать, но давай договоримся, что на Новый год и в дни рождения будем созваниваться, а?

— Витечка, скажи, а ты Соне уже такой достался?

— Какой? — с легкой усмешкой спросил он.

Она хотела сказать «мертвый», но не решилась и ответила:

— Спокойный, уравновешенный...

— Да нет, она еще со мной хлебнула... Но давай не будем об этом. Скажи лучше, неужели тебе так фигово у матери?

— Да. Фигово.

— И ты ей об этом собираешься прямо заявить?

— Не знаю еще, как получится. А ты знаешь, почему она вдруг обо мне вспомнила? Потому что собралась опять замуж, а жених, похоже, потребовал, чтобы она нашла свою дочь. Ему показалось, что это нужно сделать...

115

— А ты не преувеличиваешь? Может, у нее проснулся материнский инстинкт?

— Может, и проснулся, но при виде меня тут же уснул мертвым сном! Знаешь, какие были ее первые слова в аэропорту, когда она меня увидела через столько лет? «Элка, какая ты толстая!»

— Ты не врешь?

— Чем хочешь клянусь!

— Но ты же вовсе не толстая, ты просто полная...

— А, один хрен, — засмеялась Элла.

— Ты не дала мне договорить. Я хотел сказать, ты красивая, полная жизни и ужасно аппетитная! И худоба тебе ни к чему! Вот и все. И потом, у тебя красивые, стройные ноги. А избыток плоти, что ж, мне лично всегда нравились именно такие женщины.

— Витечка, ты самый лучший человек на свете!

— Нет, отнюдь, — улыбнулся он. — Просто я... я, наверное, все еще люблю тебя, Элюня. Но я теперь другой, и любовь моя другая... Ну все, поехали, а то черт знает до чего договоримся. А кольцо носи не снимая.

Они простились у дома на Ватмангассе, Элла загрустила, но слез не было. Только странное чувство освобождения от ставших привычными и потому незаметных пут.

Мать была дома.

— Почему ты не пригласила своего знакомого в дом?

— Потому что он спешил.

— А что за кольцо у тебя?

— Это подарок.

— С какой стати он делает тебе такие подарки?

— Мы были дружны когда-то.

— Только дружны? — с намеком спросила мать.

— Нет, не только, но это не имеет теперь значения.

— Дай-ка посмотреть кольцо, ах, как красиво, дивная работа. Ты не говорила ему обо мне? Я хочу наведаться к нему.

— Говорила. Вот тут адрес его магазина.

— Отлично! И я могу на тебя сослаться?

— Конечно.

Элла хотела сказать, что послезавтра уезжает, но не смогла, язык не повернулся. Ничего, за ночь что-нибудь придумается. Она поняла, что не сможет сказать матери в лицо то, что чувствует. И презирала себя за это. Бабушка была права, я все-таки курица!

А утром мать спешила на свои процедуры. Ничего, вечером скажу... А может, не надо ничего говорить? Просто сложить вещи и уехать, пока ее не будет? Возьму такси в аэропорт — и дело с концом? Нет, так нельзя... Но при мысли о предстоящем объяснении Элле делалось тошно. Она поехала в город и гуляла там до изнеможения, купила кое-какие подарки, себе модный бархатистый пиджак с размытым коричневым рисунком по бежевому полю. Каждый раз, когда взгляд ее падал на кольцо, у нее щемило сердце. Витька, ее Витька мертв при жизни. Как странно, как больно... Но время один раз уже вылечило ее, значит, и теперь вылечит. А с другой стороны, с прошлым уже ничто не связывает, кроме этого кольца... Но при мысли о предстоящем разговоре сердце уходило в пятки. Она была готова к любым обвинениям и оскорблениям, но только не к тому, что произошло на самом деле.

— Мама, ты знаешь, — начала она, когда они с матерью жевали какой-то до ужаса невкусный салат, — я вынуждена завтра уехать.

— Уехать? Куда? — Мать вскинула на нее свои совершенно безмятежные фиалковые глаза.

— Домой, в Москву, меня вызывают по работе.

В фиалковых глазах вдруг отразилось неимоверное облегчение.

— Как — домой? У тебя же отпуск! — возмущенно спросила мать, погасив вспышку радости.

— Ничего не поделаешь, мы думали, что удастся обойтись без меня, но не получается... Ты уж извини...

— Но надо поменять билет!

— Я уже поменяла, мне помог Витя.

— Но ведь у нас было столько планов! И выставки, и театры... мы ничего не успели...

— На выставке Дюрера я сегодня была, а что касается театров... Как-нибудь в другой раз.

— И когда же ты уезжаешь?

— Завтра.

— Ужасно! — Она сжала тонкими пальцами виски. — Ужасно! Мы ведь даже толком не поговорили... И Томас хотел свозить тебя в Зальцбург... Я понимаю, работа есть работа. Но ты еще приедешь ко мне... и тогда уж... А может быть, мы с Томасом приедем в Москву, он так хочет.

Как все просто, когда люди друг друга не любят и даже не дают себе труда притворяться, с огромным облегчением подумала Элла.

— В котором часу у тебя самолет?

— В час с чем-то.

— Отлично, мы все успеем!

— Что успеем?

— Я хочу сделать тебе подарок... по дороге в аэропорт.

— Нет, мама, не надо никаких подарков!

— Ну это уж мое дело!

И утром по дороге в аэропорт мать завезла ее в меховой магазин и купила шикарную шубу из дивной темно-коричневой норки. Элла отнекивалась, пыталась сопротивляться, но в результате шуба была куплена.

— По крайней мере я буду спокойна, что ты не мерзнешь в эти ваши холодные зимы.

Можно подумать, тебя все эти годы мучила мысль о том, что я мерзну, усмехнулась про себя Элла.

— Не вздумай сдавать шубу в багаж! — предостерегла мать уже в аэропорту.

— Конечно, мама, я возьму ее с собой.

— Она тебе очень идет!

— Спасибо еще раз. Мама, ты не жди, поезжай по своим делам.

— Да, пожалуй, я поеду, я ведь не думала, что сегодня так сложится. Я тебе вечером позвоню!

— Хорошо.

Она обняла дочь, чмокнула ее в щеку и ушла. Стройная, красивая. Чужая. Элла облегченно перевела дух. Ну вот и все! Наверное, мы больше не увидимся. И не надо. Мне с ней так тяжело... Элла вдруг ощутила зверский голод и отправилась в кафе. Завтрак в доме матери никак не компенсировал нервных затрат. Она взяла кофе и сандвич.

За одним из столиков сидела пара, привлекшая к себе ее внимание. Явно русские. Очень пожилой, далеко за шестьдесят, мужчина, с некрасивым, но мужественным лицом, и женщина лет пятидесяти, красивая, хорошо одетая и удивительно милая. Эти двое были так влюблены друг в друга, им было так хорошо вместе, что Элла невольно залюбовалась ими. Мужчина что-то все время говорил, женщина то и дело смеялась, а когда не смеялась, на губах ее все равно играла счастливая улыбка. Вот уж точно, любви все возрасты покорны, а им еще и интересно друг с другом, с легкой завистью подумала Элла. Перекусив, она отправилась в дьютифри купить австрийских конфет для Машкиной мамы и на работу, потом заглянула в отдел парфюмерии и опять увидела влюбленную пару, они выбирали мужчине одеколон и чему-то громко смеялись.

И в самолете они сидели через проход от Эллы. Еще до взлета мужчина достал из сумки бутылочку виски, попросил стюардессу принести стаканчики и лед, они чокнулись, глядя в глаза друг другу, а когда стали взлетать, женщина прильнула к нему, а он нежно обнял ее за плечи. Черт побери, какая любовь, подумала Элла... Это внушает оптимизм, у меня еще все впереди, мне только тридцать пять. Хотела бы я лет через двадцать вот так сидеть с любимым мужчиной... пусть даже он будет такой же старый, как этот, но непременно такой же сильный и мужественный. Как им должно быть хорошо вместе... Эта пара отвлекла ее от собственных переживаний. А ведь ей было из-за чего расстраиваться. И в Москве, стоя в очереди на паспортный контроль, она не теряла из виду влюбленную пару. Сейчас они приедут домой, он сразу включит телевизор или возьмется за газету, а она станет разбирать чемоданы, распределять подарки... Но вот они уже стоят у ленты багажного транспортера. Какие сосредоточенные у всех лица, даже нахмуренные, боятся люди пропустить свой багаж... Женщина первой увидела свою сумку, мужчина помог ей снять ее с круга — и вдруг в нем словно выключили свет. Он сразу постарел и осунулся.

— Иди, деточка, не жди меня! — проговорил он.

Женщина как-то криво улыбнулась, кивнула и понуро побрела к выходу.

Боже, ахнула Элла. Да они тайные любовники! С ума сойти! Она чуть не пропустила свои сумки с красными ленточками. Ей было безумно жаль эту женщину. А мужчина вдруг показался ей каким-то неприятным. Его встречала жена — пожилая, элегантная брюнетка, ярко накрашенная. А женщину встречал молодой человек, по-видимому сын. И она даже ни разу не оглянулась. А мужчина рассеянно чмокнул в щеку жену.

И вся любовь! — подумала Элла. Ей стало грустно, а потом она решила, что грустить не стоит. Они были вместе какое-то время, им было хорошо, чего еще желать? Брака, как завершающего аккорда? А зачем? Они встречаются, изредка куда-то ездят, им есть о ком и о чем думать и мечтать. Наверняка они уже планируют следующую поездку и совсем не обязательно жить вместе... У них нет быта, их любовная лодка не разобьется о него и может уплыть гораздо дальше... Так что у них все хорошо, и у меня тоже. Впереди почти три недели отпуска, можно что-то интересное придумать. Кроме шубы мать еще сунула ей денег, откупилась... Элла не хотела брать, а потом согласилась. В конце концов, матери так легче, а ей деньги уж точно пригодятся.. И она села в такси.

На работе объявляться не буду. Звонить ли Машке, надо еще подумать. А может, надо просто пойти в турагентство и улететь на две недели куда-нибудь к морю, поплавать, позагорать и ни о чем не думать. Но одной в такую поездку отправляться скучно.

Она еще не успела отпереть дверь, как в квартире зазвонил телефон. Элла швырнула на пол вещи и схватила трубку, пока не включился автоответчик.

— Элка? Привет, это Люба Будникова, помнишь меня?

Люба была ее однокурсницей.

— Еще бы я тебя не помнила, — радостно засмеялась Элла. Любка всегда ей нравилась, они даже дружили на последних курсах, а потом как-то разошлись.

— У тебя такой веселый голос, Элла!

— Ну и у тебя не совсем унылый!

— Ты сейчас можешь говорить, у тебя там нет гостей?

— Гостей нет, говорить могу, хотя только что вошла!

— Так, может, позже позвонить, у меня к тебе дело...

— Нет, зачем, говори сразу!

— Элка, я помню, ты специализировалась на авторском праве?

— Да. Тебе нужен мой совет?

— Да, очень, но не мне, а моему мужу! Его здорово облапошивает одно издательство. Хотелось бы получить квалифицированный совет. Ты не думай, мы заплатим.

— С ума сошла?

— Нет, ну почему...

— За совет старым друзьям я денег не беру. Вот если твой муж захочет, чтобы я вела его дело, тогда посмотрим. Обычно мы берем определенный процент с отсуженной суммы. К тому же вы можете официально обратиться в наше агентство.

— Ты работаешь в агентстве?

— Да, в литературном агентстве, мы представляем интересы разных авторов... Но советы я даю бесплатно!

123

— Отлично! Слушай, а ты приезжай сегодня к нам, мы посидим, поговорим... Хорошо бы прямо сейчас, а то вечером у Славки эфир.

— Люб, а вы не можете ко мне приехать? Я только что прилетела из Вены, и опять куда-то мчаться...

— Хорошо, — легко согласилась Люба. — Ты приходи в себя, а мы подвалим часа через полтора.

— Отлично!

Элла быстро разобрала вещи, хотела уже позвонить Машке, а потом решила: не стоит. Поживу спокойно дня три-четыре, а то сейчас начнутся расспросы, полные слез сочувствия глаза...

— Вот, Элла, познакомься, это мой муж Вячеслав Алексеевич Махотин, а это Элла Борисовна Якушева.

— Да просто Элла!

— Ну тогда просто Слава, — улыбнулся известный телеведущий. Элла и понятия не имела, что Любка замужем за такой знаменитостью. Неужели он сам не мог найти квалифицированного юриста? Странно.

— Садитесь и выкладывайте!

— Вы позволите закурить?

— Да-да, пожалуйста, вот пепельница.

— Видите ли, Элла Борисовна, история немного странная... Вы, вероятно, удивились, что мы решили обратиться к вам, но я хотел бы сохранить все это в тайне...

— Разумеется.

— Видите ли, довольно давно, когда еще не работал на телевидении, я писал... дамские романы.

124

Элла с трудом сдержала улыбку. Вячеслав Махотин, ведущий сугубо мужских «крутых» программ, писал дамские романы!

— Так вот, я писал эти романы под женским именем, мне пристойно по тем временам платили, романов такого рода на рынке было еще совсем мало, по ним даже сняли два сериала, но... Тогда издательство возглавлял один мой родственник, и все было замечательно...

— А что теперь?

— Теперь этот родственник продал издательство, вернее, его вынудили это сделать... А новые хозяева отказываются платить мне проценты с тиражей.

— Ваши романы продолжают печатать?

— В том-то и дело!

— А потиражных не платят?

— Нет! Более того, когда я пригрозил судом, они заявили, что раскроют мой псевдоним. А для меня это... ну сами понимаете, какой удар по моему имиджу... Вячеслав Махотин и Дина Дурова — одно и то же лицо. Поэтому, обратиться официально в суд я не могу...

— Речь идет о больших деньгах?

— Да нет, не так уж... Но все-таки, согласитесь, с какой стати мне их им дарить?

— Элка, я ему говорю — плюнь, а он уперся... Лишние деньги не помешают, конечно...

— Ну плюнуть проще всего, но при этом нет никаких гарантий, что кто-то все равно не раскроет тайну псевдонима. А кому принадлежат права на псевдоним, вам или издательству?

— Понятия не имею, я тогда не разбирался, да и дядя Саша был гарантом... Скажите, Элла, вы можете мне помочь?

— Прежде всего я должна видеть все ваши договоры.

— Но там же коммерческая тайна...

— Вы мне покажете их неофициально. Кто я сейчас? Старая подружка вашей жены, и все. Но я же не могу дать вам никакого совета, пока не увижу документы и не разберусь в ситуации.

— Но шанс есть?

— Какой шанс?

— Содрать с них деньги и избежать огласки?

— Не могу сейчас ничего сказать. Если я найду в документах какую-то зацепку, то шансы у нас неплохие.

— Хорошо, давайте завтра встретимся — и вы посмотрите документы. Если что-то найдете, вы возьметесь за это?

— Знаете, лучше никого постороннего в это не вмешивать, я проконсультирую вас, а лучше Любу, она все-таки тоже юрист... По крайней мере вас никто не упрекнет в раскрытии коммерческой тайны. Иногда лучше не обострять отношения без особой надобности, но пока я не видела документов...

— Да-да, я понял! И очень вам благодарен!

— Еще не за что!

— Но мы должны договориться о гонораре.

— Пока и это преждевременно! К тому же со своих я денег не беру, я уже говорила Любе.

Они посидели еще несколько минут и ушли.

— Любка, если эта Элла нам поможет, я знаю, как ее отблагодарить! — сказал, садясь в машину, Махотин.

— Трахнешь ее? — усмехнулась Люба.

— С ума сошла! Я приглашу ее в какую-нибудь передачу, пусть мелькнет на экране, она очень недурно будет смотреться, у нее чудесное лицо.

— Но зато фигура!

— А что — фигура? Мало ли у нас весьма корпулентных дам на экране?

— Да нет, Славка, ей, по-моему, это не надо! Лучше деньгами. У нее квартира ремонта требует.

— Может, ты и права.

А Элла взялась за уборку. И хотя она отсутствовала меньше недели, пыли почему-то скопилось много. Да и окна помыть надо, а то скоро зарядят дожди, осень в самом разгаре... Но сначала она сбегала в близлежащий продуктовый магазин, купила еды и на книжном прилавке обнаружила роман Дины Дуровой. Разумеется, она его купила. Ей было интересно.

На другой день Махотин завез Элле ксерокопии всех договоров и дополнительных соглашений. Просидев над ними вечер и тщательно изучив каждый пункт, она пришла к выводу, что дело Махотина отнюдь не безнадежно. Утром она позвонила Любе, они встретились, и Элла по пунктам проинструктировала старую подругу, как той себя вести.

— Элка, а может, все-таки ты сама пойдешь в издательство? Я так давно ничем таким не занимаюсь...

— Слушай, не говори ерунды. Ты жена, и ты должна объяснить им, что для полной конфиденциальности занимаешься этим сама, никто ничего не знает, все в строжайшей тайне. Дай им понять, что раскрыть псевдоним они, конечно, могут, но в таком случае Вячеслав Алексеевич имеет право предать огласке вот этот пункт договора, что не в их интересах. Думаю, они предпочтут выплатить деньги, тем более что вот эти три романа они уже печатают, не имея на них прав. Сроки вышли.

— Я не понимаю, там что, идиоты сидят?

— Очень часто там сидят полные идиоты, — хладнокровно заметила Элла. — Только советую, веди себя корректно, даже нежно, с юмором, без надрыва, легко и как бы между прочим подсунь им под нос вот этот пункт и вот этот. Но говори с ними не как со злейшими врагами, а как с милыми людьми, которые просто по рассеянности что-то упустили.

— Легко сказать! А если они не воспримут всерьез мои слова?

— Ох, не думаю!

А через два дня Элл. позвонил ликующий Махотин:

— Элла, дорогая, я ваш должник! Все получилось и легко и просто! Они вели себя так, словно и сами собирались мне заплатить и все это чистой воды недоразумение и никто никому ничем не угрожал...

— Ну вот видите! Я очень рада!

— Элла, а как насчет гонорара?

— Беру только цветами!

— О! Я завалю вас розами!

128

— Да я пошутила!

— А я нет! Но у меня есть к вам предложение. Приходите послезавтра к нам, у нас намечается небольшой сабантуйчик по случаю моего дня рождения. Будут только самые близкие друзья.

— Спасибо, но я...

— Нет-нет, никаких отговорок не принимаю! И вообще, будем дружить домами! Даю трубку Любе, она вам объяснит, как нас найти, и ждем завтра в восемь!

Элла была польщена. К тому же ей понравился Махотин, в нем не было чванства, он был хорошо воспитан. Да и Любка славная баба...

— Элка, если хочешь, приходи со своим мужиком... Он у тебя кто?

— Да ну его, не хочу!

— Дело твое! Может, у нас на кого-нибудь глаз положишь...

— А будет на кого?

— Не исключено!

— Слушай, а что подарить Славе?

— Ой, ты и так ему сделала подарок дай Бог на Пасху!

— Ладно, я что-нибудь придумаю. А форма одежды?

— Свободная!

Элла задумалась. А потом решила, что подарит Махотину купленный для подарка Мише модный шарф. Миша обойдется конфетами. Ей сейчас даже думать о нем не хотелось.

Шарф неожиданно понравился Махотину. Он очень ему шел.

— Черт побери, Элла, это именно то, что я хотел, он потрясающе подходит к моей новой куртке... Удивительно! Спасибо вам!

В огромной квартире Махотиных к назначенному часу собралось совсем мало народу. Старый его друг с женой и пятнадцатилетним сыном, который так откровенно скучал, что Элле было за него неудобно, и мать Вячеслава Алексеевича с мужем, отчимом Махотина. Томная, образованная дама, которая, узнав, что Элла родом из Одессы, принялась расспрашивать ее о городе, где часто бывала в молодости.

— Скажите, а Привоз еще существует? А как теперь называется гостиница «Красная»? О, я помню, в моей молодости там был потрясающей красоты метрдотель! Кажется, его звали Миша... Вы его не знали? А «Лондонская» еще существует?

— К сожалению, я двадцать лет не была в Одессе, — ответила Элла.

— И у вас не осталось никаких связей с родным городом?

— К сожалению, нет.

— Но неужто вас туда совсем не тянет?

Тут на помощь Элле пришла Люба:

— Эллочка, можно тебя на минутку? Хочу посоветоваться. Извините, Ирма Михайловна!.. Она тебя задолбала вопросами, да?

— Ничего страшного, — пожала плечами Элла.

— Слушай, я ужин заказала в ресторане, вроде все прилично, но вот рубленая селедка, на мой взгляд, гадкая. Как ты думаешь, может, не стоит ее подавать, а?

— Я попробую. Нет, она ничего, просто надо кое-что добавить. Она неинтересная, но вполне съедобная. Я сейчас добавлю сюда яблоко... чуть-чуть сельдерея, капельку сахара и перца — и будет отлично.

И Элла с удовольствием принялась исправлять неудавшееся блюдо.

— На вот попробуй! — сказала она Любе уже через три минуты.

— Элка, обалдеть! Это же шедевр! Я всегда поражалась твоим кулинарным талантам! Слушай, а помнишь, твоя бабушка делала какую-то фантастическую запеканку, кажется с селедкой?

— А, форшмак! Я тоже его делаю.

— Но форшмак же это как раз рубленая селедка!

— Вообще-то слово «форшмак» означает просто закуску, а уж какая это закуска, горячая или холодная... Бабушка называла это блюдо форшмаком!

— Элка, будь другом, пригласи нас как-нибудь на форшмак! Знаешь, я тут стала Славке расписывать, какая это вкуснотища, а он рожу крючит: гадость, мол. Но я уверена — сожрет все и еще сковородку вылижет!

— С удовольствием вас позову!

— Отлично! А какие котлеты ты делала! Я таких котлет ни у кого не ела.

— Любка, а ты что, готовить не умеешь?

— Готовлю как-то, но без вдохновения. Не люблю, и эта нелюбовь сказывается на результате. Вот и заказываю теперь в ресторане, когда гости, благо есть такая возможность.

— Что ж ты мне не сказала, я бы тебе такой стол сделала!

— Ну вот еще! Нельзя так баловать народ, в другой раз от всего начнут носы воротить, — засмеялась Люба.

И тут стали подходить гости. Набралось всего человек пятнадцать. Элла никого не знала, но почему-то чувствовала себя вполне свободно и раскованно, что вообще-то было ей несвойственно в незнакомых компаниях. Когда все уже сидели за столом и с аппетитом ели и пили за здоровье хозяина, раздался звонок и пришла еще одна пара. Хорошенькая женщина лет двадцати восьми, явно балерина, и мужчина, при виде которого Элла мысленно ахнула. Он чем-то напомнил ей Витьку, но не того мальчишку и не нынешнего респектабельного бюргера, а того, каким мог бы стать Витька, если бы не его нелепая жизнь. На вид новому гостю было лет сорок пять, лицо покрыто каким-то некурортным загаром, в синих глазах пляшут черти, от которых у Эллы зашлось сердце. Это был друг Махотина, с которым они вместе были в Афганистане, как выяснилось вскоре. Звали его Дмитрий Михайлович Воронцов, но все называли Митей. Он подарил Махотину африканский амулет из кости носорога. Его спутница ящеркой скользнула за стол, отчего Элла сразу ощутила себя до ужаса неуклюжей. От свободы и раскованности не осталось следа.

Она сразу постаралась подтянуть живот, отчего стало трудно дышать, и отказалась от мысли взять еще кусочек хачапури. Аппетит вообще

132

пропал. Хорошо бы сейчас слинять отсюда. Но это невозможно, Любка обидится, да и вообще, с какой стати мне уходить? Мне тут нравится, а если мне глянулся этот мужик, то это мое глубоко личное дело! Главное, чтобы никто не догадался. И она залпом выпила большую стопку водки, которую в обычной ситуации выпила бы в три, а то и четыре приема. Ей сразу стало легче. А тут еще ее сосед, известный фотокорреспондент, сразу налил ей еще. Он вообще оказывал ей явные знаки внимания, тем более что пришел сюда один.

— Вы молодец, Элла! Вот так и надо пить водку, залпом, а то куда это годится — цедить помаленечку? У вас очень интересное лицо. Мне хотелось бы вас поснимать...

— Я не фотогеничная.

— Чепуха! Что вам положить? Хотите языка? Или нет, давайте я сделаю вам бутерброд с икрой?

— Спасибо! — согласилась Элла. Он решил за мной приударить? Пусть. По крайней мере я не буду чувствовать себя обсевком в поле, как говорила бабушка Женя.

И она принялась кокетничать с соседом, стараясь даже не смотреть в сторону Воронцова. А вот он то и дело на нее поглядывал. Она ему понравилась. В ней было что-то щемяще беззащитное и в то же время необыкновенно уютное. Ему вдруг показалось, что если подойти к ней, положить голову ей на колени, то вся его нелепая кочевая жизнь как-то упорядочится. Он сразу понял, что ее жизнь тоже одинока и нелепа.

— Кто эта пышка? — спросил он у хозяина дома.

— Милая, правда? И классный юрист, между прочим.

— Она юрист? Никогда бы не подумал.

— Занимается авторским правом. Помогла мне в одном деле просто мастерски. Любаша с ней училась на юрфаке. А что, она тебе приглянулась?

— Да нет, просто я впервые ее тут вижу. И смотрю, Валентин на нее запал.

— Митя, ну что же ты, налей мне вина, — проворковала балерина.

— Да-да, Ирочка, прости...

Фотограф быстро надоел Элле. Он был уже пьян и ухватил ее за коленку.

— О, у вас такие стройные коленки... «Это ваши светлые колени вдохновили гений Дебюсси!» — вдруг тихонько пропел он. — Знаете эту песню Вертинского?

— Нет, не знаю.

— А, ее мало кто знает... А у меня полная коллекция Вертинского. Вы любите Вертинского?

— Я плохо его знаю.

— О, в таком случае вы должны прийти ко мне, и вы полюбите Вертинского, я уверен...

Его прикосновения были неприятны ей, и она постаралась сбросить его руку с коленки. Но ей не удалось. Тогда она вскочила и стала собирать грязные тарелки. Люба с благодарностью приняла ее помощь.

— Что, Валя тебя достал? — засмеялась она уже на кухне.

— И не говори!

— Вертинского пел?

— Пел. И приглашал к себе послушать.

— Он в своем репертуаре. Но тебе он не нравится?

— Нет.

Элла хотела спросить у Любы о Воронцове, но не стала. Сейчас та скажет ей о неземной любви его к балерине или что-то в этом роде, будет ясно, что ей тут рассчитывать не на что. Она и сама это знала, так к чему лишние разговоры. Ей вдруг стало грустно и стыдно, что она так и не позвонила ни Мише, ни Машке. Ну Миша ладно, а вот Машка всерьез обидится. И вообще, ей вдруг тут надоело.

— Любаша, я, пожалуй, уйду?

— Да ты что? Одиннадцатый час всего, время детское! Если ты из-за Вальки...

— Да нет, что ты! Просто я не очень хорошо себя чувствую, — ляпнула Элла.

— Так, может, пойдешь в другую комнату, полежишь?

— Нет, знаешь, хочется уже добраться до своей постели.

— Ну, Элка, что ты... В кои-то веки встретились...

— А мы скоро еще встретимся, я вас приглашу на форшмак!

— Ты серьезно?

— Более чем!

— Здорово!

— Ты только скажи, когда Вячеслав Алексеевич сможет, он ведь, наверно, очень занят.

— Вообще-то ужасно занят, но у него скоро отпуск, вот мы и выберем денек в самом начале.

Короче, будем созваниваться! Может, все-таки останешься?

— Нет, поеду.

— Вызвать тебе такси?

— Не стоит, я немножко пройдусь, а потом поймаю!

— Я сейчас попрошу Славу тебя проводить.

— Ни в коем случае!

И она ушла. А ведь Любка уговаривала меня остаться куда больше, чем родная мать. Да мать и вовсе не уговаривала... Ну и черт с ней!

Едва выйдя на улицу, она вытащила мобильник и позвонила Маше. Та сразу закричала:

— Элка, ты? Откуда? Неужто из Вены?

— Ни фига, из Москвы!

— То есть как? Почему? Ты же должна была вернуться еще не скоро!

— Машка, я сейчас на улице! Приду домой, позвоню, если еще не будешь спать.

— Эллочка, у тебя неприятности?

— Никаких неприятностей! Ты еще не ложишься спать?

— Я сию минуту еду к тебе!

Элла обрадовалась:

— Но я еще не дома!

— Неважно! Я тебя дождусь, если приеду первая! Все, еду!

Элла вышла на проезжую часть и подняла руку.

— Люба, а где Элла? — тихонько спросил у жены Махотин.

— Ушла.

— Почему? Что-то случилось?

— Боже упаси! Просто она устала, неважно себя почувствовала. Или ей было тут не по себе, все незнакомые, не знаю.

— Митька, кажется, на нее запал.

— Шутишь? Она не в его вкусе.

— Он о ней расспрашивал, а в глазах что-то такое было...

— Ну вот еще! Она и так не слишком в себе уверена, а с таким типом... Не нужен он ей! Пусть коллекционирует балерин. — И вообще, зачем он нужен нормальной женщине, при всем его обаянии?

— Я просто подумал, а вдруг ему нужна нормальная женщина, а?

— Судя по этой его девице, нет!

— Ну почему? Она очень хорошенькая!

— Не нахожу! И вообще, что говорить, Элла ушла!

— А может, нам как-то свести их в другой обстановке, более располагающей к знакомству? Вдруг что-то сладится?

— Да что с ним может сладиться? Ну даже если предположим, что он ее обаяет, а дальше что? Он уедет куда-нибудь в пустыню или в сельву, будет часами сидеть на дереве, чтобы снять какую-нибудь тропическую тварь, Элка будет тут лить слезы, а он потом приедет и опять найдет другую? Нет уж! Она слишком хорошая баба!

— Что ж, тебе виднее.

— Элка, да что ж это за мать такая? — рыдала Маша. — Господи, прямо выродок какой-то... Ты уж извини... Да, я понимаю, что ты удрала. А колечко классное, прелесть просто! Неужто в тебе ничего не шелохнулось?

— Сама не знаю... Просто он другой человек, как будто его отключили от элемента питания.

— Но тебя, наверное, любит еще. Дочку в твою честь назвал, кольцо. Это о чем-то говорит. Ладно, может, оно и к лучшему, начнешь жизнь с новой строки.

— Во всяком случае, попробую.

— А шубу будешь носить?

— Почему бы нет? Мне такая шуба и во сне не снилась...

— Да, шубка нехилая, это тебе не греческие шоптурные шубы. Но к такой шубе нужен мужик не на старых «Жигулях».

— Если появилась шуба, может, и мужик появится, — засмеялась Элла.

В результате Маша осталась у нее ночевать.

И они решили, пока у Эллы не кончился отпуск, слетать на неделю в Турцию или в Тунис. Маша обещала заняться этим вопросом.

Днем Элла позвонила Любе:

— Любаша, я на той неделе улечу в Тунис на несколько дней, но я помню насчет форшмака!

— Элка, ты прелесть, у меня сразу потекли слюнки! Я созвонюсь со Славкой, уточню, но думаю, послезавтра часа в три мы сможем выбраться.

— Отлично, значит, это будет обед!

— Думаю, да, но подожди, я сейчас ему звякну на мобильный и перезвоню тебе минут через пять.

Действительно, через пять минут она перезвонила, и они условились встретиться послезавтра в три часа. Элла тут же пошла по магазинам. Почему-то ей казалось чуть ли не жизненно важным поразить воображение своих гостей. Она давно уже не устраивала дома таких обедов. Подумала, не пригласить ли кого-то еще, но потом сообразила, что в будний день в три часа никто не сможет прийти. Ну и не надо! Поскольку это должен быть обед, а для форшмака нужно вареное мясо, то, значит, будет бульон, к бульону она испечет совсем немножко пирожков с яйцами и зеленым луком. Пирожки будут размером с полмизинца, чтобы гости не объелись до форшмака. Форшмак лучше подать как горячую закуску или на второе? Она решила, что на второе. К нему зеленый салат. А перед бульоном надо подать разные легкие закуски. Хорошо бы бабушкино соте, но его понемножку не едят, а это довольно тяжелое блюдо. На десерт она решила сделать печеную антоновку в соусе сабайон. И кофе с сыром.

Гости пришли вовремя с огромным букетом роз и бутылкой коллекционного армянского коньяка. А Элла подала свою фирменную водку, настоянную на свежих апельсиновых корочках. Махотин пришел в полный восторг. Попробовав пирожок, он громко застонал:

— Боже правый! Я думал, меня уже ничем нельзя удивить, я столько повидал, но это! Истинный шедевр! Элла, вы волшебница!

— Нет, просто я люблю готовить, — улыбнулась довольная хозяйка дома.

Когда Элла подала форшмак, извинившись, что подает прямо на чугунной сковородке, Махотин втянул носом воздух.

— Пахнет потрясающе, а эта корочка выглядит просто фантастически.

— Погоди, ты это попробуй! — сказала, глотая слюни, Люба.

Кроме салата был подан еще соус, похожий на тартар, где кроме микроскопически нарезанных пикулей был еще укроп.

Дамы с интересом смотрели на Махотина. Он, уже проникшись доверием к кулинарным талантам хозяйки, с детским любопытством и восторгом следил за тем, как Элла большой ложкой подхватила кусок неведомого блюда и положила ему на тарелку.

— Возьмите соус, но сперва попробуйте, может, соус и не понадобится.

Он взял кусочек на вилку и отправил в рот.

— О боже! — воскликнул он. — О боже! Так не бывает!

Элла не успела еще положить кусок Любе, как Вячеслав Алексеевич уже умял свою порцию и с виновато-выжидательной миной уставился на Эллу.

Она тут же положила ему еще.

— Элка, он сейчас все слопает, дай мне скорее, и себе положи!

140

Себе Элла положила совсем чуть-чуть. Люба ела медленно, наслаждаясь каждым кусочком.

Все остальное съел Махотин и еще выскреб со сковородки присохшую корочку.

— Неправдоподобно! — сказал он. — Вы простите меня, я как с цепи сорвался! Никогда нигде не ел ничего подобного.

Элла сияла.

— Боже мой, Элла, из чего это приготовлено?

— Элка, не говори ему! — со смехом потребовала Люба. — Я когда-то ему рассказывала об этом чуде, так он такую рожу скроил: какая, мол, гадость! А ты меня научишь?

— Нет, Элла, не учите ее, у нее все равно так не получится, в это надо вложить еще душу и талант, а моя жена к кулинарии относится чисто потребительски и потому испортит самый лучший рецепт! — веселился Махотин. — Как, еще и десерт? Нет, это невероятно! Вы чудо! Любочка, давай выпьем за Эллу!

— С удовольствием! За тебя, Эллочка!

— А еще я бы предложил выпить за жуликоватых издателей, благодаря которым мы встретились! Дайте поцеловать вашу ручку, кудесница.

— Вот что значит ублажить мужика, — хохотала Люба, — смотри, как он распелся! Да твое счастье, что я не умею так готовить, ты бы в дверь не пролез при такой кормежке и был бы способен вести разве что какое-нибудь кулинарное ток-шоу!

— Что? — словно протрезвел сразу Вячеслав Алексеевич. — Элла, вы можете вот сейчас рассказать мне, как вы делали этот чудо-форшмак?

— Зачем? — хором воскликнули женщины.

— Надо!

Они переглянулись.

— Элла, прошу вас!

— Ну ладно, — пожала плечами Элла. — Надо взять вареное мясо, вареную картошку, пропустить все это через мясорубку и добавить несоленую жирненькую селедку, ее тоже через мясорубку, положить сметану и замесить такое вот тесто, попробовать, и если все нормально... Понимаете, вкус селедки не должен чувствоваться, он должен ощущаться только где-то... на горизонте, что ли... ну я не знаю, как сказать, но, думаю, хорошая хозяйка меня поймет... Потом смазываете сковородку сливочным маслом, лучше чугунную, выкладываете тесто, придаете форму, ножичком делаете надрезы, ну как на котлетах, и в духовку, пока корка не зарумянится. Вот и все!

— Грандиозно! Особенно про горизонт! Люба, ты уловила мою мысль?

— Более или менее!

— Вы о чем? — растерянно спросила Элла.

— Простите, дамы, я вас оставлю на пять минут, вы позволите мне пройти в другую комнату?

— Пожалуйста. Любка, в чем дело?

Люба таинственно улыбнулась и развела руками:

— Я могу только догадываться.

Вячеслав Алексеевич вернулся почти сразу:

— Его нет в Москве. Все откладывается. Так, что тут у нас, десерт? Выглядит в высшей степени аппетитно, но что бы я теперь ни ел, я буду мечтать о вашем форшмаке. Как из таких достаточно

142

грубых продуктов получается такая воздушная, я бы даже сказал, изысканная прелесть? Дайте ручку поцеловать!

— Славка, смотри, приревную и никогда уже не приведу тебя к Элле! — шутливо пригрозила Люба.

— Отлично! — хлопнул в ладоши Махотин. — Тогда я буду тайно к ней ходить, под покровом темноты, и один есть форшмак!

Оставшееся время они провели весело и мило.

Уже собираясь уходить, Люба спросила:

— Элка, ну форшмак требует тонкости и таланта, я поняла, а как у тебя такие фантастические котлеты получались, это можешь сказать?

— Могу, конечно. Во-первых, ни в коем случае не класть яйцо, и, во-вторых, если ты подаешь котлеты с пылу с жару, то в каждую, когда лепишь, положи маленький кусочек льда, ну а если льда нет, то кусочек сливочного масла, вот и весь секрет.

— Но как же без яйца? Они не развалятся?

— У меня никогда не разваливаются.

— Боюсь, мне даже примитивные котлеты не одолеть, — вздохнула Люба. — В другой раз позови нас на котлеты!

— Ничего подобного! — закричал Махотин. — Никаких котлет, только форшмак!

— В другой раз я сделаю для вас одного форшмак, а для Любы котлеты, чтобы вам не пришлось таскаться ко мне под покровом ночи, — засмеялась чрезвычайно довольная Элла.

— И тебе не лень готовить два обеда? — поразилась Люба.

— Господи, да что стоит сделать несколько котлет? Четверть часа!

— Она не только талантлива и красива, она еще и грандиозно добра! Элла, я ваш преданный поклонник на веки вечные!

С этим они удалились.

У Эллы на душе было необычайно тепло и приятно. Давно так не было.

Прошло два дня, Эллу мучила совесть. Она так и не позвонила Мише. Но ей не хотелось его видеть. Она знала, что он примчится и придется готовить ему «курицу в полете», а сейчас ей это было противно. Но она все-таки решила, что позвонит ему, когда вернется из Туниса. А то он начнет расспрашивать, охать, вздыхать, и ей сразу станет скучно. Но в этот момент зазвонил телефон. Только бы не Миша, подумала она, забыв, что он ведь не знает о ее возвращении.

— Элла Борисовна? — спросил незнакомый мужской голос с той единственной в мире интонацией, по которой она сразу опознала одессита.

— Да!

— Элла Борисовна, мне рекомендовал обратиться к вам Вячеслав Алексеевич Махотин.

— Слушаю вас!

— Видите ли, тут такое дело...

— Вам нужна консультация по авторскому праву?

— Что? По какому авторскому праву?

— Ну я же занимаюсь авторским правом.

— Ах да, он что-то об этом говорил. Нет, меня интересует совсем другое. Мне нужно с вами познакомиться.

— Зачем? — удивилась Элла. Неужто Махотин решил заняться сводничеством? Никогда бы не подумала!

— Видите ли, у нас есть идея одного шоу...

— Шоу? — еще больше удивилась Элла. — А я тут при чем?

— У вас, кстати, потрясающий голос, об этом он не говорил... А слух у вас есть?

— Слух?

— Ну да, музыкальный слух! — уже начал раздражаться собеседник.

— Послушайте, зачем вам мой музыкальный слух? Я вообще ничего не понимаю!

— А вам что, Махотин ничего не сказал?

— Господи, о чем?

— Моя фамилия Пузайцер, Аркадий Пузайцер. Час от часу не легче! Вот только Аркадия Пузайцера мне и не хватало!

— Простите, но я не слышала о вас.

— Мадам, вы одесситка? Не отпирайтесь, я это слышу!

— Ну я тоже сразу поняла, что вы из Одессы, но все-таки что вам от меня нужно?

— Мне нужно с вами увидеться! Вернее сказать, посмотреть на вас!

— Да зачем на меня смотреть?

— А вы хотите, чтобы я не глядя взял вас в наше шоу?

— Господи помилуй! Какое, к черту, шоу? — разозлилась Элла. — Я юрист и ни в каких шоу сроду не участвовала.

— Но хотите?

— Да боже упаси, зачем?

145

— Махотин сказал, что вы далеки от мировых стандартов, но это нам и нужно!

— Извините, но, по-моему, это какой-то бред! Или вы не в состоянии складно изложить ваши мысли!

— Ой, ратуйте, эта дама так разговаривает с Аркадием Пузайцером, я в восторге! Слушайте, давайте сегодня встретимся. Приезжайте в Останкино, я вам выпишу пропуск!

— Никуда я не поеду! Я вообще ничего не понимаю!

В разговор ворвался женский голос.

— Аркаш, дай мне трубку! — потребовал он. — Элла Борисовна, простите! Дело в том, что у нас на канале задумано новое кулинарное шоу, и Махотин предложил вашу кандидатуру на роль ведущей. Мы заинтересовались и хотим познакомиться с вами. Теперь вам все понятно?

— Теперь да. Но я... я вам не подойду.

— Ах боженька! — опять раздался голос Пузайцера. — Подойдете или нет, решать не вам! Короче, сейчас за вами приедут! Мы не можем терять время, нам дорога каждая минута. Вы где живете?

— У метро «Профсоюзная», — машинально ответила Элла, совершенно сбитая с толку.

— Хорошо. У вас есть мобильный?

— Да.

— Записываю!

— Но послушайте...

— Мадам, я не понимаю, вы хотите вести шоу?

— Нет, не хочу!

— Почему? — поразился Пузайцер.

— Потому что это не мое... Я не умею!

— Вы готовить умеете?

— Готовить — да, а вести шоу — нет.

— Ой, мама моя, это же надо сперва житного хлеба накушаться, как говорил мой дед Пиня Пузайцер. А вы пробовали?

— Что?

— Вести шоу.

— Нет!

— Так откуда ж вы, мадам, знаете, можете вы это или нет? Махотин настоящий телевизионный зубр, и если он сказал, что вы сможете, значит, сможете! У него глаз-алмаз, чтоб вы знали! Короче, самое позднее через полтора часа за вами приедет машина! Давайте ваши координаты и не кобеньтесь. Все равно я от вас не отстану, это ж надо знать Аркадия Пузайцера! Чем вы рискуете? Если не подойдете — что ж, как говорится, извините за беспокойство, а если подойдете... Вы представляете себе, что можете стать звездой, как Андрей Макаревич!

— Но Андрей Макаревич сначала стал звездой, а потом уж...

— Ну ладно, пусть не Макаревич... — легко согласился Пузайцер. — Но все равно. И потом, за это еще платят деньги, учтите! К тому же Махотин сказал, что вы красивая одинокая дама. Так у вас женихи будут со всех концов страны, из ближнего и дальнего зарубежья!

Элла расхохоталась. Ей вдруг стало весело. А чем черт не шутит!

— Ладно, земляк, так и быть, присылайте машину!

147

— От это другой разговор! — возликовал Пузайцер. — Я таки уме о находить аргументы, вы так не считаете?

— Считаю, считаю!

— Только еще два слова! Не надо наводить марафет!

— То есть?

— Ну красить глаза и все прочее, у нас классные гримеры! И вообще, нам надо вас увидеть в первозданном виде. Это понятно?

— Это понятно.

Пока она ждала машину, в голове у нее был полный сумбур. И в чувствах тоже. Но потом она сказала себе: Элла Борисовна, ты и вправду ничем не рискуешь. Скорее всего, ты им не подойдешь, так чего волноваться? Кто возьмет такую толстую корову на телевидсние? Это ведь будет антирекламой. Смотрите, мол, она хорошо готовит и вон на что стала похожа... Конечно, они тебя не возьмут, но зато побываешь на телевидении, это уже само по себе интересно. Ну скажут они тебе, что ты им не годишься, что с того? Ты и сама знаешь, что не годишься, так в чем проблема? Все равно, хуже чем в венском аэропорту тебе не будет, когда мать через двадцать с лишним лет воскликнула: «Элка, какая ты толстая!». А вот Махотину я явно понравилась, раз он меня им рекомендовал, пусть даже не я ему понравилась, а форшмак... Краситься не нужно, а вот одеться прилично надо. Она задумалась, а потом надела темно-коричневые брюки, такую же водолазку и бархатистый бежевый пиджак, купленный в Вене. Придирчиво себя осмотрев, она переоделась в чёрные брюки с чёрной рубашкой — любимый свой туалет. Простенько и со вкусом.

Машина пришла раньше обещанного.

В Останкине ее встречал высокий, тощий мужчина в бейсболке, из-под которой свисал на спину длинный хвост.

— Рад знакомству! Пузайцер, — представился он.

Элла так удивилась, что даже рот открыла. Она представляла себе Пузайцера толстым коротышкой с огромной потной лысиной.

Он повел ее бесконечными коридорами, где время от времени пробегали собаки и кошки, где полы были покрыты драным линолеумом, а из туалета, мимо которого они прошли, здорово воняло.

— Вы небось думали, тут мраморный дворец, — усмехнулся Пузайцер, словно угадав ее мысли. — Смотрите под ноги, а то можно и навернуться! Но это все мура! Послушайте, а вы где жили в Одессе?

— На Пушкинской.

— А Витьку Шебу вы не знали?

— Что? — поперхнулась Элла.

— Я ж говорю, у меня глаз-алмаз! Вы были Витькиной зазнобой, я вас сразу узнал. Мы его уважали, Шебу! Крутой был парень. Царствие ему небесное!

Элла открыла было рот сказать, что он жив-здоров, но промолчала. Витька, тот Витька, и вправду уже мертв, и царствие ему небесное!

— Эх, как наши девчонки вам завидовали... Слушайте, а вы ведь учились в школе Столярского?

— Я ее бросила задолго до Витьки.

— Неважно! Значит, слух у вас-таки есть!

Но тут они пришли.

Через три часа бесконечных мук ее отпустили, не дав никакого ответа. Как только все закончилось, казалось, к ней потеряли всякий интерес. Я им не подошла, решила Элла, и слава богу. Это же дурдом! Выйдя в коридор, она поняла, что никогда не найдет выход и будет блуждать тут, как герой Фарады из фильма «Чародеи». Она решительно толкнула дверь.

— Господин Пузайцер, я не хочу погибнуть в ваших коридорах, проводите меня! — Она сама себе удивилась, обычно была застенчива.

— Ах да, конечно! Линда, проводи!

Совсем юная девица со звучным именем Линда выбежала за дверь и на бешеной скорости понеслась по коридору. Элла едва за ней поспевала. Я как вдова Грицацуева, которая бежит за Бендером, успела она подумать, и эта мысль была ей неприятна.

— Линда! — крикнула она вслед девчонке.

Та замерла.

— Я не могу так бежать!

Линда что-то пробурчала себе под нос, возможно обругала Эллу или, наоборот, извинилась, но пошла медленнее.

Наконец она остановилась у лифта:

— Вот тут спуститесь, нажмите на кнопку «П». Знаете, я боюсь этих коридоров и бегаю по ним как оглашенная, вы извините, до свидания. — И она припустила бегом, только пятки сверкали.

Да, подумала Элла, выйдя наконец на улицу, изнанка телевидения мне совсем не понравилась. И слава богу, меня все равно не возьмут, а значит, наплевали и забыли! Я никому не буду про это рассказывать! Но как я устала, ужас просто! Совсем нет сил. Надо поймать такси, а то ноги дрожат. Едва она ступила на проезжую часть, как рядом с ней затормозил джип темно-вишневого цвета. Элла собралась уже подбежать к нему, но тут же поняла, что этот джип ее не повезет. Водитель вылез и захлопнул дверцу.

Тут она его узнала. Это был Воронцов. И в ту же минуту он заметил ее.

— Здравствуйте, — расплылся он в улыбке. — Вы меня узнали?

— Да, да, конечно! Здравствуйте!

— Простите, кажется, вы Алла...

— Элла.

— Извините, ради бога. Нам не удалось и словом перемолвиться у Махотиных, вы рано ушли, просто как Золушка с бала сбежали...

Элла смутилась. Он так ей нравился!

— Элла, вы спешите?

— Ну, в общем, да...

— Какая жалость. А что, если я вам позвоню, это возможно?

— Почему бы нет? — И она торопливо вытащила из сумочки свою визитную карточку.

— О, спасибо. А вы тут по делам были?

— Да.

— Мне Слава говорил, что вы прекрасный юрист.

Элла пожала плечами. Не скажешь ведь в ответ «да, я прекрасный юрист!».

— Элла, а что, если... вы не могли бы подождать меня, ну максимум полчаса, и мы где-нибудь поужинали бы...

— Нет, спасибо, я очень устала, хочу поймать такси и ехать домой.

— А вы посидите пока в моей машине, там удобно, можете даже вздремнуть. Просто, раз уж мы так встретились, не хочется упускать вас снова...

Она не успела опомниться, как он открыл дверцу, помог ей сесть, показал, как открыть окно, где лежит бутылка с минералкой.

— Только не вздумайте убежать, как Золушка, а то машину угонят, а это будет жалко. Ну все, я пошел! Скоро вернусь!

Элла опомнилась, когда его след простыл. Ну ничего себе хватка у этого типа! Но какое обаяние! Неужто я ему понравилась? Видимо, да, иначе зачем ему запихивать меня в свою машину? Вероятно, ему надоела его балерина, хотя она такая хорошенькая... А я? Я толстая корова и могу проложить путь к сердцу только через желудок. Но я не буду! Пусть ест «курицу в полете»! И вдруг ее окатило жаркой волной восторга. Нет, все это неспроста! Чтобы человека в один день пригласили на телевидение — и тут же такая встреча... И не просто встреча, а, по-видимому, с продолжением... Значит, получится все! Все-все! И на телевидение возьмут, и любовь... Да, любовь! Я теперь совсем свободна для настоящей любви, а он такой подходящий объект... Любка говорила, что он очень известный режиссер-документалист и оператор. Снимает всяких экзотических зверей и птиц для Би-би-си... Это так романтично! Да, все получится, я знаю. Теперь, когда счеты с прошлым окончены, у меня начнется новая жизнь... счастливая... После ареста Витьки вся моя жизнь была окрашена в серые тона. В ней не было вкуса, запаха и цвета. А теперь будет! И не стану я готовить ему «курицу в полете»! Я так его накормлю! И сама я больше не буду курицей! Хотя если ты родилась курицей... Ничего, я тоже отправлюсь в полет, вот прямо сегодня и отправлюсь. Захочет он зайти ко мне, пусть! Захочет повезти меня к себе, пусть! Я на все согласна, я не могу больше жить этой серой, невкусной жизнью... И все теперь будет отлично! Если он позовет меня с собой в Африку, или на Крайний Север, или попросту на край света, я поеду! Все брошу и поеду! Посмотрю мир... И буду рядом с любимым. И ему станет хорошо в этой жизни. Наверное, ему плохо сейчас, если он решил за мной приударить. Ему показалось, что я тихая пристань? Но это он ошибается! На тихой пристани, как и в тихом омуте, такие черти водятся! Просто он еще не знает, что такое курица в полете...

Ее счастливые размышления были прерваны резким звуком открывшейся дверцы. Она радостно повернула голову. Перед ней стояла молодая девушка, по виду топ-модель, с искаженным от злобы лицом.

— Вы что тут делаете? — прошипела она.

— Я? Я жду...

— Ждешь? И кого ты ждешь, корова?

— Послушайте...

— Ничего не желаю слушать! Выметайся!

— Да кто вы такая?

— А ты кто?

— Не все ли равно? Просто хозяин машины...

— Димка? Сукин сын! Давай-давай, вываливай свои окорока, я сама тут покараулю! Ишь расположилась! Вали отсюда, говядина!

Вот этого Элла уже стерпеть не могла. Почему-то слово «говядина» показалось ей смертельно обидным. Она сорвала с ноги туфлю и хлопнула ею девушку по лбу. Несильно, но решительно. Та опешила, но лишь на мгновение.

— Ах ты сука жирная! Я тебе покажу! — завопила она, с нечеловеческой силой вцепившись в Эллину брючину. Элла продолжала колотить ее туфлей. К счастью, к ним подбежал милиционер, дежуривший у входа в телецентр:

— Эй, гражданочки, что вы делаете, совсем с ума спятили? Перестаньте, кому говорю! Ай, ты что делаешь, скаженная! — Девица лягнула его ногой в пылу драки.

Но тут Элла нащупала рукой бутылку с минералкой. Девица на долю секунды отвлеклась на милиционера. Тогда Элла в мгновение ока открыла бутылку и плеснула водой в беснующуюся девицу. Та с визгом метнулась в сторону, но милиционер успел схватить ее. И поскольку он, видимо, наблюдал всю сцену с самого начала, понял, что первой напала девица, то, забыв про Эллу, поволок ее куда-то. Вокруг уже собралась толпа.

Хорошо, что он забыл про меня, подумала Элла. Но зря, милиционер вскоре вернулся:

— Гражданочка, пройдемте!

— Куда? Зачем?

— Так вы же потерпевшая! Надо заявление написать.

— Никуда я не пойду! И заявление писать не буду. Отпустите эту идиотку, у меня к ней претензий нет.

— Но она нарушила общественный порядок в непосредственной близости от... объекта...

— Послушайте, но это просто бабья разборка, и все. Отпустите ее, а со мной лучше не связывайтесь, я юрист!

— Значит, у вас к ней претензий нет?

— Нет!

— А если я ее отпущу, а она опять на вас накинется?

— Я опять ее оболью, у меня еще вода осталась!

— Решительная дама! — заметил кто-то из собравшихся зевак.

И тут появился хозяин джипа:

— Что тут происходит? Элла, что случилось? Элла выскочила из машины:

— Сержант вам все объяснит, всего наилучшего! — И она побежала прочь, оставив открытой дверцу машины. Он не смог кинуться за ней. А она поймала такси и, плюхнувшись на сиденье, крикнула: — На Профсоюзную!

Жизнь не удалась. Жизнь определенно не удалась! И с этим ничего уже не поделаешь, против судьбы не попрешь. Тридцать шесть скоро, а жизнь пуста, как... пустыня. Отвратительная тавтология, но куда денешься? Ни семьи, ни детей, ни любви... Любовник, правда, есть, но лучше б его и не было. Его присутствие в жизни так минимально, что без него вполне можно обойтись. А что сегодня было? Непристойная сцена с дракой на улице Королева, 19, где рухнули разом все мечты. Интересно, у этого загорелого хмыря хватит смелости позвонить и извиниться? Хотя зачем это нужно? Он же попытается как-то загладить свою невольную вину, начнет приглашать на ужин, а в ресторане, куда он меня поведет, обязательно окажется еще какая-то его баба. Два раза я его видела, и оба раза были бабы... Балерина, топ-модель... Что это его вдруг ко мне потянуло? Надоели худые красотки-молодки? Кости щупать обрыдло? Захотелось чего-то помягче, чтоб было за что подержаться? Фиг ему! Господи, скорей бы слинять на недельку в Тунис! Теплое море, солнышко, веселые, загорелые лица — и никаких забот. Машка старается каждый год на недельку съездить в Тунис, ей там нравится. Вот и мне понравится! Хотя Машка нормальная, в отличие от меня. У нее нормальная, любящая мать, которая все время должна знать, где находится ее обожаемая дочь, она то и дело звонит ей на мобильник... Машка говорила, что мамины звонки не раз ломали ей кайф и она договорилась с ней, что будет перед свиданием звонить и предупреждать: «Мама, я в

156

порядке, но ты мне два часа не звони, я отключу телефон». И Роза Савельевна этим вполне удовлетворяется. Она понимает, что женщине в таком возрасте нужно иногда... отключать телефон. А моя матушка ни разу за эти дни даже не позвонила. Ни разу! Машкиной первой любовью был гениальный физик, который сделал в Америке грандиозную научную карьеру, а моей первой, и единственной, любовью был малолетний преступник, достигший совершеннолетия на зоне. Правда, впоследствии он одумался, но мне от этой любви осталось только кольцо... И полная пустота в душе, такая пустота, что ветры свищут. Наверное, если бы не наша встреча в Вене, с этим новым мертвым Витькой, такой пустоты не было бы... Он жил бы в душе несчастным, заблудшим, любящим и любимым, я бы вспоминала о нем с болью в сердце, а так... Я идиотка, я должна была бы радоваться, что он жив, здоров и благополучен, а я? Я же никому на свете не нужна... Разве что Машке да клиентам фирмы. Я состоялась только как юрист. Вероятно, это немало, но... Мне мало, мне чудовищно мало! Мне нужна любовь... да такая, чтобы страсти в клочья, чтобы жизнь на нее положить... Хотя кому это в наше время нужно? Мужчинам уж точно не требуется. Их мечта — женщина с кнопкой. Нажал на кнопку — пришла, нажал еще раз — ушла... Вон этот Воронцов... Пришел в гости с бабой, положил глаз на другую. Встретил эту другую случайно, так тут же возникла третья и учинила скандал с дракой... Черт знает что! Хотя вспомнить, как лов-

157

ко я действовала, приятно. В мгновение ока сорвала с ноги туфлю и бац ее по башке, а потом еще водой облила! Ну и вид у нее был, как у мокрой курицы... Кайф! На сей раз курицей была не я! И больше я курицей не буду! Я вообще вычеркну из своего лексикона слово «курица». И никогда не стану готовить «курицу в полете». Никогда!

Зазвонил телефон. Она решительно взяла трубку, чтобы послать куда подальше этого чертова бабника. Но звонила Машка:

— Элка, путевки у меня на руках! Послезавтра ни свет ни заря летим! Из Домодедова! Так что приезжай завтра ко мне ночевать.

— Слава богу! — выдохнула Элла.

— Что — слава богу? — насторожилась Машка.

— Ничего, просто я рада, что мы уже летим. Хочется к морю.

— Элка, у тебя что-то случилось?

— Да так, ерунда, расскажу в самолете, посмеешься.

— Но у тебя какой-то очень деловой голос.

— Я тут приняла кое-какие решения, расскажу! Слушай, а веревочку надо брать?

— Какую веревочку?

— Ну чтобы натянуть на балконе, купальники сушить?

— Не надо, там сушилки стоят. Прищепочки я возьму сама, у меня маленькие.

— А шампунь брать?

— Ну вообще-то там дают, но я всегда беру свой, там противный.

— А фен?

— Фен есть в номере. Ладно, Элка, я что-то сегодня устала.

— Ты завтра еще работаешь?

— В салоне уже нет, но надо с утра сделать массаж одной клиентке, у нее вечером важная встреча. Целую.

— Пока!

Рано утром ее разбудил телефонный звонок. Она глянула на часы — восемь. И кто это в такую рань?

— Алло, — сонным голосом пробормотала она.

— Элла, я вас разбудил?

Она сразу узнала его, сердце подпрыгнуло, но она ведь больше не курица!

— Да, разбудили, а кто это?

— Элла, я хочу извиниться за вчерашнее.

— А, это вы... герой-любовник! — хмыкнула она, сама себе удивляясь. — Еще минута — и я бы оставила ваш чертов джип без присмотра. А то, знаете ли, в чужом пиру похмелье...

— Умоляю, простите!

— Прощаю! Всего наилучшего.

И она бестрепетной рукой швырнула трубку. Но бестрепетной была только рука. Сердце здорово колотилось. У него по телефону такой сексуальный голос... Но мне это не нужно. Я молодец, послала его...

Телефон зазвонил снова.

— Алло!

— Элла, вы заняты сегодня?

— Да!

— Но вы же в отпуске!

— Кто вам сказал? — крайне удивилась она.

— Разведка донесла, — усмехнулся он.

Странно, подумала Элла, Махотины улетели отдыхать на Сейшельские острова. Это он просто берет меня на пушку.

— Не выдумывайте. И что вам от меня нужно?

— Ну вообще-то многое... Но на данный момент хочу предложить вам съездить за город.

— Зачем?

— Погулять по осеннему лесу, в этом году прорва грибов. Вы любите собирать грибы?

— Нет, я не умею. Я выросла в Одессе.

— О, тогда вы, наверное, потрясающая кулинарка.

— Нет, я вообще умею готовить только... — Она хотела сказать «курицу в полете», но произнесла: — Только картошку с селедкой.

— Как это? — заинтересовался он.

— Очень просто! Варится картошка, и покупается селедка, желательно уже почищенная, знаете, в таких пластиковых пачечках.

— О, в таком случае я приглашаю вас к себе и угощу своим фирменным блюдом. Если понравится, дам рецепт. Чрезвычайно просто и вполне вкусно.

— Дмитрий... простите, не помню вашего отчества...

— Не надо отчества, просто Дмитрий. Лучше просто Митя.

— Вчерашняя девица называла вас Димой.

— Предпочитаю имя Митя.

— Так вот, Митя. Я завтра ни свет ни заря улетаю, и сегодня у меня еще куча дел.

— Улетаете? — у него упал голос, а у нее екнуло сердце. — Далеко ли? Надолго?

— Нет, всего на неделю. Отдыхать.

— И вы не выкроете часок-другой, чтобы попробовать мое фирменное блюдо?

— Уж сегодня точно нет. Мне совсем не улыбается, чтобы в разгар обещанной трапезы в окно влетела еще какая-нибудь балерина на помеле!

— Она не балерина, — засмеялся он.

— Это несущественно. Так что всего наилучшего, Дмитрий!

И она положила трубку уже далеко не бестрепетной рукой. Но была горда собой чрезвычайно. Наглец! За город поедем, а лучше приходи ко мне домой. Я тебе, дуре, сварганю какую-нибудь пакость, а ты, растроганная, вымоешь посуду, а может, и приберешь в квартире, а я тебя за это трахну, и очень кстати, что ты завтра куда-то улетишь. За неделю я смотаюсь из Москвы снимать носорогов или бегемотов и, глядя на них, буду нежно вспоминать о тебе, дорогая Элла. Фиг вам, Дмитрий Михайлович, фиг, фиг! Нате-ка, выкусите! И чтобы уберечься от соблазна, она сняла трубку. Пусть теперь звонит сколько влезет! А она взялась за утюг. Вещи надо сложить как можно скорее и ехать к Машке, что называется, от греха подальше. И она стала думать о том, что в Тунисе непременно купит себе такую же шикарную дорожную сумку, как у Машки.

Вдруг заверещал мобильник. Машка!

— Привет, что у тебя с телефоном? Нельзя же два часа трепаться!

— Ой, у меня, наверное, трубка плохо лежит, — смутилась Элла.

— Растяпа, я звоню, звоню... Наш рейс переносится на час дня. Это хреново, но ничего не поделаешь.

— Значит, день, считай, пропал?

— Если не будет задержек, то ничего страшного. Разница — три часа, считай, что мы вылетим в десять по-ихнему, прилетим где-то около двух, в три будем в гостинице, нормально! Искупаться, во всяком случае, успеем! Зато можно нормально спать ночь.

— Тогда я к тебе с чемоданом не потащусь. Встретимся в Домодедове!

— Да ну, Элка, глупости! Все равно надо рано встать, в Домодедове быть за два часа, то есть в одиннадцать, и зачем тратиться на два такси?

— Ладно, посмотрим.

— Не вредничай, Элка, потреплемся вечерком.

— В Тунисе не успеем потрепаться?

Она и сама не знала, почему не хочет ехать сегодня, это в корне противоречило ее первоначальным намерениям. Она что, ждет звонка? Тогда какого черта надо было снимать трубку? Впрочем, он ведь тоже мог позвонить на мобильный... Да ну его, не буду я о нем думать. Видно, не больно-то я ему нужна, просто он чувствовал неловкость за случившееся. Ну извинился перед дамой, хотел даже трахнуть, чтобы уж полностью искупить вину, дама не поддалась сразу, ну и фиг с ней. Улетает куда-то? Скатертью дорожка.

И она положила трубку на место. Он уж не позвонит. Телефон тут же зазвонил. Она сняла трубку:

— Алло!

— Элла Борисовна, — узнала она голос соседа со второго этажа, — простите великодушно, у вас не найдется клей «Супермомент»?

— Кажется, где-то был, я сейчас посмотрю. Ага, есть, и еще не совсем высох. Заходите!

— Благодарю вас, а то у меня тут... Так я зайду минут через десять?

— Пожалуйста.

Сейчас будет приводить себя в божеский вид, — усмехнулась Элла. Весьма галантный дядька. Всегда при галстуке является. Надо и мне что-то надеть. Она была в легком, совсем коротком халатике, который безбожно сел после стирки, но выбрасывать было жалко, уж больно он уютный. И она накинула домашнее платье, привезенное Машкой из Израиля, — длинный синий балахон из трикотажа с нарисованными на груди белыми ромашками. Этот туалет не брало ничто — ни время, ни бесчисленные стирки. Ромашки были как новые! К тому же он не мялся и гладить его не было нужды. Исключительно удобно!

Вскоре раздался звонок в дверь. Элла побежала открывать. На пороге стоял... Воронцов.

— Вы? — ахнула Элла.

— Я! Вот... — Он протягивал ей букет крошечных белых хризантем с темно-розовой серединкой. Они очень понравились Элле. Но самое странное было то, что она не взволновалась, а, наоборот, как-то вдруг успокоилась. И обрадовалась, конечно.

— Вы позволите войти? — спросил он после довольно долгой паузы, во время которой они смотрели друг другу в глаза и от этого стремительно рушились все разделявшие их барьеры.

— Ах да, конечно, — пролепетала Элла, впуская его в квартиру. — Пожалуйста, проходите. Как вы меня нашли? На визитке нет адреса...

— По мобильнику. Я послал эсэмэску Махотину. Срочно сообщи адрес Эллы. Он и сообщил...

В этот момент в дверь опять позвонили.

— Кто это?

— Сосед.

Элла распахнула дверь, уже держа в руке тюбик клея.

— Элла Борисовна, рад приветствовать... — начал сосед, очевидно предполагая, что его пригласят войти, может быть, напоят чаем с чем-то вкусным, поговорят по душам... Но он мгновенно оценил обстановку, покорно и понуро взял клей и, пробормотав слова благодарности, ушел.

Элла закрыла за ним дверь и повернулась к гостю. Он стоял совсем близко к ней, и она почти уткнулась носом ему в грудь. Он был значительно выше нее.

— Элла, я сам ничего не понимаю, это какое-то наваждение... Почему меня так к вам тянет... Практически с первого взгляда... Практически... Да... Я понимаю, что все это дико... Отчасти даже неприлично... То есть вам может так показаться...

— Ну и пусть, — сказала Элла.

— Что?

— Пусть неприлично... Мне плевать...

В ответ он так сжал ее в объятиях, что она едва не задохнулась. Он поцеловал ее, она закрыла глаза и сразу увидела золотых пчел, как на воображаемом покрывале Ивана Аркадьича. После Витьки она их ни разу не видела. Они были такие красивые и что-то жужжали, жужжали... Полночи напролет.

Она проснулась первой, глянула на часы и в ужасе вскочила. Чемодан не собран, цветы не политы, такси не заказано. А может, лучше остаться, никуда не ехать? Как можно сейчас пережить разлуку? Никогда и ни с кем ей не было так хорошо, она забыла о том, что отнюдь не сильфида, она видела и чувствовала кожей и всеми фибрами души, что нравится ему такая, как есть, а уж как он ей нравился... К черту, не поеду, вот сейчас позвоню Машке и откажусь... Нет, так нельзя. Машка старая подруга, верная, преданная, нельзя испортить ей отдых из-за первого попавшегося мужика, даже такого... Да и вообще, так поступила бы курица. Я должна наступить на горло своей куриной песне и улететь! А он пусть ждет и терзается. Кстати, еще не факт, что он будет терзаться. Я-то точно буду, а он... Кто его знает... Но безусловно лучше думать, что он терзаться не станет. Полезнее для всех, и для меня, и для Машки. Надо на эту неделю забыть о нем, совсем забыть, так куда легче перенести мысль, что он забудет обо мне... Тьфу ты, черт, совсем запутаться можно! Она молниеносно собрала чемодан и уже хотела вызвать такси, потом подумала: может, он отвезет ее в аэропорт? Как приятно было бы... Но нет, это куриные надежды. И она вызвала такси на девять часов. Потом приняла душ, привела себя в порядок, оделась, проверила документы и лишь после этого заглянула в спальню. Он лежал, закинув руки за голову, и смотрел на нее. В его взгляде ей почудилось что-то такое, отчего ей захотелось все послать к черту и кинуться к нему. Но она себе этого не позволила. Что ж я, курица перед петухом?

— Митя, пора вставать!

— Ничего подобного, иди ко мне! — проворковал он, протягивая к ней руки.

— Нет, я через час улетаю!

— Улетаешь? Куда? — поразился он и сел в кровати.

— В Тунис.

— В Тунис? Зачем?

— Отдыхать!

— Что ж ты молчала?

— Почему? Я говорила, что улетаю...

— Правда? Я как-то пропустил мимо ушей. И когда ты едешь?

— Я заказала такси на девять.

— Такси?

— Ну да.

— Отмени заказ, я сам тебя отвезу! В Шереметьево?

— Нет, в Домодедово.

— Неважно, я тебя отвезу!

— Не стоит, машина заказана, зачем тебе тратить столько времени впустую?

— Почему — впустую? Побыть лишний час с любимой женщиной...

— Ох, не надо этого...

— Чего? — не понял он и, нисколько не стесняясь, встал и начал одеваться. Но вдруг замер, засунув одну ногу в джинсы. — Постой, а с кем ты едешь в Тунис?

— С подругой.

Она ждала этого вопроса уже давно.

— Тогда тем более я тебя провожу. Хочу посмотреть на подругу.

Элле вдруг стало скучно. Все было так прекрасно, так небанально, а этот утренний разговор был так похож на разговоры с Мишей... Неужели утро действительно настолько мудренее вечера? И этот человек ничем не лучше других, таких же банальных и скучных?

— Нет, — твердо сказала она. — Я не хочу, чтобы ты меня отвозил.

— Не понимаю, — пожал он плечами.

— И не надо. Иди лучше завтракать.

На завтрак она приготовила горячие бутерброды из всего, что оставалось в доме, — немножко докторской колбасы, немножко сыра, помидор, капелька майонеза, веточка базилика.

— Потрясающе! — воскликнул он. — И когда ты успела?

— Да тут делать нечего, просто у меня ничего в доме нет, я же тебя не ждала.

Но тут позвонила Машка — удостовериться, что Элла встала вовремя.

— Все в порядке, Машуня, на девять у меня заказано такси. Сейчас говорить не могу, некогда, целую, до встречи!

— Подругу зовут Маша?

— Да.

— Элла, скажи, ты чем-то недовольна? — осторожно спросил он.

— Боже упаси! — нежно улыбнулась Элла. — Просто я... уезжаю сегодня...

— Дорожная лихорадка?

— Именно.

— Ну что ж... Когда ты возвращаешься?

— В следующее воскресенье.

— Ну что ж... — повторил он.

Повисла тяжелая пауза. Элла быстро собрала посуду, вымыла ее. Проверила, выключен ли свет, отключила на всякий случай стиральную машину, еще раз заглянула в сумочку, на месте ли паспорт и деньги. Путевки были у Маши. Ей стало грустно. Похоже, этой ночью все и ограничится... Вчера у него был порыв, порыв прошел, желание удовлетворено, а с утра все как-то не задалось... Ну и ладно! Обойдемся как-нибудь!

— Что ж твое такси не звонит?

— Они звонят, когда машина уже ждет.

Тут как раз зазвонил телефон.

— Такси? — спросил он.

Она молча кивнула и взяла с вешалки плащ:

— Присядем на дорожку?

Они сели.

— Ну, с Богом! — тяжело вздохнула Элла и встала.

— А чемодан донести ты позволишь?

— Конечно!

В лифте он погладил ее по щеке и спросил шепотом:

— Ты почему такая? Что стряслось?

— Я боюсь!

Но тут они приехали вниз, он донес чемодан до такси, положил в багажник, и на мгновение они замерли. Она ждала, что он обнимет ее, и он, вероятно, ждал того же от нее. Его сбивало с толку ее странное после вчерашнего поведение.

— Ну пока! — сказала она, с трудом проглотив подступивший к горлу комок.

— Пока. Да, постой... Чего ты боишься? — спохватился он вдруг.

— ...Я летать боюсь! — вдруг нашлась она.

— Летать? Ерунда, выпей перед полетом стакан водки — и все страхи как рукой снимет! — облегченно и радостно воскликнул он. Этот страх он понимал, часто с ним сталкивался, особенно у мужчин. Ну конечно, она просто нервничает перед полетом. — Не бойся, солнышко, все будет отлично!

И в последнюю секунду, когда она уже собралась сесть рядом с шофером, он обнял ее и поцеловал в щеку:

— Счастливо отдохнуть! Как приедешь, позвони!

И он захлопнул дверцу.

— Элка, что с тобой такое? — спросила вдруг Маша, когда они ждали начала регистрации.

— Ничего, — ответила Элла. Ей не хотелось сейчас говорить об этом. Уж слишком ее переполняли самые противоречивые чувства. С одной стороны, она ясно понимала, что влюбилась, но что-то мешало ей целиком отдаться этому восхитительному чувству. А почему — непонятно. Она знала, что расскажет все Маше, но позже, в более подходящей обстановке.

— Нет, Элка, я ж тебя знаю, что-то с тобой не то... Ты, часом, не влюбилась?

— Пока нет.

— Что значит — пока?

— Да нет, нет, ни в кого я не влюбилась.

— А по-моему, ты врешь! Элка, ну не будь свиньей, скажи, кто он?

— Отвяжись, Машуня. — И тут она поняла, что не желает ни с кем говорить на эту тему, но Машка не отстанет. И она решила выдать другую свою тайну, тем более что из этого уж точно ничего не получится, а значит, разговорами кашу не испортишь, ничего не сглазишь, по крайней мере.

— Ладно, так и быть, скажу, но имей в виду, что это дохлый номер, говорю сразу.

— Ну? — У Маши от любопытства горели глаза.

— Понимаешь, я вчера пробовалась на телевидении.

— Что это значит? — вытаращилась на нее подруга.

— Там хотят запустить новое кулинарное шоу, Махотин почему-то решил, что я это смогу, ну вот и...

— Элка, ты что, ненормальная? Почему молчала?

— Потому что ничего из этого не вышло.

— Кто тебе сказал?

— Никто. Тут и говорить не надо, все и так понятно. Когда все кончилось, они ко мне всякий интерес потеряли, а если бы я им подошла... то, наверное, как-то иначе вели бы себя.

— Элка, ты расстроилась?

— Да нет, какая из меня телеведущая?

— Почему? Очень даже неплохая, на мой взгляд. Ты красивая, уютная, у тебя роскошный голос, ты нормально говоришь по-русски, а твоя одесская интонация только придает тебе шарм... Лично я с удовольствием стала бы смотреть такую передачу, тем более что ты готовишь просто потрясающе и других можешь научить, если, конечно, у них есть такие способности.

— Спасибо, подруга, но ведь решаешь не ты, а Пузайцер и компания.

— Кто?

— Мной там занимался человек по фамилии Пузайцер.

— Красота, кто понимает! Пу-зай-цер! Прелесть. Интересно, какого происхождения фамилия?

— Еврейского.

— Не о том речь, — поморщилась Маша. В ней говорил филолог. — Но фамилия все-таки симпатичная. Что-то от пушистого, пузатого зайца.

— Видела бы ты этого пушистого зайца! — рассмеялась Элла. — Под два метра ростом, тощий, жилистый, а из-под бейсболки на спине свисает хвостик.

— Он что, и в помещении ходит в бейсболке?

— Да.

— Значит, лысый, — констатировала Маша. Теперь в ней говорил визажист.

— Но самое интересное не то. Он меня узнал! Он тоже из Одессы и в детстве глубоко почитал

Витьку Шебу и заодно его зазнобу. Говорит, все девчонки дохли от зависти ко мне. А я тогда об этом даже не догадывалась.

— Ничего, Элка, я чувствую, что скоро все бабы будут дохнуть от зависти к тебе.

— С какой стати? — удивилась Элла.

— Тебя возьмут на телевидение, вот увидишь. И ты тогда должна потребовать, чтобы меня сделали твоим визажистом. Ну чтобы в титрах передачи было написано: «Визажист Мария Крутова». Представляешь себе, какая это будет реклама для моего салона?

— Ну, Машка, ты даешь! — захихикала Элла.

— Так и будет, вот увидишь, увидишь! А еще мы там с тобой найдем себе охренительных мужиков. Ну у тебя вообще от них отбою не будет, а мне уж что-нибудь из отходов сойдет... — хохотала Машка. — А может, и не из отходов... Вдруг в останкинских коридорах встречу свою судьбу?

— Ага, Аркашу Пузайцера!

— А что, он противный?

— Ничуть.

— Тогда можно рассматривать и его кандидатуру, почему нет? И я стану мадам Пузайцер, нехило, правда?

— Видишь ли, я не уверена, что этот титул никому еще не достался. Он вполне похож на человека, иссушенного семейной жизнью.

— Ничего, мы его увлажним!

И подруги покатились со смеху. Им нечасто удавалось вместе отдыхать, но уж если выбиралась неделька, они веселились на всю катушку и никаких разногласий обычно не возникало.

Я все сделала правильно, сказала себе Элла. Нельзя всю жизнь быть курицей, нельзя! Тем более что этот человек не для нормальной жизни. Он кочевник, он привык к скитаниям в самых суровых условиях, он без этого не сможет, ему необходим этот адреналин... Он быстро зачахнет в обычной домашней жизни. А ко мне его потянуло, потому что сейчас он устал от экстрима, но стоит ему отдохнуть месячишко — и поминай как звали, а я останусь... с разбитым сердцем. Черт возьми, как пошло звучит — «с разбитым сердцем»! Не хочу я больше разбивать свое сердце, едва только оно склеилось и срослось после встречи с Витькой... Оно у меня одно.

— Машка, ты чувствуешь, как море арбузом пахнет? — спросила Элла, подплывая к подруге, которая отдыхала, держась за веревку, соединяющую буйки.

— Элка, я как раз хотела тебе сказать то же самое! — пришла в восторг Маша. — Действительно, пахнет арбузом, в прошлые разы я этого не чувствовала, правда, в это время я тут еще не была... Кайф, да?

— Не то слово!

Элла действительно наслаждалась. Она самозабвенно любила море, плавала как рыбка — еще бы, черноморское дитя. И хотя ей всегда казалось, что море ее детства пахло совсем особенно, неповторимо, но сейчас, в конце октября, это яркое, синее небо, нежаркое уже солнце и теплая,

173

пахнущая арбузом вода доставляли ей невероятное удовольствие, такое, что она почти не вспоминала о Воронцове. Они рано вставали, в восемь спускались к завтраку, потом полчаса сидели на террасе, нюхая какие-то неведомые цветы во дворике гостиницы, потом бежали на пляж, где купались, загорали, покупали у разносчика фрукты, мыли их под душем и с упоением ели. Маша следила, чтобы Элла не злоупотребляла солнцем, она точно знала, сколько времени можно нежиться на солнышке, чтобы приобрести свежий, отдохнувший вид, но не пересушить, не дай бог, кожу. И уже через два дня, взглянув перед ужином на Эллу, она констатировала:

— Элка, похоже, тебе надо отдыхать только в Тунисе! Ты уже выглядишь изумительно.

— Ну еще бы! Сплю как убитая, а в Москве ворочаюсь полночи с боку на бок! Да еще море и солнце!

— Не ври! Тут что-то еще! У тебя мужик завелся, я чувствую! И ты просто сволочь, что молчишь!

— Нет у меня никого, просто я освободилась от прошлого!

— Так я тебе и поверила! — добродушно проворчала Маша.

Про ее личную жизнь Элла знала все!

— Элка, а ты на экскурсию не хочешь поехать?

— Нет, о достопримечательностях Туниса я все знаю от тебя, с меня хватит, — отмахнулась Элла. — Мне и так хорошо!

В гостинице их кормили завтраком и ужином, а обедать они ездили в туристический рай — крохотный прелестный городок Порт-эль-Кантауи. Но к пяти часам старались вернуться в гостиницу, потому что именно в этот час во дворике с фонтаном начинался потрясающий птичий концерт. Вокруг дерева, заросшего какими-то вьюнками, сновали десятки маленьких птиц. Они свистели, чирикали, гомонили на все лады, а в шесть все стихало и опускалась темнота. Спать они ложились в девять.

— Это здорово, что мы тут живем по московскому расписанию, — говорила Машка, всегда ответственно относившаяся к своему и Эллиному здоровью. — Организм не тратит силы на перестройку! Если так отдыхать, недели вполне достаточно.

— Не в этом дело, Машуня, — смеялась Элла, — просто мы с тобой уже старые, нас не тянет на танцы и блядки!

— Танцы вообще не моя стихия, а какие тут блядки? С кем?

— При большом желании можно, наверное, найти, — смеялась Элла.

— Да ну, в прошлый раз ко мне в Порт-эль-Кантауи пристал какой-то парень, молоденький, лет двадцать наверно, местный. И что-то он мне предлагал, я долго не могла понять что...

— Он тебе свои услуги предлагал, что ли?

— Именно! Я когда сообразила, от брезгливости чуть не блеванула. А он все объяснял, что это его профессия, что у него замечательно стоит и мы управимся за десять минут. Еще сказал, что обычно русские дамы очень легко откликаются на такие предложения. Брр!

— Он красивый был? — полюбопытствовала Элла.

— Даже рядом не сидел.

— Ты мне про это не рассказывала.

— Я просто забыла о нем как о смерти, а сегодня увидала ту скамейку в порту, на которую меня угораздило тогда сесть, вот и вспомнила.

— Жалеешь, что отказалась?

— Спятила, да? Я еще не в том возрасте, чтобы покупать мужиков. У меня, слава богу, этих проблем нет.

— Не хочу говорить о проблемах, не хочу говорить о мужиках, хочу мороженого!

А Воронцов между тем томился в Москве. Следующая экспедиция откладывалась по независящим от него причинам. Его фильм о коалах был оценен работодателем очень высоко, но почему-то его все не пускали в эфир, то ли придерживали к Рождеству, то ли руководствовались какими-то другими соображениями, но деньги, которые он запросил на следующий фильм, были пока под вопросом. И он маялся. К тому же скучал по странной, как ему казалось, женщине. Но особенно странным казалось ему само его влечение к ней. Она была совсем не в его вкусе, но, проведя с ней ночь, он почувствовал, что пропал. Кажется, пропал... С ней он вдруг ощутил покой и... защищенность, что было уж совсем дико. От кого и от чего нужно защищать сорокашестилетнего мужика, три четверти времени проводящего в джунглях, саваннах, горах...

Ему показалось еще в их первую встречу, что она сама нуждается в поддержке и защите. И вот поди ж ты — вильнула хвостом и улетела отдыхать с подругой... Он к этому не привык. Женщины обычно готовы были на любые жертвы ради его внимания. И какие женщины! А эта толстушка наплевала на него и все утро только и думала, что боится летать. Но какая она милая, какая нежная и горячая... По спине даже пробежал озноб при воспоминании о ней. Черт знает что! А может, позвонить ей сейчас и предложить руку и сердце, а? Она будет идеальной женой. С чего это я взял? Что в ней идеального? Не успел я войти, как она... А может, она всем так легко дает? Есть в ней что-то такое... Готовить, похоже, умеет, бутерброды, во всяком случае, были великолепны, а трепотня про картошку с селедкой не более чем неловкое кокетство. Я готов каждый день есть на завтрак такие бутерброды. Но я ж ее знаю только с одной стороны. А может, она непроходимая дурища? Что я за идиот, мне же не двадцать лет, почему надо сначала завалить бабу, а уж потом разбираться, какая она... Глупо до изумления! Каждый раз даю себе слово, что поумнею, а как доходит до дела... Но она ведь тоже не сопротивлялась, видно, давно не трахалась как следует. Живет одна, присутствия мужика в доме не ощущается, большого спроса на нее с такой фигурой, наверное, нет, хотя кто знает... я же вот запал, да еще как! Какая же все-таки глупость эти стандарты. Почему надо на них равняться? Наверное, в подкорке у меня жила тяга именно к такой женщине, но в нашем кругу такие женщины немод-

177

ны... А я больше не могу видеть эти живые мощи. Не могу и не хочу! Она такая мягкая, шелковистая, от нее так дивно пахнет нежарким летом, клубникой, арбузом... Э, да ты, Митяй, похоже втюрился как мальчишка... «Я боюсь», — сказала она... Ерунда, вовсе не летать она боится, она меня боится... Или себя... Как она дернулась, когда я назвал ее любимой женщиной. Видно, много пустых слов в жизни слышала... А я сам разве не говорил бабам черт-те что, когда хотел их? А ведь это гнусно, Митяй! Они же, дурочки, хотят любви, жаждут этих слов, наверное, даже больше, чем самой любви... Верят... Строят планы, надеются... Стоп, что это за покаянные, пресные мысли? Что ж делать, если бабы так устроены? Не надо быть дурами, сами виноваты... Кто вас заставляет верить нашему брату? А она вот побоялась поверить, значит, умница, значит, осторожная... Но с другой стороны... Хрен знает что, лежу и предаюсь таким кретинским мыслям. Это никуда не годится. Бог с ней, с этой Эллой. Уехала, и ладно. Но от мыслей о ней он возбудился и позвонил Ире, той самой балерине, с которой был в гостях у Махотиных. Вот поеду сейчас к ней — и все как рукой снимет!

Так он и сделал. А что, он же не давал обета целомудрия после одной ночи. Бред сивой кобылы!

До отъезда оставалось еще два дня. Подруги в полном блаженстве сидели на террасе, наблюдали за птичьей суетой и прихлебывали странный сладковатый чай из маленьких стеклянных чашечек, на дне которых лежали очищенные кедровые орешки.

— Вкусно, да? — спросила Маша.

— Да! — радостно отозвалась Элла. Она сумела заставить себя не думать о том, что будет в Москве. Но одно она знала точно — в среду она выйдет на работу. Там, конечно, ее будут спрашивать, неужто это в Вене она так загорела? Врать не хотелось, а говорить правду тем более. И она решила, что скажет, будто ездила в Тунис вместе с матерью.

И вдруг, впервые за эти дни, у нее зазвонил мобильник. Она вздрогнула и выхватила его из сумки. Номер был незнакомый. Митя?

— Алло! — крикнула она так, что люди за соседним столиком удивленно оглянулись. — Алло!

— Элла, вы? — Она сразу узнала голос Пузайцера, и у нее заболело под ложечкой. — Элла, вы можете срочно приехать?

— Куда? — хрипло спросила она.

— Как — куда? В Останкино! Время не терпит!

— А что случилось?

— Приезжайте, надо поговорить!

— Я не могу приехать, я в Африке!

— В какой еще Африке, к чертовой матери Африку!

— Но я действительно в Африке, в Тунисе.

— Что вы там делаете, черт бы вас побрал, когда вы нужны тут!

— Отдыхаю.

— О господи, только этого мне и не хватало! Она отдыхает, а у нас тут пожар, наводнение и геморрой одновременно!

— Послушайте, Пузайцер, учтите, что я в Африке и говорю по мобильному! Нельзя ли поконкретнее?

— Понял. Когда вы вернетесь?

— В воскресенье.

— Я вас встречу!

— Зачем?

— Затем, чтобы не вылететь с работы! Наш главный продюсер рвет и мечет: подайте ему эту мадам! Все, пока!

— Подождите! — завопила Элла. — Подождите! Что все это значит?

— Что вы-таки будете вести эту чертову кулинарию! Пока!

— Элка, что? — дрожа от нетерпения, спросила Маша.

— Это Пузайцер. Он сказал, что я-таки буду вести эту передачу!

— А что я говорила? — с торжеством воскликнула Маша.

— Бред какой-то! Ну какая из меня ведущая?

— Прекрасная, замечательная ведущая! Элка, ты проснешься знаменитой!

— Чтобы проснуться, сначала надо заснуть, а я теперь точно не засну ни на минутку! Я боюсь, Машка!

— Чего ты боишься, скажи на милость? Ерунда! Во-первых, твое шоу пойдет не в прямом эфире, так чего бояться? Сделаешь что-то не так, переснимут, подумаешь, важность какая!

— А вдруг передача не понравится?

— Интересное кино, почему это она не понравится? Махотину ты понравилась, начальнику

180

Пузайцера понравилась, а они не самые глупые люди, надо думать. А уж пипл схавает, не сомневайся! Только один совет я тебе дам — не уходи из агентства! Одно дело — ты человек с профессией, классный юрист, и совсем другое — просто симпатичная дамочка, которая дает по телику кулинарные советы.

— Лелька не переживет, если я появлюсь на экране! — засмеялась Элла.

— Думаю, этого многие не переживут, Элка! Но зато... Зато ты сможешь здорово утереть нос своей мамаше. Ты все-таки станешь звездой!

— Да чихать она на меня хотела, стану я звездой или не стану... Она в лучшем случае скажет: «Не о том я для тебя мечтала, я хотела, чтобы ты играла в Карнеги-холл, а ты стала просто знаменитой кухаркой!»

— Эллочка, не расстраивайся, фиг с ней! — Глаза у Машки налились слезами.

— И не собираюсь!

— А вообще-то все логично, — задумчиво проговорила Маша, вертя в руках пустую чашечку. — Твоя поездка в Вену подвела черту под твоей прошлой жизнью, и вот теперь начинается новая...

— Знаешь, кажется, ты права...

— Только давай, пока мы тут, не будем про это думать... А то ты испортишь себе отдых. И цвет лица.

— Легко сказать, — засмеялась Элла.

— Попробовать можно! Расскажи мне лучше что-нибудь про...

— Про что?

— Про твоего мужика!

— Про какого мужика? Про Мишу?

181

— Зачем мне сдался твой Миша? Совсем неинтересная тема.

— А другого у меня нет!

— Ты покраснела, Элка! Давай колись! Все равно я узнаю! Что это за дела — скрывать от меня хахалей? Я что, у тебя кого-нибудь отбила? Или растрепала кому-то о чем? А?

— Чего не было, того не было.

— Ну вот! Это нечестно, Элка! Слушай, а ты, часом, не спуталась с Махотиным?

— Рехнулась, да?

— Тогда почему такие тайны?

— Сглазить боюсь, — прошептала Элла.

— Ерунда все это, говори быстро!

Элла сдалась и все рассказала.

— Слушай, как его фамилия?

— Воронцов.

— Воронцов? Он снимает всякую живность?

— Ну да.

— Понимаешь, я его, кажется, немного знаю.

— Знаешь? Откуда? У тебя с ним что-то было? — смертельно испугалась Элла.

— Да ты что! Но он был мужем одной моей клиентки. Они развелись два года назад. И это, Элка, тот еще подарок. Во-первых, он жуткий бабник, во-вторых, что называется, вольный стрелок. Дома почти не живет, вечно где-то таскается. Ну и характер кошмарный...

— Это все со слов брошенной жены?

— Кто тебе сказал, что он ее бросил? Ничего подобного, это она его послала куда подальше. Слушай, а хочешь я тебе нарою о нем чемодан информации?

182

— Нет, я вообще боюсь с ним связываться. Боюсь!

— Ничего себе боязнь... Прыгнула в койку с разбега, а потом испугалась. Раньше надо было бояться. Он небось в койке хорош?

— Не то слово, — прошептала Элла. — Не то слово! Но хуже всего то, что мне... мне его почему-то жалко.

— Это как раз понятно! Таких скитальцев всегда хочется как-то пожалеть, пригреть, обласкать. Понимаю. Но им-то это не нужно, по большому счету. Они ж как наркоманы. Вроде живет-живет, наслаждается домашним уютом, а в один прекрасный день может утечь хоть в замочную скважину, а ты уже расслабилась, привыкла, полюбила свое нэщечко.

— То-то и оно.

— Сколько ему лет? Где-то под пятьдесят?

— Он сказал сорок шесть. А что?

— Просто я думаю, а вдруг он устал, а? Вдруг ему до смерти надоело таскаться где ни попадя? Надоела неприкаянность, а?

— Ну за два года вряд ли.

— Да ну, какие два года? Думаешь, с Лирой у него был домашний уют? Сильно сомневаюсь.

— Его жену зовут Лира? — вытаращила глаза Элла.

— Представь себе! Идиотское имя! А что ты так удивляешься?

— Машка, у меня в детстве была подружка Лира, это не она?

— Откуда ж мне знать?

— Сколько ей лет?

— Где-то под сорок, наверное.

— А как она выглядит?

— Ну такая... маленькая собачка до старости щенок.

— А ты ее отчество знаешь?

— Ну да, Лира Орестовна.

— Блин, это она! Да, уж теперь-то я точно буду держаться от него подальше!

— Почему? Вы что, поссорились?

— Она... Она гадина! Когда я с Витькой спуталась, она такое обо мне говорила... От зависти небось дохла, бледная спирохета!

— Элка! — расхохоталась Маша.

— Она вообще... подлая! Втюрилась по уши в Вадю-часовщика, целыми днями торчала у его мастерской и в результате осталась на второй год. А обвинила во всем меня! И бабка ее всем рассказывала, что Лирочка из-за моего дурного влияния осталась на второй год. Ну а когда Витька появился, так уж вообще... Нет, все, как хорошо, что я теперь об этом знаю! Даже близко его не подпущу! Тем более если я появлюсь на телевидении... Она же лопнет от зависти.

— А чего ей завидовать, она сама с экрана не слезает!

— Как?

— Так она же эта... Зоя Звонарева...

— Зоя Звонарева? — ошарашенно переспросила Элла.

— Конечно, это ее псевдоним! Ты ее читала?

— Попробовала, с души воротит! Но я понятия не имела... На фотографии я ее совсем не узнала!

184

— Ха! Она делала рипопластику. И потом, она всегда фотографируется со своим любимым попугаем. Так все не столько на нее смотрят, сколько на попугая!

— Господи помилуй! Да... Бывает...

— Ну вот видишь, как глупо было от меня скрывать... Может, знай ты все это раньше, не прыгнула бы с ним в койку.

— Теперь уж точно больше не прыгну. Как подумаю, что он спал столько лет с этой... Фу!

— Да, неаппетитно!

— Просто хочется блевать! Спасибо тебе, Машуня! Мне стало так легко! А давай за ужином шампанского закажем? Повод есть, по-моему.

— Кто бы спорил!

И последние дни они прожили ничуть не хуже всех остальных — попросту как в раю. А в день отъезда вдруг резко похолодало, пошел дождь, и уезжать было совсем не жалко.

Когда они сели в автобус, чтобы ехать в аэропорт, на одном из кресел лежала книжка в пестрой обложке — «Дамский детектив» Зои Звонаревой.

Эллу затошнило.

— Слушай, Машуня, а она нормальная клиентка?

— В каком смысле?

— Ну платит, например, нормально?

— Как тебе сказать...

— Как есть, так и скажи!

— Ну понимаешь, пока она была просто женой Воронцова, потом начинающим автором, все было миленько так... Она вообще... миленькая... такая вроде бы свойская, простецкая... А когда ее стали во всех передачах показывать, крышонка-то съехала малость. Она по-прежнему со всеми вась-вась, но ко мне однажды пришла и говорит: «Ах, Машенька, я к вам стольких клиенток направила, что имею право на скидочку, вам не кажется?»

— А ты что?

— Понимаешь, она к нам ни одной клиентки не направила, ни одной! Но я как-то постеснялась ей это сказать.

— И дала скидку?

— Дала! Но это гроши...

— Очнь для нее типично! Врет и еще в глаза смотрит!

— Знаешь, я перед такими теряюсь. Но некоторые мои девочки смотрят ей в рот — ну еще бы, такая знаменитость...

— Значит, говоришь, Воронцова она сама бросила?

— Она так говорит.

— Врет, голову дам на отсечение, брешет!

— Тебе виднее, — усмехнулась Маша.

Вылет задерживался, сначала на час, потом еще на два и еще, а когда наконец объявили посадку, было совершенно ясно, что в Москву они попадут глубокой ночью.

— Эх, не удастся мне сегодня посмотреть на твоего Пузайцера! — вздохнула с улыбкой Маша.

И в этот момент он позвонил:

— Элла, где вы там застряли, черт побери! Все горит, срывается! Как вы могли уехать в такой ответственный момент? Ну ладно, ничего не попишешь! Короче, я не могу больше тут торчать, в этом вшивом Домодедове, я тоже человек, и мне надо хоть изредка спать! Но завтра в восемь утра за вами заеду! Имейте в виду, и никаких охов-ахов. Телевидение — это дисциплина! Все!

Элла решительно выключила мобильник.

— Дисциплина! Да там, похоже, вселенский бардак, на этом телевидении.

— Не волнуйся, Элка, все будет нормально, нас встретят!

— Кто?

— Мне обещал Леонтий. Говорил, что обязательно встретит. Мы тебя довезем.

— Погоди, какой еще Леонтий?

— Игорь Леонтьев, его друзья все зовут Леонтием.

— Это художник?

— Ну да, только он скульптор.

— А на него можно положиться?

— Посмотрим. На худой конец, возьмем такси! Леонтия в аэропорту не было.

— Все! Конец ему. Отправлю в отставку, я этого не выношу! — негодовала Маша.

Такси из Домодедова, да еще в такой час, стоило очень дорого. А уж брать два такси и вовсе разор.

— Едем к тебе! — решилась Маша. — Тем более утром я буду тебе нужна!

— Зачем?

187

— Как это — зачем? Ночь бессонная, я сделаю тебе массаж, маску, потом макияж, и ты всех потрясешь! К тому же хочу познакомиться с Пузайцером и предложить себя в качестве твоего визажиста. Тебе же будет неудобно об этом заикнуться, а мне очень даже удобно! Поехали!

Они торговались с частником и сумели-таки отстоять пятнадцать долларов. Он просил пятьдесят, а повез за тридцать пять. Зато на роскошном «БМВ».

Когда они вошли в квартиру, первое, что бросилось Элле в глаза, был валявшийся на стуле вязаный жилет Воронцова. В суматохе отъезда он его забыл. Ей стало досадно. Значит, надо будет как-то с ним пересечься, чтобы вернуть вещь... А еще она увидала мигающий огонек автоответчика. Наверняка этот тип звонил сказать насчет жилета... Но ведь могли быть и деловые звонки. Придется прослушать. Элла наклонилась к аппарату. Ага, целых двенадцать звонков за неделю отпуска. Интересно!

— Элка, я пойду поставлю чайник. У тебя есть какая-нибудь еда? Я умираю с голоду.

— Посмотри в холодильнике, а я пока прослушаю...

— Давай-давай, небось там стенания твоего Мишеньки записаны в огромном количестве.

Но первый звонок был от матери. «Элла, детка, как ты там? Как утряслись дела, из-за которых тебе пришлось так срочно уехать? Надеюсь, все у тебя хорошо. Целую. Мама».

Из кухни выглянула Машка:

— А на мобильник она позвонить не могла?

— Зачем? С автоответчиком разговаривать приятнее. Он не огрызнется.

— Можно подумать, ты бы огрызнулась...

— Машка, не мешай!

Следующий звонок был от Пузайцера: «Элла, поздравляю, вы очень понравились начальству! Срочно свяжитесь со мной!»

Несколько пустых звонков. Потом опять Пузайцер, потом Валерий Яковлевич: «Элла Борисовна, голубушка вы наша, без вас просто зарез! Возвращайтесь скорее, ждем не дождемся!»

И ничего больше. Жилет брошен на произвол судьбы.

При звуке голоса шефа ей вдруг захотелось, чтобы ничего происшедшего с ней за последнее время не было, захотелось поскорее попасть в свою контору... Но лишь на мгновение. Прежняя жизнь показалась ей опять серой и пресной, а предстоящая переливалась всеми цветами радуги, в которой, правда, был и ярко-синий цвет — цвет попугая Зои Звонаревой.

Шоу решено было назвать «Рецепты моей бабушки». Название предложила Элла уже в конце почти трехчасового совещания, посвященного будущей передаче. Главный продюсер, еще довольно молодой мужчина с красными от усталости глазами, смотрел на Эллу с удивлением. Она еще и неглупая, надо же! Когда речь зашла о концепции программы, она вдруг заявила своим фантастическим голосом, от которого у главного мурашки бегали по спине:

— Понимаете, мне кажется, если уж вы решили пригласить меня, то концепция должна как-то соответствовать...

Ее перебила заместительница главного продюсера, Анаит Нерсесовна, малоприятная дама лет сорока пяти:

— А вам не кажется, что это вы должны соответствовать концепции, а не наоборот?

— Мне именно так и кажется! Но насколько я поняла, концепции у вас пока нет, а я... вроде бы уже есть.

Главный расхохотался:

— Молодчина, как уела нас! Ну так какая же концепция вам соответствует, дорогая Элла Борисовна?

— Ну когда зритель увидит меня на экране, то если я, например, начну талдычить что-то о калориях, это будет по меньшей мере смешно! Значит, наш принцип — никаких калорий! Главное, чтобы было вкусно!

— Но и на других каналах о калориях не очень заботятся, — заметила Анаит Нерсесовна.

— Правда, но они там это не декларируют, а мы сразу заявим, — подхватил Пузайцер, скромно сидевший в уголке кабинета.

— В этом что-то есть! — задумчиво проговорил Кутепов, то бишь главный продюсер. — Иной раз важно первыми что-то задекларировать. Значит, с концепцией мы более или менее разобрались, теперь займемся названием. В нем должна быть изюминка... Есть идеи?

190

Идеи сыпались как из рога изобилия, но Кутепов все время недовольно морщил нос.

И тут вдруг Эллу осенило:

— «Рецепты моей бабушки»! — выкрикнула она.

— Рецепт ее молодости! — фыркнула Анаит Нерсесовна, вспомнив старый фильм.

— Здо́рово! Элла, по-моему, это то, что нужно! Именно! Тут есть и уют и ретруха... Мне лично нравится! — откинулся на спинку кресла Кутепов.

— Тем более что это чистейшая правда, — подал голос Пузайцер. — Эллина бабка на всю Одессу славилась своей стряпней.

— А ты почем знаешь? — почему-то развеселился Кутепов.

— Так мы ж земляки, с одной улицы и не с какой-нибудь, а с Пушкинской! У ее бабки даже обкомовские дамы торжественные обеды заказывали!

— Ваша бабушка была поварихой? — осведомилась Анаит Нерсесовна. В ее тоне никто, кроме Эллы, не расслышал бы легкой иронии, но Элле было на это глубоко плевать, она здесь чувствовала себя в своей стихии.

— Нет, моя бабушка была корректором в газете, а когда мать меня бросила, а отец спился, нам надо было на что-то жить. И бабушка готовила на дому. А я ей помогала.

Все удивленно на нее посмотрели.

— Не понимаю, зачем этот стриптиз, — поджав губы, тихо сказала Анаит Нерсесовна.

— Это не стриптиз, а необходимая информация, чтобы не было досужих домыслов. Да, еще одно, у меня в пятнадцать лет был роман с известным вором!

— Боже мой, Элла, я в полном восторге! — хлопнул в ладоши Кутепов. — Ну какой еще компромат на себя вы нам дадите заранее? Вот что значит классный юрист! Блеск!

— Больше ничего такого интересного... Пока!

Все расхохотались. Кроме Анаит Нерсесовны, разумеется. Ей, язвеннице, сидевшей на строгой диете, эта толстуха с ее рецептами была глубоко противна, но она знала, что главный умеет влюбляться в своих новых героев и героинь. И спорить с ним бесполезно. Авось это шоу быстро провалится. Надо поставить его в такое время, когда у него будут самые низкие рейтинги, — и дело с концом. Хотя черт ее знает, эту бабу... Есть в ней что-то такое... Она может иметь успех. Уж в чем, в чем, а в этом Анаит Нерсесовна хорошо разбиралась. У нее роскошный голос, в общем-то приятная внешность, обаяние, и она отчего-то совсем не боится камеры. А что из всего этого следует? Что она рождена для телевидения! Анаит Нерсесовна была прежде всего профессионалом и лишь потом женщиной и язвенницей.

Элла вышла на работу вовремя и никому пока ничего не сказала о предстоящих переменах — зачем зря говорить, а вдруг ничего не состоится? Мало ли что может произойти? К примеру, наедет кто-то на их канал и прикроют его, как прикрыли сначала ТВ-6, а потом ТВС? Там ведь тоже были какие-то идеи, проекты... Элла до сих пор тосковала по любимой передаче «В нашу гавань заходили корабли»! Поэтому она молчала. Ее передача продолжительностью двадцать шесть минут должна была сниматься блоками — то есть в один день пять программ, и так три дня подряд! И каждый раз надо переодеваться, менять прическу, подправлять макияж — одним словом, каторга! Да еще всякие технические накладки, куда ж без них? Кстати, Пузайцер неожиданно легко согласился сделать Машу ее визажистом, но при условии, что платить ей пока ничего не будут, хватит с нее и рекламы. Вот если кто-то из звезд клюнет на эту рекламу, тогда дело другое! Маша с восторгом согласилась, хотя три съемочных дня ей предстояло целиком проводить на съемках. Но ее это только вдохновляло! Еще бы, телевидение! А Эллу еще мучили примеркой костюмов, которые предоставляла очень известная немецкая фирма. Иногда она до хрипоты спорила, не желая ни за что надевать некоторые из предложенных туалетов, один раз даже расплакалась, так ей не понравился оранжевый кардиган.

— Аркадий, посмотрите сами, на что я в этом похожа? На три апельсина!

— Почему на три? — не понял Пузайцер, но вынужден был признать, что ей не идет оранжевый.

— Аркадий, а нельзя ли мне надевать свое, привычное, а?

— С ума сошли? Они ж нас спонсируют!

— Но это же уродство! Вот зеленое платье мне нравится, и синий свитер просто классный, а это... И вообще, зачем так много туалетов, ведь дело же не в них!

— Ой, Эллочка, вы же умная баба, так молчите и подчиняйтесь!

— Оранжевое я не надену!

— Я когда-нибудь умру от этих баб! Вы говорили с представителем фирмы?

— Бесполезно, он только загадочно улыбается: ты, мол, ничего не понимаешь! Послушайте, Аркадий, а может, можно поменять если не фирму, то ее представителя? Может, какую-нибудь женщину нормальную пришлют, а?

Он посмотрел на нее долгим тоскливым взглядом и сказал с тяжелым вздохом:

— Попытаемся!

Но Элла уже знала: если Пузайцер говорит «Попытаемся», он в лепешку разобьется, а своего достигнет. А если говорит «Можно попробовать», то из этого вряд ли что получится.

После ее возвращения из Туниса прошло уже две недели, а Воронцов так ни разу и не позвонил. Его жилет висел в стенном шкафу, и каждый раз, натыкаясь на него, Элла грустила. Вот в кои-то веки попался мужчина, который взволновал ее по-настоящему, так он оказался мужем Лиры, пусть даже бывшим. Это сильно роняло его в глазах Эллы. Если он мог на ней жениться, значит, и сам такой...

Как-то поздно вечером ей позвонила Люба Махотина:

— Элка, ты, говорят, скоро станешь звездой!

— Ой, Любочка, что ты, мне так страшно!

— Скажу по секрету: Кутепов возлагает на тебя большие надежды, он в полном восторге, говорит, что ты редкий талант, именно телевизионный, что тебя любит камера, ну и все в таком роде!

— Люба, но ведь ничего пока не известно, мы еще и пилотную программу не сняли...

— Это кошмар! Сплошное телевидение, никуда от него не денешься! Муж телевизионщик, нашла старую подругу, так и та... Ужас просто, — смеялась Люба.

— Любочка, я помню, что обещала пригласить вас на котлеты и форшмак, но просто ни секунды свободной.

— Да что ты, Славки нет в Москве, он прямо с Сейшел улетел в Америку. Но я что тебе звоню. Ты говорила как-то, что у твоей подруги салон красоты, не могла бы ты меня туда направить? А то моя косметичка надумала рожать.

— Да ради бога! Я завтра сама туда собираюсь, мне надо перед съемками кое-что сделать — руки привести в приличный вид и вообще. Я созвонюсь сейчас с Машкой, и, может, удастся вместе поехать, заодно и повидаемся!

— Отлично! У меня завтра как раз свободный день.

Элла так горячо откликнулась на просьбу старой подруги не только из доброго к ней отношения и благодарности за перспективу новой жизни, но еще и потому, что хотела передать Любе жилет. Мне такой хоккей не нужен. За Лиркой подъедать я не намерена.

И действительно, пока они сидели в вестибюле — приехали чуть раньше, и им пришлось немного подождать, — Элла вынула из сумки пластиковый пакет и, залившись краской, сказала:

— Любочка, у меня к тебе странная просьба, отдай, пожалуйста, этот пакет Воронцову!

У Любы загорелись глаза.

— А что это? Жилетка, откуда она у тебя?

— Он забыл! — И она еще сильнее покраснела.

— Так, очень интересно... Где он тебя нарыл?

— Мы случайно встретились. А потом он явился ко мне... А адрес, кстати, узнал у Вячеслава Алексеевича.

— Ах, черт, мужская солидарность! Я ж говорила Славке, что Воронцов тебе не подходит! Он сразу на тебя глаз положил, еще у нас. Славка стал говорить, что ты то, что ему нужно. А про адрес он мне не сказал. Но почему ты сама ему не отдашь жилетку?

Элла быстро ввела ее в курс дела.

— Значит, ты тоже на него запала... Неудивительно, такой интересный мужик, романтический герой, одинокий волк и все такое... Это меня не удивляет. А вот то, что ты ему понравилась, это странно! Я многих его баб видела, там никогда ничего, кроме костей, не было... Видно, надоело ему о скелеты биться на старости лет.

— Но, судя по всему, он все-таки предпочел кости мясу, — высказала Элла потаенную мысль, в свободные минуты точившую ее. — Мне, правда, теперь наплевать, когда я узнала, что он был женат на Лирке...

— Ты ее знаешь? — вскинулась Люба.

Элла рассказала и о Лире.

— Омерзительная баба! И я даже отказала ей от дома несколько лет назад!

196

— Из-за чего? — Вот тут уже у Эллы загорелись глаза. Ей очень хотелось услышать какую-нибудь гадость о школьной подружке. Что поделать, человек слаб!

— Понимаешь, я вдруг заметила, что после ее визитов у меня стали пропадать вещи...

— Как? — открыла рот Элла.

— Ну не вещи, это громко сказано, а мелочи — зажигалка, пепельница, ручка... Сначала это было на уровне подозрений, но однажды мы были у них в гостях, хорошо выпили... Короче, я обнаружила у нее на кухне маленькую пепельницу, которую Славка привез из Венеции, мурановского стекла, очень красивую. И сдуру и спьяну устроила скандал...

— Она что, клептоманка?

— Откуда я знаю? Может, клептоманка, а может, у нее спорт такой. Что тогда было с Митькой, ужас... Говорят, он ее просто измордовал. А через год наконец бросил.

— Что значит — измордовал? Избил?

— Ага, ну не то чтобы избил, но в морду дал!

— Мне не нравится, когда мужчина бьет женщину.

— В принципе мне это тоже не нравится, но в данном случае... Даже приятно.

Элла прислушалась к себе. Пожалуй, и ей это было приятно!

— Между прочим, она тоже тут постоянная клиентка, — заметила Элла.

— О, тогда я жалею, что пришла!

— Ерунда, я вот ни разу с ней не встретилась.

Но тут их пригласили на процедуры. Любой занялась Маша, и уже через две минуты они болтали как старые знакомые. А Элла сидела у маникюрши. В какой-то момент, когда обе подруги с масками на лицах лежали на соседних кушетках, Люба шепотом сообщила, что в восторге от Маши, от ее рук и ауры.

Элла все еще была под впечатлением того, что узнала о Лире.

— Люб, а что ж она говорила в свое оправдание?

— Что сама привезла эту пепельницу из Венеции.

— Так, может, правда?

— Ага, а то я слепая! Там на донышке с обратной стороны был маленький скол, Славка ее уронил как-то.

— Господи, каково же было Воронцову, когда его жену обвинили в воровстве!

— Хреново ему было!

— Но с другой стороны, зачем жениться на такой бабе?

— Да там темная история, неизвестно еще, кто на ком женился!

— То есть?

— Да я толком не знаю, кто-то говорил, что она из-за него с собой пыталась покончить или что-то в этом роде... Ну он и женился, а что ему, он в Москве два месяца в год бывает. Знаешь, Элка, он не для жизни мужик, разве что для тела.

— Да это понятно, — сказала Элла, а про себя подумала: тело тоже жить хочет.

Расспрашивать дальше о нем она стеснялась. Да и зачем? Ясно же — я ему не подошла. Но все получилось как надо. Он решил, что не подошел мне. А добиваться, домогаться ему западло... Он гордый и прекрасный любимец женщин. Они за него даже в драку лезут. А при чем тут я? Тем более скоро я стану известной и мне такие инциденты ни к чему.

Для первых съемок кухню оборудовали в студии на Королева, 19. Элла принимала в этом самое деятельное участие. Пузайцер сначала пытался возражать, но потом махнул рукой. В конце концов, ей там работать. Ей пришлось немало повозиться с новой незнакомой плитой, поставленной рекламодателем. Оказалось, что плита плохо пропекает снизу.

— Я не смогу убедительно рекламировать такую дрянь, — заявила она. Но после небольшого скандала плиту все-таки заменили на другую, хоть и той же марки. Но эта работала прекрасно. — Вот, совсем другое дело, — удовлетворенно сказала Элла.

Однажды, когда она в отсутствие всех обживала кухню, чтобы не тыркаться там как слепой щенок, и раскладывала по баночкам специи фирмы-рекламодателя, она совершенно позабыла о том, что это студия, и принялась тихонько что-то напевать себе под нос. Ее услышал Пузайцер.

— Элла! — воскликнул он. — У меня гениальная идея!

— Ой, Аркадий, как вы меня напугали!

— Элла, а что, если вам во время готовки еще и петь? У вас чудный голос! Это может быть такая фишка!

— Аркадий, да мы распугаем нашу аудиторию! Если, конечно, она у нас вообще будет! Какое, к черту, пение?

— Но вы же учились в школе Столярского!

— И что? Может, мне помешивать картошку на сковородке смычком?

— Смычком не надо! А вот если ваши рецепты зарифмовать, положить на музыку... Клево может получиться! Надо перетереть это с Кутепычем.

— Аркадий, стоп! Я петь не буду! Как вы себе это представляете?

— Шикарно! Это будет шикарно! Если петь вашим голосом... Блеск!

— А что, может интересно получиться! У меня на кухне надо еще для достоверности поставить телевизор!

— Зачем? — насторожился Пузайцер.

— Как — зачем? Представьте себе: я леплю котлеты, а по телевизору показывают «Лебединое озеро». Я беру сковородку, ставлю на огонь, потом решительно выключаю телевизор и говорю, нет, пою глубоким меццо-сопрано: «Пошлем к черту балеты, будем жарить котлеты!» Так по-вашему?

— А ну вас в баню! Я думал, вы серьезно...

Несмотря на время от времени одолевающие его безумные идеи, Пузайцер ей нравился. Он был надежный, исполнительный и очень добрый. И самозабвенно любил свою работу. Ей вообще нравилось здесь почти все. Декорация, группа, даже кошмарные останкинские коридоры перестали ее пугать. Она приносила угощение для бегающих по ним собак и для живущего

200

в зимнем саду роскошного рыжего кота. Вечером накануне первого съемочного дня она напекла гору пирожков и сделала большую бадью бабушкиного соте, с трудом отыскав на рынке грунтовые, не голландские баклажаны. А кабачки ей презентовала соседка, у которой был богатый урожай кабачков. Они, конечно, были уже жестковаты, но Элла с этим легко справилась. Когда ей позвонила Маша, которая волновалась, пожалуй, даже больше, чем она сама, и узнала, что Элла развела грандиозную стряпню, она весьма одобрила подругу:

— Правильно, Элка, мудро! А то съемочная группа будет только слюнки глотать, глядя на твой форшмак! Сколько ты там его приготовишь! А так... Правда, на пять съемок этого не хватит, но важен почин! А твой почин в высшей степени благородный!

К концу второго съемочного дня Элла простонала:

— Кажется, я больше никогда ничего не захочу готовить!

Маша, поправляя ей грим, шепнула:

— Элка, держись! Это будет такая программа... Ты станешь настоящей звездой! Подумать только, мы с тобой с университета дружим, а я и не подозревала, что ты такая...

— Брось, Машка, я просто усталая кухарка!

— Вот увидишь, кухарка!

Надо сказать, что пирожки и бабушкино соте произвели фурор и расположили к Элле даже тех, кто просто исполнял свои обязанности, на первый взгляд ничуть не интересуясь программой и ее героиней. Женщины в перерывах наперебой записывали рецепт соте и пирожков.

— Элла, ты это зря, — сказал Пузайцер, перешедший с ней на «ты», как только начались съемки. Признал ее за свою. — Такие рецепты надо давать в передачу, а не всем и каждому! И потом, это в некотором роде коммерческая тайна! Что, если завтра кто-то на других каналах начнет твои рецепты давать? Непрофессионально, заруби себе это на носу!

— Поняла, — кивнула Элла. Ей и в голову не приходило, что рецепт пирожков может быть коммерческой тайной канала!

К вечеру третьего дня она просто валилась с ног. И Машка тоже.

— Элка, а ты за эти дни похудела! Смотри, свитер болтается! Знаешь что, предлагаю поехать ночевать ко мне, гораздо ближе.

— Нет, хочу в свою постель... И завтра мне на работу! Аркаша, а что теперь? — задала она вопрос, мучивший ее. Снято пятнадцать передач. На их показ в лучшем случае уйдет несколько месяцев, первая программа выйдет в эфир незадолго до Нового года. Там Элла печет бабушкин кекс с цукатами и орехами и жарит перепелок. Но мысль о том, что на несколько месяцев придется расстаться со всем этим, причиняла настоящую боль.

Он смотрел на нее с некоторым сочувствием. Видно, понимал, что с ней происходит.

— Дальше? Ну будут смотреть отснятый материал, что-то забракуют, что-то потребуют переснять, монтировать будут, потом перемонтировать. А потом ты проснешься знаменитой!

— Да ну, я серьезно!

— И я серьезно! У Кутепыча глаз верный, если он поверит в кого, тот просыпается знаменитым! А дальше уж все от человека зависит! Если рейтинги будут хорошие, тебя начнут приглашать в другие передачи и смотреть, что за зверь такой эта Элла Якушева. Во всяких кретинских ток-шоу начнут спрашивать, как ты себя чувствуешь в своем весе, почему ты не хочешь похудеть, как к тебе относятся мужчины, ну сама, что ли, не знаешь?

— А если я не хочу?

— Тебя никто не спросит. Если скажут — надо, пойдешь как миленькая, это же реклама... Ну а потом, скорее всего, арендуют квартиру, соорудят кухню и будем снимать в уже более щадящем режиме, а потом ты выйдешь замуж и глупый муж станет ревновать тебя к телезрителям и к съемочной группе, а потом, насколько я тебя понимаю, ты его бросишь ради телевидения, возможно, тебя еще пригласят на радио, я тут краем уха слышал, что создается какое-то новое радио и они хотят запузырить кулинарную пятиминутку. Жизни у тебя не будет, начнут узнавать в метро, придется купить машину, учиться водить, будешь стоять в пробках, гаишники тебя узнавать не будут, они кулинарные программы, как правило, не смотрят. А потом программу неизбежно прикроют и постепенно твоя популярность сойдет на нет. Вот примерная схема твоей жизни на ближайшие годы! — весьма печально подытожил Пузайцер.

203

— Аркаш, а за кого она выйдет замуж, ты не скажешь? — полюбопытствовала Маша, слышавшая сей трагический монолог.

— Какая разница, — поморщился Пузайцер, потягиваясь. — Лучше всего за иностранца, который живет за кордоном и не имеет понятия о нашем телевидении.

— Ерунда! — возмутилась Маша. — А иностранцы что, не ревнуют к зрителям и съемочной группе?

— Безусловно ревнуют, но... Не знаю я, девочки, насчет иностранцев, ну их в баню! Все, я пошел! Валерка тебя отвезет, Элла! Пока!

— Да, Элка, похоже, он знает, что говорит, наш Пузайцер.

— Да ну, — отмахнулась Элла, — просто он устал — и вся скорбь еврейского народа выплеснулась в этом монологе. Все будет прекрасно! Я ведь не собираюсь стать вечной звездой телеэкрана. Поиграю в это сколько получится, и хватит. У меня есть профессия!

— А у меня две или даже три, но мне понравился этот бардак!

Элла едва доковыляла до машины, так у нее отекли ноги, ведь она весь день крутилась на высоких каблуках. В следующий раз, если он будет, ни за что каблуки не надену. Ни за что! Домой она попала в половине второго ночи.

Утром Элла позвонила на работу и сказала, что опоздает. Просто не было сил встать... Не хотелось ни есть, ни пить, ни спать... Совсем ничего не хотелось. Она включила телевизор. И сразу увидела приплюснутую мордочку Зои Звонаревой, которая что-то готовила в студии. Да еще соревновалась с итальянским поваром. Понятно было, что она тут не для того, чтобы победить итальянца, — она мазала сгущенкой готовые коржи, щебеча, что, когда столько работаешь, столько пишешь, нет времени на разносолы, но все ее мужья обожали ее торт со сгущенкой! А времени на него уходит всего ничего, надо только смешать сгущенку со сливочным маслом и ложечкой какао! Итальянец готовил что-то умопомрачительное, сложное, красивое, а знаменитая писательница совала под нос ведущему свой торт. Тот явно не хотел его пробовать, его актерского таланта не хватало, чтобы это скрыть, а она кокетливо-великосветским тоном укоряла его: невежливо, мол, отказываться от угощения...

Потом подводились итоги соревнования, и в результате победила дружба. Тьфу! Эх, пригласили бы меня с ней посоревноваться, у меня бы дружба не победила! Я ж не бессловесный итальянец, я бы такое сказала... И это бы вырезали — и все равно победила бы дружба, потому что такова концепция программы!

Зазвонил телефон.

— Алло!

В трубке молчали.

— Алло! Говорите, вас не слышно.

Трубку повесили. И буквально через три минуты раздался звонок в дверь.

И кого черт принес? Она накинула халат и поплелась к двери.

— Кто там?

— Элла, открой, это Воронцов!

Она пришла в ужас. У нее такой вид!

— Элла, пожалуйста, это очень важно!

Она открыла дверь на цепочку:

— Вы?

— Я! Элла, надо поговорить!

— О чем?

— Но не через цепочку же нам разговаривать.

— Хорошо, я открою, но вы не входите! Я вам крикну, когда можно! — И она бегом кинулась в ванную. — Проходите на кухню! И дверь за собой заприте!

— Слушаюсь!

Он пришел! Пришел! Она заперла дверь и полезла под душ. Потом наскоро вытерлась, расчесала волосы и осталась недовольна своим видом. Бледная, осунувшаяся, а главное — не было радости от его прихода, только страх. Хотя чего бояться? И наплевать, какой у меня вид, уж безусловно лучше, чем у этой щебечущей мартышки... Я что, ревную к ней? Еще не хватало! Она накинула халат и пошла на кухню. Он курил, стоя у окна.

— Хотите кофе?

Он резко повернулся к ней. Вид у него тоже был не слишком авантажный.

— Элла! Что происходит? Зачем ты так?

— Что? — не поняла она.

— Зачем ты передала жилет через Любашу?

— А что мне было с ним делать? Вы не объявлялись. А вдруг у меня его съела бы моль?

— У тебя водится моль? — почему-то засмеялся он. Что тут смешного?

206

— У меня — нет! Но, может, в вашей жилетке были личинки...

Он еще громче расхохотался.

— Так вы хотите кофе или нет? — раздраженно спросила она.

— Хочу!

— Черный или с молоком?

— Черный, покрепче и без сахара.

Она достала банку с кофе и турку, включила плиту, и вдруг он подошел к ней сзади, обнял, поцеловал в шею. Она вздрогнула, закрыла глаза, увидела золотую пчелу, которая тут же сменилась мордочкой Зои Звонаревой. И томления как не бывало.

— Не надо! — дернулась она.

— Почему? — прошептал он.

— Не хочу, и все!

Он отступил.

Она сварила кофе, налила ему и себе.

— Есть хотите?

— Нет, я завтракал, спасибо. Курить можно?

— Так вы уже курите, — пожала она плечами и дала ему пепельницу.

— Спасибо. Элла, что случилось? — Он смотрел на нее, видел, что она неважно выглядит, у нее измученные глаза. Критические дни! — догадался он. Могла бы прямо сказать, не девочка уже, и, после того что между нами было... Впрочем, это неважно. Понятно только, что лезть к ней не нужно. Но выяснить отношения необходимо. Все это время он старался избавиться от мыслей о ней, в какой-то момент ему показалось, что он преуспел в своем стремлении, но стоило ему взять в руки жилетку, впитавшую в себя запахи ее вещей, ее самой... Он вообще-то напрочь забыл, что оставил жилетку в ее квартире. А тут сразу нахлынуло... Но она, похоже, совсем ему не рада. Странная все-таки особа, но до чего привлекательная. Как нестерпимо хочется ее трогать, гладить, обнимать... Ну и все остальное... С ней тогда было фантастически хорошо, фантастически... И ей вроде бы тоже... Тогда в чем дело? Или опять вмешалась полоумная Инка? Неужели выследила меня и потом устроила скандал? Как бы это выяснить?

— Почему вы так на меня смотрите?

— А почему ты опять говоришь мне «вы»?

— Мне трудно переходить на «ты». Бабушка так воспитывала...

— В прошлый раз ты легко перешла на «ты».

— В прошлый раз я вообще наделала много глупостей.

— Элла, что случилось? Ты ведь в тот раз не перелета боялась, да? Ты испугалась чего-то другого, связанного со мной? Неужели этой ненормальной, которая учинила скандал?

Она молча покачала головой. Потом встала и взяла из шкафа коробку печенья:

— Вот берите, вкусное...

Ах, как он мне все-таки нравится... Это мужественное лицо, этот квадратный подбородок, синие глаза, этот загар, эти русые с проседью волосы, он похож на англичанина-колонизатора из фильмов пятидесятых годов... И он пришел, он все пытается что-то понять, что-то сказать. Я хочу его, с ним так хорошо... Но неужели я теперь вместо пчел буду видеть Лиркину рожу, ее даже рожей не назовешь, только рожицей... Нет, зачем мне ее объедки? Не хочу.

У него зазвонил мобильный.

— Извини! Алло! Да, здравствуй, — холодно произнес он. В голосе появился металл. — Нет, нет, исключено! Я занят, ты по-русски понимаешь? Еще не хватало! Разбирайся уж как-нибудь сама! Даже не заикайся, подыщи другую кандидатуру! Мне наплевать, слышишь? И вообще, хватит меня доставать! Мне это надоело!

Ага, его достает какая-то баба. Интересно, балерина или та придурочная драчунья? До чего ж холодный голос! Она его о чем-то просит. Никогда не буду его ни о чем просить... Никогда не буду ему звонить... Никогда вообще ничего не буду...

— Лира, сколько можно, прекрати всю эту канитель раз и навсегда, и вообще, мне сейчас неудобно говорить! Все! — Он злобно отключил мобильник. — Прости, ради бога, прости, но это уже невыносимо!

У Эллы резко переменилось настроение. Ага, Лирка добивается его? Хочет вернуть? Значит, не она его бросила, а он ее? Это несколько меняет дело!

— Это ваша очередная дама? — лукаво спросила она, а он сразу уловил перемену интонации.

— Нет, это моя бывшая жена. Прости, у тебя нет холодной воды?

— Есть. Вот, пожалуйста.

Он залпом выпил два стакана ледяной воды.

— Извини, но после разговора с ней... Это невыносимо! — повторил он. — Прости, я не сдержался, вероятно, я был груб с ней, но...

— Бывает, — усмехнулась она. — Я не ослышалась, вашу даму зовут Лира?

— Не ослышалась. Это моя бывшая жена! Но я не хочу о ней говорить!

— Я когда-то училась в школе с одной девчонкой по имени Лира, на редкость противная была девчонка.

— Не надо о Лирах!

— Ну да, теперь ведь в ходу евро!

Он засмеялся и взглянул на нее с нежностью:

— Как Тунис?

— Замечательно! Я просто в восторге! А хотите тунисских фиников? Я еще не все съела!

— Хочу!

Она достала коробочку фиников.

— Расскажите о себе, — попросила она.

— Какой у тебя голос! Аж мурашки по спине... И вообще... ты вся... Сплошные мурашки... — вдруг охрип он.

— Это вы обо мне рассказываете, а я о себе и сама все знаю!

— Ну что тебе рассказать? Ты ж, вероятно, многое знаешь от Любашки. Вы ведь наверняка меня обсуждали, я вас, женщин, знаю...

— Да нет, не обсуждали, или совсем чуть-чуть... Знаю только, что вас бросила жена...

— Теперь это так называется? Что ж, если ей так приятнее... Меня не убудет.

— Значит, вы ее бросили?

— Да, но какое это имеет значение?

210

— А сколько у вас было жён?

— Две! С первой мы разбежались через год... А с Лирой я прожил семь лет... А ты? Ты была замужем?

— Была, в ранней молодости, на втором курсе выскочила. По глупости. Бабушка уговорила... Мол, если я выйду замуж, ей будет спокойнее, а Лева хороший человек, из хорошей семьи и все такое... Только я его не любила. Я вообще в жизни никого не любила, только Витьку. А его посадили... Он был вор...

— И ты его любила?

— Да.

— Знала, что вор, и все равно любила?

— Да. Я думала, он завязал, мне было всего пятнадцать, и я сходила с ума... Он мне обещал... А потом моя бабушка узнала все... и вытурила меня в Москву, а он кинулся за мной и по дороге обокрал какого-то кагэбэшника. Его замели сразу. А у меня была внематочная беременность... Больше я в Одессу не вернулась. Бабушка обменяла квартиру на Москву, продала дачу... Так все и кончилось.

Зачем она ему это рассказывает? Она и сама не знала. Просто потянуло...

— И что дальше?

— Дальше? Стали жить в Москве. Потом заболел Люсик и быстро умер.

— А кто это — Люсик?

— Бабушкин муж. Мы остались одни и опять брали заказы... бабушка у меня готовила на заказ, я ей помогала. Потом поступила в МГУ на юридический.

— Хотела стать адвокатом, чтобы защищать своего Витьку?

— Наверное, но это было безотчетно... не знаю даже... Я обиделась на него.

— А он жив?

— Нет, — почему-то сказала Элла. Наверное, так она это ощущала.

· В его глазах читалось сострадание.

— Знаешь, а я в юности тоже отсидел полтора года...

— За воровство?

— Нет, за драку.

— Это другое, это не стыдно...

— И что, после Витьки у тебя... никого не было, кроме мужа?

— Да нет, почему, я же живой человек, но любить не любила. Сердцу ведь не прикажешь. А между прочим, заложила меня бабушке Лирка! Донесла, что у меня роман с вором... Она вообще была гадина и ябеда. Если бы я тогда знала, что это ее рук дело... Я бы специально в Одессу вернулась и придушила бы ее на фиг! Но мне бабушка только незадолго до смерти призналась, что это Лирка. Может, если бы не она, все сложилось бы иначе... Может, меня не отправили бы в Москву, Витька не спер бы бумажник, его бы не посадили...

— Эллочка, если бы да кабы...

— Я знаю. Просто услыхала это имя и расстроилась...

Он давно уже смекнул, что речь идет о его бывшей супруге, однако делал вид, что не понимает, но ни на секунду не заподозрил, что эта женщина, такая милая, прелестная, попросту с ним играет.

Зазвонил телефон. Элла схватила трубку.

— Эллочка, вы когда будете? — спросила Мария Игоревна. — Если можно, поторопитесь, вы здесь очень нужны, должен прийти клиент, а меня срочно вызывают — мама заболела!

— Хорошо, я сейчас приеду! Вы сможете подбросить меня до работы? — спросила она у Воронцова.

— Разумеется!

— Тогда я пошла одеваться!

— Что-то случилось?

— Надо срочно подменить коллегу!

— А...

Через десять минут они вместе вышли из квартиры. Когда он открыл перед ней дверцу своего джипа, она помедлила.

— Смелее! — подбодрил он ее и слегка подсадил. — Никто на тебя не бросится!

— Как знать!

— Да ладно тебе! Элла, ты... Что ты делаешь вечером?

— Еще не знаю, я вымоталась за последние дни.

— Мне Люба сказала, что у тебя в перспективе карьера на телевидении.

— Да какая там карьера! Боюсь сглазить.

— У меня не черный глаз. А хочешь, я подарю тебе амулет, настоящий, африканский, из черного дерева?

— Благодарю, не стоит. А вот мы и приехали! Спасибо, что довезли.

Он вышел, подал ей руку и на мгновение прижал к себе, у нее все внутри задрожало. Но она тут же справилась с собой:

— До свидания, Митя!

— До свидания? Это обнадеживает, все-таки не «прощай». Пока, моя хорошая!

«Моя хорошая»! Никто никогда ее так не называл, ей почему-то это безумно понравилось, просто маслом по сердцу! Странные вещи иной раз производят на нас впечатление. Ей в этих простых словах послышалось что-то неформальное, искреннее, что-то предназначенное только ей одной! Она была уверена, что ни балерине, ни драчунье, ни тем более этой щебечущей мартышке он не говорил «моя хорошая».

— Элла! — встретила ее Леля. — Что за шикарный кавалер тебя привез? Где таких берут?

— Секрет фирмы! — улыбнулась Элла.

— Ты в последнее время меня удивляешь!

— Погоди, я еще не так тебя удивлю!

— Выйдешь замуж за этого джипника?

— Это не так интересно, замуж выходят сплошь и рядом!

— А что еще?

— Пока не скажу! Ну, где клиент?

— Будет через пять минут. Слушай, Элла, а что это у тебя такой утомленный вид? Кавалер утомил?

— А хоть бы и так!

— Понятно, ты его накормила небось своими чудесами, вот он и вдохновился.

— Ты не поверишь, но я его ничем не кормила, кроме фиников!

214

Леля посмотрела на нее с абсолютным недоверием. Чтобы такой шикарный с виду мужик клюнул на эту корову? Невероятно! Да еще без классной кормежки? Ерунда! Хотя он так нежно высадил ее из машины...

— Эл, он иностранец!

— Да почему? Самый что ни на есть наш. А, понимаю, ты не в состоянии понять, что такой мужик может на меня клюнуть?

— Это за пределами здравого смысла!

— Леля, ты идиотка, — вмешался в разговор Тимур Измайлович, компьютерщик, чинивший принтер. — И хамка к тому же! Не понимаю, как тебя тут держат.

— Ха! — сказала Элла, давая понять наглячке, что уж ей-то известно, почему Лелю тут держат. А поскольку Валерий Яковлевич был давно и прочно женат, к тому же побаивался своей супруги, информация о связи с секретаршей была строго секретной. И Леля сама эту секретность оберегала. Она покраснела от злости. Но прикусила язык. Надо же, эта корова что-то здорово осмелела, — видно, и вправду закрутила с шикарным мужиком. В конце концов, встречаются среди них и извращенцы!

Элла подумала: завтра обещают похолодание, надо будет надеть норковую шубу, Лелька решит, что это и есть тот сюрприз, который я ей посулила. Но что с ней будет, когда увидит меня по телевизору... Почему-то мысль об этом очень ее позабавила. Ей даже немного жалко стало глупую девчонку, но, с другой стороны, она и вправду дура и хамка. И нередко обижала Эллу. Та не была злопамятна, но...

Вечером, когда она складывала в сумку бумаги, которые собиралась повнимательнее изучить дома, в спокойной обстановке, Леля вдруг сказала:

— Эл, а кавалер-то уже тут как тут, дожидается!

— Какой кавалер? — рассеянно осведомилась Элла.

— А у тебя их что, много?

— Да есть вообще-то...

— Ну тот, джипник!

— Фу, какое мерзкое слово! — вспыхнула Элла. Он приехал за ней!

— Привет!

— Привет! Вы меня ждете? — не придумала она ничего умнее.

— Да, мы сейчас поедем ко мне — и я покажу тебе свой новый фильм о коалах. И угощу ужином, который сам приготовлю. А потом, если будешь настаивать, отвезу домой. Возражения не принимаются.

Он повезет ее к себе, накормит ужином... Это как-то легко увязывалось со словами «моя хорошая». Он хочет показать мне свой фильм, хочет накормить меня, хочет что-то для меня сделать, а ведь ему куда проще было бы пригласить меня в ресторан... Интересно, как он живет? Но неужели он действительно что-то ко мне испытывает кроме желания трахнуть? Он же сказал, если я буду настаивать, он отвезет меня домой... Наверное, лучше и в самом деле уехать. Я не чувствую себя сегодня готовой... Я слишком устала за эти дни. А впрочем, там будет видно.

Он жил в новом доме, в огромной, но однокомнатной квартире, больше напоминавшей ателье художника. Везде было очень чисто и аккуратно. На стенах висели картины и фотографии, но не людей, а животных, и навстречу им вышел невероятной красоты рыжий кот.

— Познакомься, Элла, это мой лучший друг Фантик.

— Какой красавец, можно его погладить? — И, не дожидаясь ответа, она погладила кота и почесала под подбородком. Он громко замурлыкал.

— Смотри-ка, признал тебя! Он вообще-то весьма разборчивый господин. Ты любишь кошек?

— Очень! В Останкине в зимнем саду живет очень похожий... А с кем вы его оставляете?

— Его берет мама. Она тоже в нем души не чает. Ну давай пальто и проходи! Обувь можешь не снимать, а впрочем, как угодно.

Она все-таки сняла сапожки и влезла в большие тапки, расшитые причудливым узором.

— Это из Чада, — объяснил он. — Знаешь, что было на озере Чад?

— Ну, кроме того, что там бродил изысканный жираф, пожалуй, ничего. А что?

Он посмотрел на нее с восхищением:

— Любишь стихи?

— В общем да.

— Садись, устраивайся поудобнее, хочешь, залезай на диван с ногами, и будем смотреть кино. Я только на минутку пойду на кухню...

— Помощь не требуется?

— Нет-нет, я уже все подготовил, осталось поставить в духовку.

217

Он ушел, слышно было, что он чем-то гремит на кухне. Ей было здесь хорошо и уютно, к тому же Фантик тоже запрыгнул на диван и улегся рядом, свернувшись в клубок.

— Ах ты мой милый, славный котяра, — приговаривала она, почесывая его за ухом.

— Ого, какая дружба, пожалуй, даже любовь с первого взгляда! — сказал Воронцов, смеясь, а про себя подумал: совсем как у меня. — Ну, хочешь смотреть кино или нет? Не думай, я не обижусь...

— Конечно, хочу! — горячо отозвалась она. — Тем более про коал!

У него был домашний кинотеатр с огромным экраном. «Компания Би-би-си представляет новый фильм режиссера и оператора Дмитрия Воронцова «Что мы знаем о коалах».

Он не стал садиться с нею рядом на диван, а сел так, чтобы видеть не столько экран, сколько ее лицо. Ему была интересна ее реакция. Балерина, например, через четверть часа уснула. Но Элла и не думала спать. Она то и дело восклицала:

— Боже, какая прелесть, какая мордочка! Ой, я не могу, так хочется его пожамкать! Господи, с ума сойти! Митя, он и вправду разбился? Да?

— К сожалению. Потом выяснилось, он был больной, словом, не жилец.

— Жалко его. Ой, а как же это...

Фильм шел сорок пять минут и смотрелся на одном дыхании. Элла была в полном восторге. Он видел, что восторг совершенно искренний. Ему довелось слышать уже немало восхищенных отзывов от специалистов-зоологов и кинемато-

218

графистов, но почему-то восторг этой женщины, немного наивный, доставил ему огромное удовольствие.

— Но как же вы это снимали? Сколько времени?

— В общей сложности больше года.

— С ума сойти! А вы их трогали?

— Конечно!

— Они приятные на ощупь?

— Да нет, не слишком, а когти у них — просто ужас! Так что особенно жамкать не рекомендуется, — засмеялся он.

Она вдруг залилась краской.

— Бабушка так говорила...

— Все, мадам, пошли на кухню, ужин готов.

Стол на просторной кухне был уже накрыт. Из духовки пахло жареной курицей.

— Садись, я сейчас.

И он торжественно вытащил из духовки глубокий противень, на котором стояла бутылка с насаженной на нее курицей.

— «Курица в полете»? — расхохоталась Элла.

— Откуда ты знаешь? — обескураженно спросил он.

— Так это, можно сказать, мое коронное блюдо!

— Серьезно? — огорчился он.

— Более чем.

— Очень простое блюдо, удобное... — словно бы оправдывался он. — Собственно, не надо ничего уметь, сунул в духовку, и все, главное — не спалить. Кстати, я научился этому у... бывшей жены. Она практически не умела готовить.

— Отважная женщина!

— Почему?

— Я сегодня утром видела по телевизору, как она готовила наперегонки с итальянским профессиональным поваром.

— Лира?

— О нет, Зоя Звонарева!

— Ты с ней училась в школе?

— Разумеется. Только она переделала себе нос.

— Переделала нос? — ахнул он.

— Ну да. Раньше он у нее был длинный и тонкий, а теперь какая-то пимпочка!

— С ума сойти, я не знал... Она мне не говорила... Слушай, а что же она там готовила?

— Какую-то пакость. И еще утверждала, что все ее мужья с восторгом это ели.

— Совсем офонарела!

— Митя, давайте уже есть курицу!

— Ох, прости, прости! Но ты так меня удивила, — бормотал он, снимая курицу с бутылки и довольно ловко разделывая ее. — А знаешь, чего она сегодня от меня требовала? Чтобы я пришел к ней и изобразил любящего мужа в передаче «Пока все дома».

— Очень в ее духе. Плюнь в глаза — божья роса. Но боюсь, мы сейчас начнем перемывать ей косточки, а это все-таки не слишком способствует пищеварению.

Он расхохотался и положил ей на тарелку курицу и рис, аппетитно пахнущий карри.

— Ну как?

— Вкусно, — сказала Элла вполне искренне. Кроме двух фиников утром и одного куска кекса на работе, она сегодня ничего не ела. Да и в предыдущие дни столько готовила, что почти не могла есть.

— Мне Славка говорил, что ты готовишь какие-то чудеса... А я так примитивно тебя кормлю.

— Ну почему примитивно? Рис просто потрясающий! Дайте рецептик!

Как с ней приятно есть, она совсем не жеманится и так явно получает удовольствие от этого процесса...

— Знаешь, давай в ближайшие дни сходим в какой-нибудь хороший ресторан! Мне так нравится, как ты ешь... Помню, я студентом по уши влюбился в одну девочку. Мы учились во ВГИКе — я на операторском, она на актерском. Красоточка была, надежды подавала, я млел как идиот и решил, что женюсь, пока не увели... Пригласил домой познакомить с родителями. Мама постаралась, наготовила всего, она у меня тоже кулинарка великая. А Вика пришла, от всего отказалась, мама рассердилась, папа стал ее уговаривать, и тогда она согласилась съесть «разве что немножко оливье»! Возмущению мамы не было предела.

— Может, она стеснялась?

— Да то-то и оно, что нисколько. Просто она считала, что получать удовольствие от еды — дурной тон. С тех пор у нас в семье, когда кто-то плохо ел, говорили: ну возьми хотя бы «немножко оливье»!

— И вы не женились на ней?

— Нет, — рассмеялся он, — мама умела так высмеять моих девушек, что я сразу терял к ним интерес.

221

— А как же Лира? Ваша мама ее не раскусила?

— Видишь ли, когда я на ней женился, родители работали за границей и я их поставил перед свершившимся фактом. Надо было видеть мамино лицо. Но мы ведь не хотели о ней говорить... Элла, да ты совсем спишь.

— Дайте мне чашку кофе, я проснусь.

— Зачем? Если хочешь спать, спи.

— А вы обещали отвезти меня.

— Как скажешь! Я потому и не предлагал выпить, догадывался, что ты запросишься домой.

— Спасибо. За все большое спасибо. Мне у вас очень понравилось. И фильм ваш просто потрясающий... И кот!

В машине она почти сразу уснула. Он смотрел на нее с грустью. Боже мой, какая женщина, как с ней легко и просто. Она совсем ничего из себя не строит. С ней уютно даже в машине. Вот она спит, посапывает рядом, а у меня в душе разливается опасное тепло... Нет, Митяй, опомнись! Это сейчас она милая, уютная и беззащитная, а потом... Кто знает, какие жабы могут обнаружиться под этой прелестной оболочкой... Ты уже однажды купился на милую бесшабашность, бытовую неприхотливость Лиры. А что оказалось? Нет, хватит с меня. Да и зачем я-то ей нужен? Она еще молодая, ей надо замуж, она такая домовитая, она задушит меня своей заботой, разбалует, я буду из всех экспедиций стремиться к ней под крыло, а она в один прекрасный день меня этим крылом и прихлопнет. Да и вообще, я не способен к нормальной семейной жизни. Зачем давать женщине надежду, если

222

знаешь, что не сможешь ее оправдать? Тем более такой женщине. Она цельная натура, сколько лет любила какого-то уголовника, может, и сейчас еще любит... Но как к ней тянет... Как хочется вот сейчас остановить машину и накинуться на нее... А может, просто объясниться с ней по-честному, сказать — так и так, я не могу жениться, не хочу обманывать, согласна принимать меня таким — отлично, нет — очень жаль и давай расстанемся без лишних драм. Ах боже мой, зачем ты, Митяй, опять наступаешь на те же грабли? Она, конечно, согласится принимать тебя таким, но в душе все равно будет надеяться и верить, что сумеет тебя приручить и никуда ты от нее рано или поздно не денешься... А потом она будет умирать от горя, притворяться, что хочет покончить с собой, а то заявит, что беременна или вовсе родит, сказав, что это будет только ее ребенок, что от меня ей ничего не нужно... Все они такие, все жаждут захомутать мужика. Нет, Митяй, надо бежать, пока не поздно... Мне моя свобода и независимость дороже всего. Но как сладко она сопит... Как хочется ее трахнуть...

— Ой, я заснула! Простите!

А какой голос, с ума сойти.

— Да за что прощать? Ты так сладко спала, видно, действительно утомилась.

— А где это мы едем? В темноте не разберешь, это уже Ленинский?

— Совершенно верно. Элла, говори мне «ты», меня твое «вы» как-то деморализует, я чувствую себя почти старцем...

Она улыбнулась, как ему почудилось, загадочно. То есть она и впрямь считает меня стариком? С какой стати?

— Что ты делаешь завтра вечером? — неожиданно для себя самого спросил он.

— Пока не знаю. А что?

— Давай завтра куда-нибудь сходим, а? В театр, например, а потом где-нибудь поужинаем, а?

— Можно, — просто и радостно ответила она.

— Хочешь, сходим на концерт Хворостовского, а?

— Туда, наверное, не попасть.

— Но ты хочешь?

— Да нет, пожалуй.

— Ты не любишь пение?

— Очень, очень люблю. Но Хворостовский... Я умом понимаю, что у него божественный голос, что он изумительно поет, все понимаю и ценю, но... наверное, я скажу глупость... У меня от его пения мурашки по спине не бегут... Организм не реагирует, понимаете? Это, конечно, мое субъективное ощущение...

Он изумленно взглянул на нее и затормозил. Они приехали. Он не выдержал и спросил охрипшим голосом:

— А от меня... От меня у тебя бегут мурашки?

— Еще какие! — просто ответила она.

Но тут у него зазвонил мобильный.

— Мама? Что? Да, сейчас еду! Да, мама, понял! Прости, Элла, отца увезли в больницу... Сердце... Я должен мчаться. Я позвоню. До свидания.

Время шло. Жизнь Эллы вошла в прежнюю колею, словно никогда в ней не было ни телевидения, ни Воронцова. Но вот по дороге с работы она купила очередной номер «ТВ-Парка» и в субботу обнаружила в программе свою передачу — «Рецепты моей бабушки»! Сердце забилось как сумасшедшее. Элла заметалась, ей стало так страшно, как еще никогда в жизни. Что, если я провалюсь? Вдруг мое шоу никуда не годится? Она бегом бросилась домой и позвонила Маше. Но там никто не отвечал. А Машкин мобильник был заблокирован. Наверное, забыла заплатить. Она опять открыла журнал, словно надеясь, что на сей раз ее шоу там не окажется. Но напрасно. Черным по белому было написано: «Рецепты моей бабушки». И более того, справа, где анонсировались старые фильмы и новые программы, была крохотная заметочка: «Канал открывает новую рубрику: «Рецепты моей бабушки». Ведущая — юрист Елена Якушева». Елена! Какой идиот это писал? А впрочем, так даже лучше — раньше времени никто из знакомых и коллег не узнает. Она еще не видела смонтированный вариант программы. Надо позвонить Пузайцеру, пусть покажет ей, — в конце концов, она имеет право... А то сняли и забыли о ней. Ее кухню, которую она так любовно обживала, разобрали, слишком дорого стоит в Останкине аренда. А новую, скорее всего, и не построят, шоу провалится... Как пить дать провалится! Увидят зрители на экране такую корову и скажут: куда ты, дура, суешься на экран? Кто-то на днях говорил, что телекамера очень полнит, мол, в телевизоре каждой женщине, считай, прибавляется восемь кило... Ужас!

Словом, она была в панике. Металась по квартире и в результате затеяла разборку шкафов на кухне. За последнее время там черт знает что образовалось. Вот, если мне заплатят на телевидении, как обещали, надо будет сделать ремонт, хотя бы косметический. И купить новый холодильник, а то этот уже никуда не годится. В наше время просто смешно размораживать холодильник. А какой шикарный холодильник на кухне у Воронцова — огромный, серебристый... Нет, об этом вспоминать нельзя! Это табу! Машка поняла, молчит, ни о чем не спрашивает. Но тут она сама позвонила, и голос у нее звенел от радости:

— Элка, ты сидишь или стоишь?

— Сижу, а что случилось?

— Элка, тогда ляг, а то со стула свалишься!

— Машка, не тяни!

Маша понизила голос:

— Элка, я беременна!

— Нет, правда?

— Правда, правда, истинная правда! Тест подтвердил! Я буду рожать! Мама в восторге! Можешь себе представить!

— Машка, от кого?

— Ты легла? От Пузайцера!

— Машка, кончай шутить!

— Какие шутки! У меня, кроме него, в последнее время никого и не было.

— Но я ничего не заметила.

— А что ты вообще в последнее время замечала?

— Когда ж вы успели?

— Долго ли умеючи?

— Но у него же и так двое детей!

— А при чем тут он? Он свое дело сделал! Между прочим, имей в виду, если ты ему хоть словечко ляпнешь, хоть намекнешь, я с тобой рассорюсь навсегда! Я хочу ребенка, а этот тип мне совершенно не нужен!

— Так ты что... сознательно... хотела ребенка именно от Пузайцера?

— Да нет, просто был такой момент, когда я захотела Пузайцера. И легко этого добилась. И вдруг такой подарок! А что, у него ведь хорошая морда, он трехжильный, детки симпатичные такие, я фотки видела, так что наследственность вполне приличная... А главное — получилось! И мама счастлива. Можешь себе представить, она пошла в поликлинику, обследовалась и сказала: «Я теперь могу с чистой совестью советовать тебе рожать без мужа! Я успею его вырастить!»

— Скажи маме, что я ее обожаю! И буду помогать тебе тоже чем смогу. Это будет мой двоюродный ребенок, ты согласна?

— Помощь принимаю от всех, у кого добрые намерения! Но от Пузайцера ничего не хочу, и меньше всего хочу, чтобы ребенок носил фамилию Пузайцер! Элка, ну скажи, разве не здорово?

Элла рассмеялась:

— Еще как здорово. А как ты себя чувствуешь?

— Великолепно!

— Маш, а у меня тоже новость: в программе объявлена моя передача. Только там написано: ведущая Елена Якушева.

227

— Вот сволочи! Но в конце концов... Элка, ты, надеюсь, Новый год с нами встречаешь?

— Что за вопрос? Машка, а можно я у тебя одну вещь спрошу?

— Валяй!

— Маш, ты Пузайцера без бейсболки видела?

— Нет! Но я, честно говоря, и не стремилась. Может, лучше не видеть?

И они расхохотались.

— Элка, на Новый год с тебя фаршированная рыба!

— Договорились!

— Слушай, а тебе не страшно одной смотреть свою передачу?

— Не то слово!

— Хочешь, я к тебе приеду?

— А ты сможешь в субботу?

— Во всяком случае, постараюсь!

И вот настал этот день. Ночь она почти не спала, у нее тряслись руки и пересыхало в горле.

Программа начиналась в десять тридцать утра. В четверть одиннадцатого в квартиру ворвалась Маша с букетом белых хризантем.

— С ума сошла? — всплеснула руками Элла.

— Да ладно, ставь в воду и включай телик! Между прочим, ты в курсе, что у Воронцова умер отец?

— Откуда ты знаешь?

— Догадайся с трех раз! Вчера мадам Звонарева ходила на похороны! Но перед этим «публичным мероприятием» заехала к нам в салон. И так щебетала-щебетала, какой чудный человек был ее свекор! И безумно жаль бедного Димку, который буквально не в себе от горя! Надо его утешить... Элка, начинается! — закричала она не своим голосом, а Элла обреченно опустилась на диван рядом с ней. — Ой, Элка, какая ты хорошенькая, прелесть!

А на другое утро Элла проснулась знаменитой! В половине девятого ей позвонил решительно отвергнутый ею Миша.

— Хочу сказать тебе, что ты все-таки редкая сука! — выпалил он.

— Ты так считаешь?

— Да, считаю! Столько лет кормила меня этим говнищем, этой аэрокурицей, а сама, оказывается, великая кулинарка? Или ты ее только изображаешь? Хотелось бы знать, как ты на телевидение пролезла, а? Кому дала?

— Бедный, ты такой дурак, я даже не думала, — добродушно отозвалась Элла, предвидевшая нечто подобное. Вчера вечером заходили две соседки, выражали восхищение, но во взгляде одной из них явственно читалась непереносимая черная зависть!

После звонка Миши пришла еще одна соседка, с третьего этажа, пожилая дама, бывшая красавица, а ныне вдова крупного мидовца, вполне симпатичная, доброжелательная, но очень болтливая.

— Боже мой, Элла, я своим глазам не поверила, когда включила телевизор! И если бы не ваш чудный голос, я бы решила, что обозналась! Поздравляю, поздравляю, моя дорогая! Я тут принесла дивные конфеты, давайте попьем кофейку — и вы мне все расскажете! Это же безумно интересно, как в наше время попадают на телевидение!

Элла заранее припасла для любопытствующих подобного толка небольшую сказку, максимально приближенную к правде.

— Совершенно случайно, поверьте мне, Нинель Максимовна! Я была в гостях у своей однокурсницы, и там оказался один тип с телевидения. Я даже не знала, кто он такой. Зашел разговор о старинных рецептах, ну я и рассказала, что моя бабушка вот так, а не иначе готовила какое-то блюдо, уж не помню какое. Этот телевизионщик меня услышал и пригласил попробоваться. Ну я и пошла, из чистого любопытства. А после пробной съемки вообще уехала из Москвы в Тунис, и вдруг мне туда звонят и вызывают для разговора с главным продюсером, ну и вот...

— Эллочка, это грандиозно! И мне так понравился ваш вид... А кстати, я никогда в жизни не пробовала перепелок. Это действительно вкусно?

Но Элла уже не успевала отвечать на ее вопросы — беспрерывно звонил телефон. Далеко не все из звонивших видели передачу. Только слышали о ней и клялись, что в следующую субботу непременно посмотрят, но безмерное удивление слышалось во всех голосах. Как такое могло случиться, что скромная юристка, да еще и толстая, попала на телевидение? Что-то тут не так! Подозрительно...

— Элла, это уже бремя славы! — заметила Нинель Максимовна.

— Да ну, какая слава? Один раз мелькнула на экране!

— Не говорите, в наше время этого бывает достаточно. Ну, не буду вам мешать.

Едва за ней закрылась дверь, как опять зазвонил телефон.

— Элла Борисовна? Меня зовут Елизавета Петровна, я работаю на радио. — Она назвала какой-то канал, но Элла не расслышала. — Элла Борисовна, мы хотели бы открыть кулинарную рубрику, пятиминутку, ежедневно, кроме субботы и воскресенья. Я видела вчера вашу программу, мне очень понравилось, все так просто, мило и уютно. Вы бы согласились приехать к нам, чтобы попробоваться, поговорить?

— Почему бы и нет? — засмеялась Элла. — Лиха беда начало!

— Знаете, у нас в студии вчера прорвало трубу, идет срочный ремонт, может, мы встретимся где-то на нейтральной территории... Пока лишь для предварительного разговора об условиях, ну и так далее. Мой шеф очень торопится. Не могли бы вы прямо сегодня?

— Могла бы. Мне даже лучше сегодня, я ведь завтра работаю.

— Тогда, если не сложно, приезжайте ко мне. Шеф живет рядом и придет тоже. Вы где живете?

— У метро «Профсоюзная».

— О, так мы соседи, я живу на улице Строителей, в красных домах, знаете?

— Это за театром Джигарханяна?

— Да, но я по старой привычке говорю, что живу на задворках «Прогресса», там раньше было

231

кино «Прогресс»! Приходите часа в четыре, если вам удобно.

— Вполне.

— Вот и славно. Записывайте адрес и телефон.

Так, подумала Элла со смехом, Пузайцер меня предупреждал, что подобное приглашение может последовать. Неужто все предсказания Пузайцера сбудутся? И я выйду замуж за ревнивого дурака? Да ну их всех, не хочу я ни за кого замуж! А за Воронцова? За Воронцова тем более! Зачем обрекать себя на такие муки? Он больше года торчал в Австралии, снимая коал. Я понимаю, ему плохо, умер отец, но ведь можно же набрать номер и сказать несколько слов: прости, у меня горе, но я о тебе не забыл. И все, достаточно. Но он такой же, как все... А откуда, интересно, Лирка узнала? Он ей позвонил, позвал на похороны? Или его мать? Да мало ли кто... Там наверняка полно родственников и знакомых, которым внезапная литературная карьера Лирки внушает почтение... Не желаю об этом думать, у меня самой начинается новая карьера! И если мое шоу останется в эфире, то по популярности я Лирку перешибу. Читают ведь не все, а едят — все без исключения! Фу, что за идиотские мысли в голову лезут! Какое мне дело до Лирки? Не хочу о ней даже вспоминать.

Радио... Мне нравится идея выступать на радио. Меня по крайней мере там не видно будет. А у женщины, которая звонила, очень приятный голос и манера говорить. Она немолодая, судя по тому, что назвала себя по имени-отчеству. Ны-

232

нешние мальчики и девочки и себя называют просто по имени, и людей гораздо старше себя тоже. Линда, например.

Дверь ей открыла дама лет за пятьдесят. Элле ее лицо показалось знакомым, но кто это, она не могла вспомнить.

— Добрый день, Элла Борисовна, прошу вас, проходите, раздевайтесь. Садитесь, хотите кофе или чаю?

— Кофе, если можно. Черный.

— Хорошо! Я мигом!

Хозяйка вышла из комнаты, а Элла огляделась вокруг. Приятная интеллигентная обстановка, всюду книги, на широченных подоконниках множество цветов. И тут на стене она увидела фотографию — хозяйка дома рядом с мужчиной в каком-то кафе. Мужчину она узнала мгновенно и вспомнила, где видела Елизавету Петровну. Они вместе летели из Вены. Влюбленная пожилая пара... Элла тогда еще слегка позавидовала этой женщине, а в Шереметьеве выяснилось, что они просто тайные любовники. Какое отрешенно-усталое и неприятное лицо у него тогда было... А на фотографии просто сидят два человека, два немолодых человека, они даже не смотрят друг на друга, но всем совершенно ясно, что они влюблены... Как минимум.

— А вот и кофе! Знаете, Элла Борисовна, у меня странное ощущение, что я вас где-то видела.

— Вчера по телевизору?

— Нет-нет, это ощущение появилось как раз вчера.

— Какой чудный кофе! Только я не думала, что вы тогда меня заметили, — вырвалось у Эллы.

— Когда? — насторожилась Елизавета Петровна. — Мы действительно встречались?

— Да, в самолете из Вены. Я сидела через проход от вас.

— А... Да-да... Припоминаю...

— Простите за откровенность, я тогда даже позавидовала вам.

— И было чему! — улыбнулась хозяйка. — Я была счастлива целую неделю. И в самолете тоже. А в аэропорту...

— Я видела. Мне было больно за вас... Простите, я лезу не в свое дело...

— Нет-нет, мне приятно говорить об этом. Обычно просто не с кем. А хочется иной раз... поговорить... Но жалеть меня не надо. Я живу полной жизнью, у меня есть чудный сын, чудная невестка, внучка трех лет — очаровательное создание, у меня интересная работа... ну и любовь... Хоть я уже в таком возрасте. Мне пятьдесят четыре. Знаете, любовь, вероятно, нужна в любом возрасте...

Но тут явился ее шеф — и разговор о любви был прерван. Через час шеф убежал, оставив двух своих сотрудниц наедине. Да-да, Элла практически уже была сотрудником радиостанции. Ей предстояло вести там свою рубрику, которая должна выходить в эфир по будням ежедневно в дневное время и называться «Что приготовить на ужин?». Идею предложил шеф, она давно у него возникла, — вероятно, его дома плохо кормят, когда он возвращается с работы, решила Элла.

234

Он был еще молодой, лет тридцати двух, но совершенно затурканный.

— Элла, оставайтесь у меня, поужинаем вместе, поболтаем, — предложила Елизавета Петровна. — Я, конечно, не могу похвастаться кулинарными шедеврами, но мне привезли из Астрахани настоящую черную икру. Вы любите икру?

— Люблю, — улыбнулась Элла. Интересно, подумала она, с кем мама съест привезенную мною икру? И вспомнит ли обо мне? А впрочем, это неважно. Надо, наверное, было послать ей к Рождеству открытку. Но я так замоталась...

В уютной кухне они ужинали и говорили о предстоящей совместной работе.

— Я чувствую, что на такой марафон моих рецептов не хватит, придется засесть за поваренные книги.

— Только помните, рецепты должны быть попроще и подешевле, — смеялась Елизавета Петровна, пододвигая гостье большую стеклянную банку икры. — Ешьте, ешьте, не стесняйтесь, мне привезли литровую банку, вон сколько еще осталось!

Их разговору то и дело мешал телефон. Хозяйка отвечала, не скрывая своего раздражения, впрочем, не скрывала только от Эллы, ее собеседники не могли это заметить. Но вот, ответив на очередной звонок, она вдруг порозовела и с трубкой ушла в другую комнату. Наверное, он звонит, сообразила Элла. Она почему-то ощутила неприязнь к этому человеку. Но тут же сказала себе: что ты о нем знаешь? Елизавета Петровна быстро вернулась и решительно отключила телефон:

— Ну вот, можно и расслабиться, все необходимые звонки уже были. А остальные подождут. Имею я право в выходной день хоть немного отдохнуть? Знаете, пока он не позвонит, мне трудно жить.

— Он каждый день звонит?

— Нет. Каждый день у него не получается. Но по выходным — обязательно. Он уходит надолго гулять с собакой и звонит мне по сотовому. Мне важно знать, что он жив-здоров. И ему тоже.

— Вы часто видитесь?

— Нет, не очень. Он занятой человек. Но два раза в год вырываемся на недельку или пять дней... и тогда уж наговориться не можем... Знаете, мы две половинки, которые разминулись в жизни. Хотя, вероятно, были предназначены друг для друга. Жизнь столько раз сталкивала нас, пока мы наконец не поняли, что это неспроста... Но поняли, когда что-то кардинально менять было уже невозможно. Простите, Элла, что я так вдруг с вами разоткровенничалась, но вы были невольным свидетелем, и это словно дает мне право нести всю эту чушь...

— Но почему же чушь?

— Вам это интересно?

— Господи, конечно! — искренне заверила ее Элла.

— Тогда я расскажу вам с самого начала, можно?

Элла кивнула в ответ.

236

— Мне было шестнадцать, а ему под тридцать, он ухаживал за моей старшей сестрой. Впервые он пришел на день ее рождения, а она родилась тридцать первого декабря... Это был день рождения и Новый год. У нас дома собралось много гостей, как обычно. В этот день у нас всегда было страшно весело, и Рита пригласила своего кавалера. Когда он позвонил, я побежала открывать. И стоило мне его увидеть... И он тоже... Это была любовь с первого взгляда, хотя он был уже совсем-совсем взрослый. Мы ничего друг другу не сказали, но я все время ловила на себе его взгляд. Он был некрасивый, но... В нем, как сказала моя бабушка, было двести процентов мужика. Моя сестра не принимала его всерьез, он был, как ей казалось, неперспективный... И все равно, я не смела даже думать о нем. Меня так воспитали — чужое не тронь. К тому же выяснилось, что он женат, хоть и собирается разводиться... Словом, трудно придумать более неподходящий объект для первой любви. Но ведь сердцу не прикажешь... Вероятно, сестра что-то почуяла, больше он в нашем доме не появлялся. А спросить у нее я не смела. И как выяснилось потом, он тоже не смел... Жизнь берет свое, и через год я забыла о нем. Окончание школы, поступление в институт, студенческая жизнь, какие-то легкие романы. Начало шестидесятых, поэтические вечера в Лужниках, в Политехническом... Но однажды я встретила его в метро. Я сразу его узнала, он был с какой-то женщиной... Я не решилась его окликнуть, но глаз отвести не могла. Он почувствовал мой взгляд, посмотрел на меня, узнал и побледнел. Так побледнел, что я поняла — он меня не забыл. Сестра моя к тому времени уж давно вышла замуж. И в тот же день он позвонил мне и пригласил в кино. В те годы кафе были наперечет, рестораны тоже. Мы встретились, ни в какое кино не пошли, а гуляли по улицам, благо была поздняя весна. И он говорил мне странные вещи — что влюбился с первого взгляда, что не мог забыть, но тогда я была еще ребенком... а теперь вот... Он женат, его жена беременна... Увидев меня, он потерял самообладание, понял, что просто обязан сказать мне о том, что чувствует ко мне, но... Он не может сейчас бросить жену и не хочет вести двойную жизнь. Это было бы нечестно по отношению ко мне, и он не имеет права портить мне молодость. Я слушала все это, мне хотелось крикнуть, что он испортит мне жизнь, если уйдет... Что я готова ради него на все, но не сказала... гордость не позволила. Да он меня почти и не слушал, ему важно было выговориться самому. Мы опять расстались на много лет. И опять встретились случайно в Прибалтике, на курорте, где я была с мужем и сыном, а он с женой и дочками-двойняшками. И казалось уже, что все прошло, мы стали общаться семьями, он даже как-то сдружился с моим мужем — на автомобильной почве. Но я в какой-то момент поняла, что люблю его без памяти и не могу вынести этого общения. Я придумала какую-то историю, оставила сына с мужем и улетела в Москву. Мне было страшно. Он прилетел на другой день, пришел ко мне, и нас уже ничто не могло удержать. Он твердил, что разведется с женой, что готов на все, что и так пол-жизни потеряно, я тоже обещала ему уйти от мужа. Мы решили, что уедем, к черту, из Москвы куда-нибудь в Сибирь или на Дальний Восток. Но... Дальше все было как в плохих фильмах: заболел мой сын, и я, разумеется, решила, что это мне кара за намерение разрушить разом две семьи. И категорически отказалась от него. Мне на мгновение тогда почудилось, что он вздохнул с облегчением... Больше мы не виделись. И встретились четыре года назад. Я к тому времени овдовела, сын вырос и жил отдельно, и его дочки уехали за границу... Но ему уже за шестьдесят, нет сил что-то рушить, и у нас начался самый банальный роман. И знаете, нам так хорошо вместе... Наша совесть чиста. Он, конечно, изменяет со мной жене, но не чувствует больше своей вины. Он создал ей в высшей степени комфортную, благополучную жизнь, но на решительные шаги ему не хватает сил. Я это понимаю, мне и так хорошо с ним... Я даже могу сказать, что я счастлива. Вот рассказала все и вижу — рассказывать-то нечего, собственно... просто иногда кажется, что мы оба прожили какую-то не свою жизнь... Хотя он, вероятно, так не думает. Простите, что заморочила вам голову такой ерундой. Иногда кажется, что твоя история бог весть какая запутанная и драматическая, а расскажешь другому человеку — пшик! Или просто я не умею рассказывать... Знаете, я иногда думаю: — вот дай мы себе волю в молодости, все давным-давно перегорело бы... А так мы со-

239

хранили что-то... Знаете, как у Тютчева «О, как на склоне наших лет нежней мы любим и суеверней...» Я просыпаюсь и засыпаю с мыслью о нем, я вспоминаю наши поездки, наши свидания. Я мысленно с ним разговариваю, рассказываю о своих делах... А когда мы встречаемся, он так спешит выговориться, посвятить меня в свои дела... И я твердо знаю: у него нет никого ближе меня — и даже хорошо, что мы живем врозь. Мы ведь уже старые... если б стали жить вместе, кто знает, как бы все повернулось... Ох, простите, я вас заболтала, но вы сами виноваты, в вас есть что-то такое, что хочется все вам рассказать. Ну а вы? Вы замужем?

— Нет.

— А любовь... у вас есть любовь?

— Даже не знаю, что ответить...

— Без любви нельзя, совсем нельзя!

— Я понимаю... У меня была любовь...

И Элла вдруг все ей рассказала.

— Боже, какая романтическая история! — всплеснула руками Елизавета Петровна.

Они проболтали допоздна и расстались почти подругами.

На улице было хорошо — сухо, чисто и тепло, плюс три градуса, и Элла решила пройтись пешком. Разговор с Елизаветой Петровной разбередил все чувства, и надо было успокоиться. Сейчас не до любви. Впереди уйма работы! Агентство, радио и, скорее всего, телевидение. Елизавета Петровна уверена, что мое шоу будет иметь успех. Надо завтра же начать поиск старинных поваренных книг, порыться в Интернете, поспра-

240

шивать знакомых. Это интересно! А любовь... Что ж, если она мне суждена, я ее найду, а на нет и суда нет... Она и не заметила, как добрела до дому. Едва она вышла из лифта, как открылась дверь соседской квартиры.

— Элла, — позвал ее сосед, пожилой, но весьма шустрый профессор МГТУ, — вам тут прислали цветы! По какому случаю, ведь день рождения ваш еще не скоро, насколько я помню?

Он явно ничего не знал о кулинарном шоу.

— А разве без повода цветы не присылают? — улыбнулась она.

— Вероятно, вы правы. Откройте вашу дверь, я вам сейчас это занесу!

И он вытащил на площадку огромную, похожую на лодку корзину цветов, завернутых в несколько слоев бумаги. Сердце ухнуло вниз. Воронцов? Но корзина была от Махотиных. «Дорогая Элла, поздравляем с удачным дебютом, желаем счастья, сил и много-много радости и любви. Люба и Вячеслав». Элла была растрогана. Корзина с экзотическими цветами волшебно преобразила комнату, а Элла вдруг ощутила каменную усталость, повалилась одетая на диван и уснула.

К утру здорово похолодало, и, собираясь на работу, она подумала, не надеть ли норковую шубу, вытащила ее из шкафа, покрутилась перед зеркалом, а потом сняла и повесила на место. Нет, это будет уж чересчур, нельзя так расстраивать коллег. Интересно, они уже в курсе? Если да, то Валерий Яковлевич наверняка встретит ее с цветами. Он вообще балует своих сотрудниц цветами, иной раз без всякого повода приносит им по букетику или по одной розе...

Но в офисе ее встретили гробовым молчанием. Ни поздравлений, ни комментариев, пусть и ядовитых, — ничего. Вероятно, они не знают, а в агентстве что-то случилось... Проиграли легкое дело? Или им отказались продлить аренду?

— Элла Борисовна, Валерий Яковлевич просит зайти, — строго, официально проговорила Леля.

А, сообразила Элла, это они делают вид, а в кабинете у Серова начнутся поздравления. И она с легкой улыбкой вошла к шефу. Но никаких поздравлений, никаких цветов. Валерий Яковлевич был чрезвычайно мрачен.

— Садитесь, Элла Борисовна, — холодно проговорил он.

— Что-то случилось?

— Увы!

— Но что? — испугалась Элла.

— Элла Борисовна, мне неприятно это говорить, но... нам придется с вами расстаться.

— Расстаться? Почему? — ошарашенно спросила Элла.

— Видите ли, юрист, который печет пироги на телевидении, не может претендовать на серьезное к себе отношение!

Элла все поняла.

— Вы безусловно не правы, никто не стал менее серьезно воспринимать Генри Резника, оттого что он иногда поет по телевизору, или Барщевского... Но вы меня опередили. Я как раз хотела просить вас начать подыскивать мне замену, я ухожу. Разумеется, я отработаю две недели, если вы настаиваете, но, если возможно, я бы хотела поскорее передать дела, меня еще пригласили на радио вести ежедневную рубрику, и у меня нет ни малейшей охоты и необходимости терпеть беспардонное хамство вашей любовницы, которая не в состоянии даже скрыть свою зависть.

Сказать, что Серов удивился, это ничего не сказать. Но не меньше удивилась и сама Элла. Она могла защитить интересы клиента, но себя защищать она никогда не умела. Кажется, я и впрямь начала новую жизнь!

— Ну что ж, рад за вас, — выдавил из себя Валерий Яковлевич. — В принципе, если вы не хотите больше тут работать, то можете передать дела уже завтра. Мне тут порекомендовали одну даму... И завтра же мы полностью рассчитаемся.

— Прекрасно! К которому часу мне приехать? Лучше бы с утра, у меня завтра днем съемка! — соврала она.

— Как вам будет угодно, — пробормотал Серов, ожидавший чего угодно, только не этого.

— Прекрасно! Я приеду к десяти! Надеюсь, моя преемница не заставит себя ждать?

И она вышла из кабинета. С милой улыбкой кивнула Леле, которая даже не удосужилась ответить, направилась в комнату, где просидела много лет.

— Привет, девушки! Что вы так на меня смотрите? Мне надо только взять кое-что из стола. Завтра заберу остальное! Счастливо оставаться.

243

— Элла, вы уходите? — с трудом выдавила из себя Мария Игоревна.

— Да, наши желания с шефом совпали, и это прекрасно! Что может быть хуже несовпадения желаний во всех областях жизни? И как я понимаю, желание шефа совпадает еще и с желанием коллектива? Это совсем хорошо! До завтра, коллеги!

И она вышла с гордо поднятой головой. Но когда ее уже нельзя было увидеть из окна, Элла не сдержала слез. Она столько лет работала с этими людьми, и ей казалось, что они хорошо к ней относятся. Неужели полчаса на экране могут разом разрушить человеческие отношения? И ведь это только начало, а потери уже ощутимые... Ну ладно бы бабы, а Серов? Неужто ему не стыдно?

Чего я, дура, плачу? Не стоят они моих слез, если так злобно завистливы. Ну ладно, завтра я им еще устрою сеанс черной зависти!

Утром Элла навела немыслимую красоту, как ее учила Машка, надела норковую шубу, надушилась и вызвала такси. Ехать в метро в такой шубе казалось ей кощунством. Когда она вошла в офис, у всех отвисла челюсть. Норковые шубы в Москве не редкость, но качество этой шубы, а следовательно, и ее цена, сразу бросались в глаза. Не хотела я вас дразнить, подумала Элла, но вы сами напросились.

Дела она передавала молодой — лет двадцати пяти — девушке, которая явно мало разбиралась в авторском праве. Но она по крайней мере не исходила завистью, а была чрезвычайно озабочена предстоящей работой. И на том спасибо. Обиднее всего, что Мария Игоревна была заодно со всеми. Элле казалось, что они все-таки дружат... Ну да ладно. Собрав вещи, она зашла к Серову, который, пряча глаза, выдал ей конверт с деньгами. Она вскрыла его и пересчитала деньги у него на глазах.

— Не думаете же вы, что я вас обсчитал! — не выдержал он.

— Мало ли чего я раньше не думала! Все в порядке, Валерий Яковлевич. Всего наилучшего!

— Элла Борисовна... вы... это... не поминайте лихом!

— Да боже меня сохрани. Зачем? Я просто забуду вас как дурной сон.

И с этими словами она навсегда покинула литературное агентство «Персефона».

А днем она поехала на радио. Студия располагалась тоже на Королева, 19. Маленькое, тесное помещение, где было лишь три комнаты и постоянно толокся народ. Суета была, пожалуй, еще почище чем в телестудии, но Элле там понравилось. Елизавета Петровна познакомила ее со всеми. Элла подписала договор, заполнила анкеты, какие-то карточки и вышла с постоянным пропуском сотрудника радиостанции. Надо позвонить Машке и позвать ее в ресторан — отметить такие важные события. В вестибюле она столкнулась с Пузайцером.

— Аркаша! Привет! — Она окинула его удивленным взглядом. Интересно, что в нем так привлекло Машку? Она не могла понять.

— Элла, привет, ты что тут делаешь?

Она молча протянула ему пропуск.

— Сила! А что я говорил? Замуж пока не собираешься? Нет? И правильно! Кстати, наши все считают, что твое шоу хорошо пойдет. Думаю, в начале марта будем снимать дальше... Слушай, а как там твоя подруга поживает?

— Машка? Вот хочу с ней сегодня встретиться.

— Привет ей от меня!

— Спасибо, передам!

— Ну а как вообще дела?

— Меня с работы выгнали! — не без удовольствия сообщила Элла.

— За что? — воскликнул Пузайцер.

— А вот за наше шоу и выгнали.

— Да ладно, не гони пургу!

— Честное пионерское!

— Обзавидовались, что ли?

— Именно! Да как поспешили! Шоу в субботу, а в понедельник — позвольте вам выйти вон.

— А чего ты веселишься?

— Плакать мне, что ли?

— Тоже верно, ты у нас не пропадешь! Они еще будут тебя умолять вернуться, козлы.

— В основном козы.

— Между прочим, моя жена собирается на Новый год печь твой кекс! И ты ей жутко понравилась. Вот, говорит, наконец нашли бабу без затей. Так она выразилась. А она, чтоб ты знала, больше всего на свете ненавидит затеи. Ей главное, чтобы было всем понятно. Это, считай, глас народа. Ну все, лапка, я утек! Машке привет не забудь передать.

Интересно, он влюбился в Машку или просто благодарен ей за необременительный секс? Я вот тоже благодарна Воронцову за необременительный секс. Ей очень понравилось это выражение. А любовь — штука весьма обременительная. Вон Елизавета Петровна храбрится, хорохорится, а сама мучается, страдает. Это и козе понятно. Она вытащила из сумки мобильник:

— Алло, Машуня, тебе привет от Пузайцера! Два раза передавал! А у меня куча новостей. Предлагаю где-нибудь пообедать. Вернее, поужинать.

— Заманчиво, но я не могу пить теперь, ты же понимаешь.

— А переживешь, если я выпью бокальчик вина?

— Без проблем. Ты где сейчас?

— В Останкине.

— Ты что там делаешь?

— Расскажу при встрече.

— Ладно, можешь заехать за мной в салон? Я попробую освободиться пораньше.

— Договорились.

Когда Элла выложила подруге все события последних дней, Машкины глаза опять налились слезами сочувствия.

— Какие же люди сволочи! Подумать только! Нет бы порадоваться за коллегу! Ну хоть бы притворились...

— Да, уж очень все откровенно! Могли бы както исподволь, постепенно сживать меня со свету... Да фиг с ними, Машка, мне же лучше! В конце концов, если понадобится, найду я себе другую работу, а пока не пропаду!

— Нет, Элка, ты должна подкопить деньжат и через годик открыть свое литературное агентство, конкурирующее! Я тебя уверяю, клиентура будет! Да мне Люба Махотина говорила, что Вячеслав Алексеевич тебе страшно благодарен. А кстати, ты пригласи Любу к себе в агентство. Насколько я понимаю, она дохнет с тоски и с радостью к тебе пойдет!

— Но она в авторском праве ни бельмеса не знает

— Ерунда! Научится! Не боги горшки обжигают, она же все-таки юрист. Да, мама просила передать, что ты ей очень понравилась в телевизоре! Очень! И она жаждет приготовить на Новый год перепелок!

— А жена Пузайцера собирается печь мой кекс!

— Плевала я на жену Пузайцера!

— Нет, Машка, не хочу я открывать литературное агентство! Надоело!

— Ну и дура! Сколько ты продержишься в эфире, никто не знает, а литагентство верный кусок хлеба.

— Тебе так кажется. И потом, я совсем ничего не могу возглавлять.

— Сможешь! Обнаглеешь со временем и сможешь! Куй железо, пока горячо! Мне тоже казалось, что я со своим филологическим образованием живо прогорю. А вот держусь же, и очень неплохо. Поговори с Любой, я уверена, она согласится и поддержит тебя.

— Пока я не желаю об этом думать! Не хочу! Машка, я предлагаю выпить за тебя. Чтобы ты была здорова и счастлива! Больше ничего не скажу, ты сама все понимаешь!

— Спасибо, Элка! Ты не думай, я тебе завидовать не буду.

— Мне такое и в голову не приходило! Давай чокнемся, минералкой тоже можно.

К столику подошел официант с бутылкой шампанского.

— Мы не заказывали! — удивилась Маша.

— Вам просили передать!

— Кто?

— Вон с того столика!

За «тем» столиком сидела незнакомая компания из пяти человек. В ответ на удивленный взгляд подруг им оттуда приветливо помахали.

— Элка, я не я буду, если это не твои поклонники!

— Какие поклонники, ты сдурела?

— Нет, я не сдурела.

От компании к ним уже направлялась высокая полная дама со сложной прической.

— Прошу прощения, это мы вам прислали, мы в восторге от вашей передачи и так рады вас тут встретить! Знаете, мой муж тоже смотрел и сказал, что у него все время текли слюнки. И потом, вы женщина из жизни, это так приятно... Мы бы вам цветы послали, но тут с цветами напряженка, вы уж возьмите бутылку и распейте на Новый год!

— Спасибо, больше вам спасибо, — смущенно бормотала Элла.

— А можно с вами сфотографироваться, а то мне подружки не поверят?

— Можно, конечно.

Женщина радостно вскинула руку и села рядом с Эллой, а симпатичный толстый мужчина из их же компании несколько раз щелкнул фотоаппаратом.

— Спасибо вам большое, и дай бог удачи!

— Да, Элка, это круто, — давилась от смеха Машка. — То ли еще будет! Это после одного показа!

— Да ну, случайность! Я сегодня ехала в метро — и хоть бы что...

— Тем не менее! А шампанское хорошее хоть? Надо же, новосветское! В Новый год я тоже могу чуточку выпить! Или у тебя другие виды на эту бутылку?

— Конечно!

— С Воронцовым надеешься распить?

— Ты очень прозаически мыслишь, Машуня! Эта бутылка станет первым экспонатом в музее славы великой телезвезды Эллы Якушевой! Я снабжу ее этикеткой с надписью: «Эту бутылку г-же Якушевой подарили восторженные поклонники после первого же эфира!» А ты уже нацелилась...

Подруги покатились со смеху.

— Машка, послушай, а ты ничего не путаешь? — отсмеявшись, спросила Элла.

— Насчет чего?

— Насчет отцовства Пузайцера, что-то больно быстро твоя беременность обнаружилась. Какой у тебя срок может быть?

— Пять недель. Ты же знаешь, у меня месячные как часы, а тут задержка больше недели. Меня как что-то стукнуло. Ну сейчас ведь есть экс-пресс-диагностика, выявление на ранних стадиях... Нет, все точно, не сомневайся. Да, имей в виду, если Пузайцер еще про меня спросит, скажи — у нее безумный роман!

— Понятно, чтоб потом не возникал?

— Именно! Ну все, поехали, я тебя отвезу!

— А тебе машину-то можно водить?

— Понятия не имею, но я ж без машины как без рук!

На следующий день ее пригласили на посвященный Новому году вечер, который устраивало руководство канала. Но она идти отказалась, сославшись на неотложные дела. Она вообще не любила многолюдных сборищ, а тут ей почудилось, что все будут тыкать в нее пальцами, смеяться и пожимать плечами. Или в лучшем случае не замечать ее. Особенно настаивать никто не стал. Дело вполне добровольное.

Но после вечеринки ей позвонила Люба Махотина:

— Элка, Слава очень удивлен, что тебя вчера не было на их сборище. Тебя приглашали?

— Да, но я не хотела.

— Стесняешься, дуреха?

— Есть немножко, — не стала возражать Элла.

— Ну и зря. Все, кто видел программу, в восторге. Но я тебя понимаю. Сама не люблю эти тусовки и по мере возможности не хожу. Слушай, а где ты Новый год встречаешь?

— У Машки.

— Знаешь, она мне так нравится! Ужасно милая. И руки у нее — чудо! А у них много народу бывает?

— Да нет, мы обычно втроем встречаем, потом ее мама ложится, а мы куда-нибудь едем... к друзьям.

— А в этом году куда собираетесь?

— Не знаю еще.

— В таком случае приезжайте к нам. У нас такая елка — чудо! И вообще! Будет хорошо, а народу немного, все свои. Славка жаждет тебя видеть.

Элла задумалась:

— Ну я не знаю, надо с Машкой поговорить.

— А я уже поговорила, и она согласилась! — засмеялась Люба. — Значит, мы вас ждем!

— Люба, а Воронцов будет?

— Боюсь, что нет. У него же мама в плохом состоянии... Он от нее почти не отходит, хочет отменить или по крайней мере отложить экспедицию, так что... А ты как хотела бы, чтобы он был или нет?

— Не знаю, мне, наверное, все равно.

Ох нет, тебе не все равно, подумала Люба с сожалением. Ей было жалко Эллу — Воронцов ей не пара.

— Любаша, ты хочешь, чтобы я что-то приготовила?

— Боже упаси! Я пригласила профессионального повара из ресторана. Ты что, думаешь, я тебя из-за пирогов или форшмака приглашаю? Имей в виду, если ты явишься с какими-нибудь яствами, я просто обижусь. А вот если как-нибудь еще позовешь нас на вкусненькое, буду рада.

Все, я хоть и не готовлю сама ничего, но дел по горло!

Какая она все-таки хорошая баба, растрогалась Элла. И стала думать, что надеть на Новый год. И ничего подходящего не обнаружила. Может, поехать купить что-то в магазине «Пышка»? Да ну, лень. Еще надо приготовить фаршированную рыбу... Тоже лень, но надо, я обещала. Хорошо, что карпы уже куплены. Она решительно поднялась и пошла на кухню. Включила радио. И опять услышала песню, от которой уже готова была лезть на стенку: «Девочкой своею ты меня назови, а потом обними, а потом обмани...» Бред какой-то... Не говоря уж о рифме... Ей казалось, что эта песня лезет из всех щелей... и у песни есть мордочка... мордочка Зои Звонаревой... У меня что, совсем крыша съехала? Почему-то сегодня фаршированная рыба далась ей очень тяжело, как никогда раньше. Хорошо, что больше ничего готовить не надо. Любашка благородно от всего отказалась. Ее вдруг зазнобило, затрясло. Господи, неужели грипп, свирепствовавший в Москве, ее все-таки настиг? Она померила температуру. Тридцать девять и пять. Ни фига себе! Вот вам и Новый год! Надо срочно что-то делать! Она наглоталась каких-то таблеток, выпила фервекс и легла в постель. Надо бы позвонить Машке и предупредить, что я не приду завтра... И рыбы им не будет. Я готовила ее уже больная вдрызг, Машке сейчас нельзя заражаться...

— Элка, — чуть не плакала Маша, — Эллочка, ну что же это? У тебя лекарства-то есть? Может, как-нибудь встряхнешь себя, а? Соберешь волю в кулак?

— Машка, мне и собирать нечего, какая там воля. Мне только спать охота. Сил нет ни на что!

— Я завтра утречком к тебе заеду, привезу что нужно!

— Не вздумай! — закричала Элла. — Тебе нельзя! Я прекрасно обойдусь. У меня полно фаршированной рыбы!

— Да, наверное, мне лучше держаться подальше... Но к Махотиным я одна не поеду.

— Ну и зря, у них приятно. Передай им привет и поздравления, у меня самой нет сил звонить.

— А я тебе все равно в полночь позвоню! Ты ж, наверное, будешь телевизор смотреть?

— Не знаю, ладно, подруга, не могу больше говорить.

Она проснулась, прислушалась к себе, поняла, что ей плохо и безумно хочется пить. С трудом поплелась на кухню и включила чайник. Тот самый случай, когда некому подать стакан воды... Ну и пусть, сама, что ли, не возьму? В холодильнике есть лимон. Вот сделаю себе сейчас бульонную чашку чаю с лимоном, и мне станет лучше. Может, что-то съесть? Нет, совсем не хочется. Вот тебе и Новый год! До встречи оставалось всего пять часов. А впрочем, все правильно. В этом году мне жизнь сделала такой подарок, и не один... надо и честь знать. В конце концов, грипп, даже тяжелый, даже в Новый год, все-таки лучше, чем какая-нибудь страшная, неизлечимая болезнь, катастрофа, авария, смерть близких... Ну не пошла я на тусовку — и что? Да ничего! Надо только будет из спальни перебраться в большую комнату, к телевизору. Или не стоит? Но я ведь теперь тоже имею отношение к телевидению. Смешно, ейбогу. Ах, как жаль, что бабушка до этого не дожила, как бы она радовалась, как гордилась бы мной... Бабушка Женя, единственная, кто не считал, что я должна стать звездой. Она научила меня готовить, чтобы я «имела в руках кусок хлеба», и именно это умение вот-вот сделает меня известной. Слово «звезда» применительно ко мне — просто идиотизм, но все-таки я стану... тьфу-тьфу-тьфу, чтоб не сглазить, достаточно популярной... Бабуля, ты бы мной гордилась, да? А ты можешь себе представить, что Лирка стала звездой? Что ее рожа мелькает на всех каналах? И она писательница, а я кухарка... Но она противная, а я — нет. Вероятно, она считает, что все наоборот... А мне наплевать... А потом обними, а потом обмани... А как противно, что нас обнимал и обманывал один и тот же мужик. Интересно, какими духами она душится? Наверняка тошнотворными, сладкими... Ой, как меня тошнит... Я так люблю Новый год, самый лучший праздник... пахнет елкой, свечами, мандаринами... Нет, апельсины лучше пахнут. На них хорошо водку настаивать... Фу, какая гадость... Говорят, в Новый год случаются чудеса... Только не со мной... А каких еще чудес мне надо? Все чудеса уже случились... лимит исчерпан... Не надо жадничать... Нет, я знаю, какого чуда хочу... Чтобы Митя все же приехал к Махотиным в Новый год и Люба сказала ему, что я заболела... И он бы примчался ко мне с цветами и сказал: «Я люблю тебя, Элюня!» Нет, Элюней меня звал Витька... Ох, а мы хотели созвониться под Новый год... Может, я не слышала звонка? Он, скорее всего, звонил на мобильный... Да, наверное... Ладно, потом посмотрю... Зачем, скажи на милость, тебе нужен Митя? И его любовь? Мне нужна любовь... Я так хочу любви, такой, чтобы на край света... Но на краю света я ему не нужна... Там, в краю далеком, чужая мне не нужна... Я ему чужая... Он мне ни разу даже не позвонил... А ну его, я спать хочу, у меня совсем нету сил. А что у меня с телевизором, никак не переключается... Застрял на одном канале... Надо вызвать мастера... Ох, теперь не скоро вызовешь, такие долгие праздники... хотя нет, пульт работает, просто на всех каналах одни и те же лица... А у меня бред. Я хотела позвонить Елизавете Петровне, интересно, где она встречает? С сыном, скорее всего... Нет, я не могу это смотреть. Она выключила телевизор и чуть ли не ползком добралась до своей постели. Буду спать, а чудеса уже позади. Это грустно, однако...

Первого под вечер она проснулась вся мокрая от пота, но с ясной головой. Температура наверняка упала. Она с трудом содрала с себя рубашку, вытерлась и переоделась. Сразу стало еще лучше и захотелось есть. Она померила температуру.

Тридцать семь и пять. Совсем другое дело! Пошла на кухню и взяла себе кусок фаршированной рыбы. Вкусно, черт побери! Ведь вот почти в обмороке готовила, а хорошо получилось. Придется все съесть самой, нельзя же угощать людей рыбой с гриппозной инфекцией. Пожалуй, только Лирке я бы с удовольствием дала этой рыбы... А своим бывшим коллегам нет. Не потому, что их жалко, а просто на них жалко даже рыбы с гриппом... А чуда не случилось. Никакого. Она взяла себе еще рыбы, заварила чай и отправилась к телевизору. Но по дороге увидела, что автоответчик включен и мигает вовсю. Я забыла его выключить, когда пришла... А звонка не слышала, что ли? Хотя тут разве услышишь, когда за окном непрерывно взрываются петарды? А телефон звонит негромко, и я спала как убитая. Надо послушать. Пять звонков.

«Эллочка, поздравляю вас, милая, и желаю вам всего-всего, а главное — любви! Ваша Елизавета Петровна».

Кто о чем, а вшивый о бане, раздраженно подумала Элла.

«Элка, привет тебе, звоню из городу Парижу! С Новым годом тебя! Приеду, повидаемся! Целую!»

Это звонил старый университетский приятель, вот уже год живущий во Франции.

«Привет, мафиозная подстилка! Тебе в этом году пофартило, сука, но ты зря радуешься!»

Элла замерла. Голос был совершенно незнакомый, но такой ненатурально-грубый, как будто текст произносила очень плохая актриса.

«Эллочка, это мама. Поздравляю с праздником, надеюсь, ты веселишься! У меня все прекрасно, Томас шлет тебе привет! Целую!»

«Элка, куда ты девалась? — испуганный голос Машки. — Куда тебя понесло с температурой? Как вернешься, позвони. И включи мобильник, черт бы тебя побрал!»

В этот момент телефон зазвонил. Элла взяла трубку.

— Алло, — слабым голосом проговорила она.

— Ты, звезда экрана, — раздался мужской голос.

— Алло, кто говорит?

— Не твое собачье дело. Ты учти, ты не звезда, а п...а экрана! Сколько твой е...рь заплатил, чтоб тебя...

Элла, вся дрожа, швырнула трубку.

Звонок повторился, но она сидела неподвижно. Какая гадость! И кто это старается? Мужчина, женщина... Они заодно или даже не знакомы между собой? Но за что? Кому я так насолила? Может, там были другие претендентки на роль ведущей, и я перебежала им дорогу? Нет, в этих звонках есть что-то общее. Мол, ты попала на экран благодаря кому-то, кто с тобой спит... Мафиозная подстилка... И что за удовольствие звонить человеку и говорить такие мерзости? Хотя тут все элементарно. Видимо, я им тоже сильно испортила настроение... А ведь это только начало, меня всего один разочек показали, и уже такое... То ли еще будет. Как это перенести? А как другие переносят? Надо будет спросить у кого-нибудь, у того же Пузайцера или у Елизаветы...

Надо просто научиться не обращать внимания. Она с трудом поднялась и пошла искать свой мобильник, чтобы зарядить его... Но никак не находился зарядник. С досады Элла расплакалась. За окном то и дело взрывались петарды. Да, такого ужасного Нового года, пожалуй, у меня еще не было. Значит, и весь год такой будет? Вот в прошлом году мы с Машкой ездили в новогоднюю ночь к Ступишиным на дачу, играли во что-то, уж не помню, и я выиграла главный приз... Я тогда решила, что в Новом году меня ждет что-то хорошее, важное, я думала — любовь, а оказалось, телевидение и радио. Любовь тоже могла быть, но, видно, не судьба. И она еще горше заплакала.

К вечеру температура опять подскочила. Но она собралась с силами и позвонила Машке.

— Куда ты девалась, ненормальная? — накинулась на нее подруга.

— Да никуда, просто не слышала звонка, спала, и еще эти петарды...

— Тебе лучше?

— Немножко. А как вы встретили?

— Нормально, только без тебя скучали. Я никуда не поехала, завалилась спать, а сегодня весь день блаженствую. Хожу в халате, смотрю телик, ем — словом, веду типичный образ жизни беременной бабы. И совершенно от этого счастлива!

Элла хотела рассказать подруге об этих гнусных звонках, но передумала. Зачем портить человеку праздник? А еще она позвонила Елизавете Петровне. Та обрадовалась звонку, искренне огорчилась, узнав, что Элла больна, даже предложила приехать, чем-то помочь, но Элла категорически отказалась.

— Да что вы, Елизавета Петровна, я умею одна болеть. У меня все есть, не хватало еще вам заразиться! Сейчас я, по вашему примеру, отключу телефон. Все звонки уже были...

— Ох нет, судя по вашему голосу, главный звонок еще не прозвонил

— У меня нет главного...

— Бросьте, Элла, вы ж говорили, что он не женат.

— Ну и что?

— Позвоните ему сами! Если б я могла сама ему позвонить, когда мне хочется... Он, правда, говорит, чтобы я звонила, но я боюсь услышать равнодушный голос...

— Вот и я боюсь

— А вы не должны бояться. У вас другое... У вас все впереди... В конце концов, кто сказал, что мужчина должен звонить первым? Позвоните. Новый год — прекрасный повод!

— Вы так считаете? — В голосе Эллы прозвучало сомнение...

— Безусловно! Позвоните, поздравьте, а там кто знает, как еще повернется разговор.

— Я попробую!

Элла глубоко задумалась. А в самом деле... Почему я не могу позвонить? Наверное, я должна была позвонить ему еще раньше, когда узнала, что у него умер отец... выразить соболезнования... А в Новый год и в самом деле можно! Или лучше завтра? Нет, позвоню прямо сейчас!

И она набрала его домашний номер. Там попросту никто не ответил.

— Ну и ладно, на нет и суда нет, — произнесла она вслух и хотела отключить телефон, но не стала этого делать. А вдруг он сам позвонит в Новый год? Эти сволочи небось тоже отдыхают и звонить не станут. А я ему еще разок позвоню, попозже.

Но она уснула, проснулась уже ночью, и не было сил ни на что.

Утром температура опять немного упала — и она позвонила Воронцову.

— Алло! — ответил молодой женский голос.

Элла положила трубку. Вот тебе и поздравление! Новый год начался хуже некуда.

Но все, как известно еще со времен царя Соломона, проходит. Грипп и мерихлюндия тоже. И ко всему можно привыкнуть, даже к грязной ругани на автоответчике. Эти звонки повторялись с завидной регулярностью, и в результате Элла перестала его включать. В конце концов у нее есть мобильник. Видимо, на мобильник они звонить боятся, там высвечивается номер. Трусы, гадкие, мелкие трусы. Голоса менялись, а стиль и лексика — нет. И она решила, что это развлекаются ее бывшие коллеги. Их не так мало, у них есть друзья и родственники, которым можно поручить столь приятное развлечение. А между тем в эфир каждую неделю выходила ее программа, и однажды Пузайцер сообщил ей, что для утреннего времени у нее на удивление высокий рейтинг. И в конце февраля или в начале марта, скорее всего, начнут снимать следующий блок. К тому же через неделю ей предстояло участвовать в популярном дневном ток-шоу на родном канале. Ей уже делали рекламу. Предсказания Пузайцера сбывались. В метро и на улице ее часто узнавали. Она стала носить платок, пряча под ним свои каштановые кудри, и заказала очки с простыми стеклами. Летом, конечно, будет сложнее. В окрестных магазинах ее мгновенно опознали продавщицы и были безумно с нею ласковы и любезны. В советское время я могла бы извлечь из своей популярности много практической пользы — покупать без очереди, получать дефицитные продукты, со смехом думала она. Однажды продавщица в булочной, краснея, попросила у нее совета — как приготовить лосятину, муж где-то добыл огромный кусок. Она попробовала поджарить, мясо оказалось жестким и невкусным.

— Нет ничего проще, — с удовольствием ответила Элла. — Положите на ночь, а еще лучше на сутки, в воду с уксусом, можно добавить постное масло, но не обязательно, потом хорошенько промойте и жарьте в духовке до румяной корочки, а потом нарежьте большими ломтями и тушите в сметане! Ешьте с картошкой и брусничным вареньем.

— Надо попробовать, — воодушевилась продавщица. А через неделю сообщила, что позвала на лосятину гостей и все трескали, просто ужас! Некоторые, правда, насчет брусничного варенья не поняли, но мне понравилось, ужас!

И с тех пор она воспылала к Элле такой неистовой любовью, что та стала ходить за хлебом в другую булочную.

Элла купила себе компьютер и подолгу сидела в Интернете, выискивая рецепты, простые и доступные, для радио. Для телевидения у нее пока еще своих хватало. Но, прежде чем дать рецепт в эфир, она считала своим священным долгом попробовать самой это приготовить, что-то добавить, усовершенствовать, может быть. Кое-что она браковала, что-то брала на вооружение для себя, но в результате этой творческой деятельности она еще располнела. Эти два-три кило уже мешали ей жить, и пришлось все-таки сесть на диету. Помогло, она довольно быстро сбросила то, что набрала. И теперь решила — пробовать не больше одного рецепта в день. И уж не есть тогда ничего другого. Короче, она экспериментировала! А программа продолжала набирать рейтинги. Иногда Элла принимала гостей, в том числе и Махотиных. С Любой они опять очень сдружились, и с Вячеславом Алексеевичем тоже, хотя он был постоянно занят. Но, встречаясь с Эллой, всегда радостно улыбался. Она была его протеже и полностью оправдывала все рекомендации. К тому же всегда фантастически вкусно его кормила. Прелесть что за баба. О Воронцове Элла больше речи не заводила. При воспоминании о нем — а она все-таки иногда вспоминала — больше не жужжали золотые пчелы. В ушах звенел радостный, молодой голосок: «Алло! Я вас слушаю, говорите!» Меня он тогда сразу согласился отвезти домой, а эта наверняка у него ночевала. Судя по голосу, ей совсем немного лет. Девчонка, кожа да кости небось... Но ему такие милее, что ж поделаешь. Попробовал что-то другое, не понравилось. Как говорится, вольному воля... Хотя последний его вопрос был: «А от меня у тебя бегут мурашки?» Я, дура набитая, сразу призналась: «Да!» Но тут ему позвонила мама... А если б тогда ничего не случилось, что было бы после моего «Да!»? Он пошел бы ко мне, остался бы? Наверное, иначе зачем был этот вопрос насчет мурашек? Из простого любопытства? Мужского тщеславия? Черт его знает, не буду даже думать о нем! Хорошо, что далеко не зашло, а то мучилась бы не знаю как. А разве я сейчас не мучаюсь? Мучаюсь, но несильно, могло быть куда хуже! И вообще, не бывает так, чтобы все — популярность, телевидение, высокие рейтинги и «счастье в личной жизни». Она уже многое знала о частной жизни некоторых звезд канала, звезд женского пола, знаменитых по-настоящему, не ей чета, как говорится, популярных уже в течение многих лет. Ну и что? У одной ребенок без мужа, у другой ни мужа, ни ребенка, у третьей такой муж, что лучше бы его и не было... Телевидение и семья, похоже, плохо сочетаются. Кстати, одна из этих женщин, ведущая политического ток-шоу, талантливая, умная, к которой Элла относилась с огромным уважением еще когда и не подозревала, что будет работать на телевидении, как-то остановила ее в коридоре Останкина и сказала, что ей страшно понравилась Эллина передача, что она даже попробовала приготовить по ее рецепту салат из капусты с клюквой и яблоками.

— Какая прелесть! И витамины и польза, а при этом вкусно до чего! Моя мама тоже всегда вас смотрит! Поздравляю!

Элла была польщена. И понимала, что это сказано искренне. В конце концов, кто ее за язык тянул, правда?

Кстати, в тот самый день Елизавета Петровна шепотом сообщила Элле, что собирается в Довиль.

— Всего на пять дней, но я все равно совершенно счастлива! Между прочим, Элла, вами очень интересуется один человек... Вот вернусь из Довиля, непременно вас познакомлю!

— Да, и кто это? — улыбнулась Элла.

— Прелестный человек, умница, вдовец! Он влюбился в ваш голос, стал расспрашивать о вас, а я порекомендовала ему посмотреть ваше шоу, и он теперь жаждет познакомиться с вами. Это мой сосед по дому, у него своя сеть аптек, пока небольшая, но...

А вот и кандидат в глупые ревнивые мужья, как предсказал Пузайцер.

Из Останкина она поехала на строительную ярмарку — присмотреть сантехнику и плитку для ванной и кухни. Люба уговорила ее начать ремонт. Она уже поменяла два окна — в кухне и в большой комнате. На третье пока не хватило духу. Она решила, что спальню трогать не будет, нужен хоть один неразоренный уголок. Плитку для кухни она купила сразу, а для ванной пока ни на чем не остановилась. Выбор огромный, *глаза*

265

разбегаются, а ведь плитка не обои, через год-два менять не будешь. В воображении она видела ванную в розовых тонах, но пока не могла ни на что решиться. Попрошу Любку со мной поехать, она в ремонте разбирается, правда, у нее и деньги совсем другие, но она человек деликатный и поймет, что я не могу покупать то же, что она. А вкус у нее прекрасный. И почему я раньше об этом не подумала? К тому же у Любы машина, с ней можно поехать даже на Каширский рынок, там, говорят, все гораздо дешевле. И унитаз надо поменять... Да, тут только начни...

Выходя с выставки, она заметила еще один магазин плитки, заглянула и туда, там цены были намного круче! Но она тем не менее принялась разглядывать выставленный товар. Интересно же!

— Извините, пожалуйста, вы что-то определенное ищете? — обратилась к ней девушка-продавщица.

— Ищу плитку для ванной, но пока только присматриваюсь.

Девушка вздрогнула, уставилась на нее:

— Это вы?

— Что? — не поняла Элла, с изумлением разглядывая странную плитку — малюсенькие кусочки керамики, наклеенные на сетку, которую можно свернуть в рулон. Похоже на мозаику. Очень красиво. Но, взглянув на цену, она решила, что ничего красивого в этой плитке нет. Вот тут-то и прозвучал вопрос девушки.

— Ой, это вы по телику выступаете, да? Я по вашему рецепту пирожки малюсенькие пеку, все просто тащатся!

— Спасибо, мне приятно это слышать!

— Хотите купить эту плитку?

— Эту? Да ни за что! Мне она не по карману!

— А мы вам скидочку сделаем!

— Спасибо, но у меня от нее в глазах рябит! И ванная у меня совсем небольшая.

И она направилась к двери, слыша, как девушки зашушукались.

— Ой, подождите! — пронзительно крикнула одна из них. — Вы мне автограф не дадите?

— Да, пожалуйста! — Автограф Элле давать еще не приходилось. Она расписалась на какой-то бумажке и поспешила уйти.

Ну за каким чертом ей мой автограф? Перед подружками хвастаться? Нашла чем! Гляньте, девки, у меня автограф Эллы Якушевой! А кто такая Элла Якушева? Первый раз слышу! Как, вы не знаете? Она печет пирожки по телевизору! Тоже мне персона!

Да, вот так у людей и едет крыша! Но у меня же есть все-таки чувство юмора... И жизнь меня достаточно помытарила, у меня хватит ума относиться к этому с иронией. Хотя, черт возьми, приятно! Все, конечно, так, но себе-то самой я могу признаться, что курица взлетела? А это покажет доигрывание. Но в полет ведь она все-таки ушла, курица? А далеко ли она способна улететь? Это будет видно. И куда ты, курица, летишь? Да никуда, я не лечу, я летаю! Даже, можно сказать, порхаю! Порхаешь по магазинам плитки и сантехники? А хоть бы и так! Почему-то на душе вдруг стало хорошо и спокойно. И она поехала домой. Поймала частника. Это был молодой человек лет двадцати пяти, который не обратил на нее ни малейшего внимания. Она сидела сзади. Вдруг у водителя зазвонил мобильник, заиграл «Турецкий марш».

— Алло! — ответил он. — Да, привет! Часика два еще поезжу. Курицу? Ладно, куплю! Пока, моя хорошая!

«Моя хорошая»! Как ей нравилось это словосочетание. Сколько в нем теплоты и нежности. Счастливая, должно быть, жена у этого парня.

А ночью ей приснился дурацкий сон. Она входит в какой-то шикарный магазин обоев, и глаза у нее разбегаются. Она ходит вдоль стендов и видит синие обои, синие с золотыми пчелами. И сразу понимает, что ей надо купить именно эти. Но вдруг с обоев слетает одна пчела и начинает кружить над Эллой и жужжать так воинственно, что сразу понятно — сейчас ужалит. Элла метнулась в сторону а пчела пролетела у нее над ухом и прожужжала: «Моя хорошая!»

Через несколько дней в квартире начался разгром.

— Ничего, Элка, это разгром созидательный, — утешала ее Люба. — Сейчас, конечно, кошмар, а потом будет хорошо, красиво.

— Да, я понимаю, — довольно уныло отвечала Элла. — До красоты еще дожить надо!

— А хочешь, поживи у нас на даче? Там тепло, уютно, мы приезжаем редко, мешать тебе не будем. Ты своих мастеров в квартире можешь оставить?

— В принципе могу. Да у меня и красть-то нечего.

— Ну так в чем же дело? На даче хотя бы можно нормально мыться по утрам.

Эта фраза решила дело. Она согласилась. Собрала вещички и смоталась.

Дача у Махотиных была небольшая, но современная, элегантная и очень удобная. Но это была лишь половина двухэтажного дома. Во второй половине жила семья эстрадной певицы не первого ряда — мать и две тихие, милые девочки четырех и шести лет, Саня и Маня, с которыми Элла сразу нашла общий язык. Сама певица появлялась крайне редко, как сказала ее мать, которая обрадовалась появлению соседки. И Элле было спокойнее, когда за стенкой живые люди.

— Это Любочка вас уговорила делать ремонт? — смеялась Алла Сергеевна. — Она все что-то усовершенствует, никак не успокоится.

По вечерам они часто чаевничали вместе, Элла как-то испекла даже «Наполеон» — у Мани был день рождения. Восторгу бабушки и внучек не было предела.

Уложив девочек, Алла Сергеевна в сердцах сказала:

— Тоже мне мать, даже и не вспомнила про день рождения... Все по гастролям мотается. Талант у нее, видите ли. Если талант, то зачем рожала? Куда это годится? У нее была нормальная профессия, в наше время вполне востребованная, экономист, и вдруг она все бросила и запела! А я тут отдуваюсь. У меня, между прочим, тоже профессия есть, и я нестарая еще, но ведь не бросишь девок, правда? Поет она! Это ее гадалка с панталыку сбила.

— Какая гадалка?

— Черт ее знает, будь она проклята! Моя дуриища поперлась к ней, а та сказала: ты должна резко поменять жизнь, у тебя божий дар и все такое. Ну и началось. Она, правда, неплохо поет — что верно, то верно, и голос есть, но никак по-настоящему не выбьется. Ей уж и Вячеслав Алексеевич поспособствовал на телевидение попасть, но ничего это не дало. Деньги очень большие нужны, чтобы ее клип почаще крутили, а где их взять? Мы уж квартиру продали, чтобы этот чертов клип снять, тут вот теперь живем, а Маньке на будущий год в школу... И как тут быть?

— А отец девочек кто?

— Не отец, а отцы... Где — только одному богу известно. Ох, вы простите, Элла, что вываливаю на вас свои проблемы, но иной раз так припрет...

— Ну что вы... Я понимаю. Меня саму бабушка вырастила, я понимаю...

Но тут к дому подкатила машина.

— Неужели Анька приехала? Слава тебе господи! А девчонки-то уже спят!

— Зато утром сколько радости будет! — улыбнулась Элла и поднялась, чтобы не мешать встрече матери с блудной дочерью. Но Алла Сергеевна ее не отпустила, познакомила с дочкой, которая оказалась милой, немного застенчивой, с усталыми глазами. Она с удовольствием накинулась на Эллин торт. У нее куража нет, подумала Элла. Не выбьется она в первый ряд.

Прожив несколько дней на даче, она поехала в Москву, посмотреть, как продвигается ремонт. Как это ни странно, в комнате уже все было готово, на кухне оставалось лишь наклеить моющиеся обои и установить новую мебель.

— Слушай, Элла, раз уж ты тут не живешь, давай мы и твою спальню тоже отремонтируем, ну глупо же полдела делать. Там у тебя ничего особенного — потолок побелить да обои поклеить, комната не кухня, трубы переносить не надо... — принялась уговаривать ее малярша.

Элла подумала и согласилась. В конце концов, ей хорошо живется на Любиной даче. Воздух свежий, тихо, не говорят по телефону всякие гадости, не тормошат без дела. И она отправилась покупать обои, благо в пяти минутах ходьбы от ее дома находилось множество магазинов и магазинчиков, торговавших тысячами видов обоев. Но она твердо знала, чего хочет, и довольно скоро вернулась домой с покупкой.

— Ой, Элла, я совсем забыла, — смущенно призналась Таня, плиточница. — К тебе тут мужчина заходил. Интересовался, где ты.

— Какой мужчина?

— А немолодой такой, в куртке.

Кто бы это мог быть? А впрочем, кто угодно!

— Он что-нибудь передал?

— Ага. Телефон. Просил перезвонить, как приедешь.

— А где телефон-то?

— Таська, где телефон, который тот мужик оставил?

— На холодильнике лежит!

На бумажке было написано: «Дмитрий Михайлович». И номер мобильника. Сердце оборвалось. Неужели он не знает, что я живу у Махотиных на даче? А если знает, почему не позвонил туда, почему не приехал? Почему сюда явился без звонка? Хотел устроить сюрприз? Он что, думает, я сижу и жду его и дальше буду ждать? Тоже мне нашел Пенелопу. Одиссей хренов... Скиталец окаянный...

Но позвонить хотелось отчаянно.

— Девушки, а вы этому мужику дачный телефон не давали?

— Нет, ты же не велела!

— И правильно!

Однако звонить отсюда невозможно. У девчонок ушки на макушке, да и вообще... Позвоню вечером с дачи.

Она поехала в Останкино, отдала Елизавете Петровне толстую пачку новых рецептов и поинтересовалась, как прошла поездка в Довиль.

— Все хорошо, Эллочка, — без всякого энтузиазма ответила Елизавета Петровна.

— Нет, что-то не так, я чувствую! — встревожилась Элла.

— Сейчас нет времени, но скажу в двух словах: он там случайно встретил знакомых...

— А-а... — поняла Элла и вспомнила отрешенно-неприятное выражение лица, которое ей удалось подглядеть в Шереметьеве. Бедная Елизавета Петровна. Вероятно, при встрече со знакомыми у него было такое же лицо. Я так понимаю, что поездка была испорчена. Ох, как жалко ее...

— Элла, не надо сочувствия, ничего, я свое урвала... Там все-таки были часы и минуты... счастья... да, наверное, можно так сказать... А вы очень посвежели. Совсем другой цвет лица! Вот что значит чистый воздух. Рада за вас. Когда закончите ремонт, я напрошусь к вам в гости, ладно?

— Господи, Елизавета Петровна, буду счастлива.

По дороге от станции к даче она вдруг подумала: так вот к чему был тот дурацкий сон про пчелу, слетевшую с обоев. И прибавила шаг, чтобы скорее позвонить Воронцову. Но у дома стояла машина Любы.

— Элка, у тебя мобильный работает? Я звоню, звоню, а ты не слышишь! Хотела тебя предупредить, что приеду.

— Господи, зачем предупреждать? Это же твоя дача!

— А вдруг ты с кавалером заявилась бы?

— Да какие у меня кавалеры? Кстати, если позволишь, я у тебя тут задержусь, меня уговорили заодно уж и спальню отремонтировать.

— И правильно! Это такой кайф — вернуться в свеженькую, чистенькую квартиру! Живи сколько хочешь! Места много! Да и мне спокойнее, не говоря уж об Алле Сергеевне, она просто счастлива, что ты тут живешь.

Когда они сели пить чай, Элла словно бы между прочим спросила:

— Люб, а что там про Воронцова слышно?

В глазах Любы мелькнуло странное выражение — то ли испуг, то ли сомнение.

— Ну он все-таки уезжал...

— Куда?

— Не помню уж, кажется, в Кению... или Зимбабве, я забыла. Он как-то тоже о тебе спрашивал...

— И что ты ему сказала?

Господи, неужели она всерьез в него влюбилась? Может, зря я утаила от него, что она живет у нас? Хотя у нее есть телефон и он вполне мог бы ее найти, если б захотел. Нет, я в это лезть не стану. Хочет она затянуть у себя на шее эту петлю, пусть, но я ей помогать не буду.

— Ты почему так странно на меня смотришь? — поинтересовалась Элла.

— Скажи, тебе это надо?

— Что именно?

— Я понимаю, он интересный мужик, талантливый, его фильм про коал только за один месяц огреб сразу два престижнейших приза, но для жизни он не годится.

— Прекрасно это понимаю.

— Элка, с ним ты намучаешься не знаю как!

— Любашка, никакого «с ним» нет и не будет. Мы просто знакомы.

— Да ладно, что ж я, не вижу, какие у тебя глаза стали... Ты, конечно, сама будешь решать...

— И решать мне нечего. Он любит не таких, как я.

— Что ты хочешь сказать?

— Ну ему нравятся тощие.

— Это он тебе сказал?

— Нет, что ты! Просто я видела трех его баб. Там ни граммулечки мяса, не говоря уж о жире...

— Элка, ты что, комплексуешь из-за фигуры? Никогда раньше за тобой не замечала! Очень глупо! Ты ж не какая-то толстуха, ты толстушка, пышечка — и тебе это идет! У тебя красивые ноги, и вообще, если хочешь знать, ты мужикам страшно нравишься. Кстати, и Славка тоже всегда при тебе млеет.

— Ну, положим, он млеет не от меня, а от форшмака! — засмеялась Элла.

— А ты Митьку хоть раз кормила?

— Нет.

— И не вздумай! Или разве что «курицей в полете»!

— «Курицей в полете» он сам меня кормил. А потом, сейчас уже курица не прохиляет. Мой бывший хахаль после первой же программы так меня обложил за эту, как он выразился, «аэрокурицу»! Сказал, что я сука, кормила его столько лет говнищем... — со смехом вспомнила Элла.

— Скотина! А между прочим, кто-то мне говорил, будто Лирка жаждет его вернуть.

— Флаг ей в руки! Кстати, Люб, я вот давно хочу спросить. Сейчас уже только из электромясорубки не лезет Лиркина рожа. Почему? Она что, так нравится телевизионщикам, а? Она и готовит, и в интеллектуальные игры играет, и дает советы по всем вопросам жизни.

— Элка, какая же ты наивная, с ума сойти! — почти умилилась Люба. — Да за нее платит издательство, ее таким образом раскручивают, рекламу делают, ты ж помнишь, одно время везде, куда ни глянь, была Маринина, потом Донцова, теперь вот Устинова и Звонарева.

— То есть если завтра платить перестанут...

— Так и не будет ее на экранах. Все очень просто.

Почему-то Элле приятно было это слышать.

— Эл, а я чего приехала-то...

— Понятия не имею.

— Ах да, у меня уже склероз. Мне нужно взять тут Славкин лыжный костюм. Он ему мал, я хочу отдать его своему племяннику, чего зря лежать будет?

Они еще посмеялись, поболтали, и Люба уехала. А Элла опять задумалась. Любка не хочет, чтобы у меня что-то было с Воронцовым. Считает, что я буду страдать... Можно подумать, что я уже не страдаю. Хотя, если честно, пока страдаю вполне терпимо. А почему я должна страдать? Я буду страдать, если не сбудутся мои ожидания. Буду страдать от разлуки с ним, так? Значит, не надо никаких ожиданий, надо жить сегодняшним днем. Или ночью. Вот встречусь с ним, мне будет хорошо, а уедет, скатертью дорожка. Тем слаще будет встреча. Так можно существовать, вон существует же Елизавета Петровна и еще считает себя счастливой... Но ей уже за пятьдесят, а мне еще даже не под сорок... Детей у меня быть не может, я с таких ранних лет это знаю, что даже и не мучаюсь по этому поводу. Не всем же суждено... Итак, надо настроить себя — никаких ожиданий, мне от него ничего не нужно, кроме него самого... Нет, это уже неправильно. Ничего вообще не нужно. С ним хорошо, и без него неплохо. И надо как-то дать ему это понять. Мол, мы оба свободные люди.

276

У тебя своя работа, не совместимая с семейной жизнью, и у меня, кстати тоже. И прекрасно. А что это я тут строю планы, может, он просто хочет спросить у меня что-то или сказать... Словом, может, он вовсе не намерен возобновлять наши отношения. Я строю оборонительные рубежи, а нападать никто и не думал. Надо ему позвонить. Интересно, он написал номер мобильного. Значит, домой звонить не следует, там живет тощая юная дева. Так зачем я-то ему понадобилась?

С неприятно бьющимся сердцем она набрала его номер. Довольно долго никто не отвечал, она собралась уже повесить трубку, как он вдруг откликнулся.

— Алло!

— Дмитрий Михайлович?

— Элла! Эллочка, как я рад тебя слышать! Здравствуй, моя хорошая!

Внутри все залило сладким теплом. Держись, Элка!

— Здравствуйте, Дмитрий Михайлович, — как можно спокойнее и холоднее проговорила она.

— Элла, ты где? Мне твои малярши сказали, ты за городом.

— Да, но сейчас я в Москве, у подруги, на дачу вернусь завтра.

— Зачем ты мне врешь? — засмеялся он таким смехом, что она задрожала. — Ты врать совсем не умеешь. Я же вижу, что ты звонишь с махотинской дачи. Я сейчас приеду!

— Нет! — закричала Элла, но было уже поздно. Он отключил телефон.

277

Значит, я все правильно думала. Он хочет начать с того момента, на котором все оборвалось. То есть с мурашек... По спине немедленно побежали мурашки. Черт возьми, вечно у меня секс с каким-то энтомологическим уклоном... Пчелы, мурашки... Ею вдруг овладела паника. Она кинулась в ванную, вымыла голову, благо на стене в махотинской ванной висел отличный фен. Он ведь может приехать очень быстро. Машина у него мощная, пробок в этот час, скорее всего, нет. Надеть халат? Ни в коем случае, еще не хватало. Она надела брюки и свитер. Между прочим, я тут немножко похудела. Любка права, я не толстуха, я, как говорил один мой приятель, «полная-интересная». И еще я сексапильная... даже очень! И красивая! Глаза большие, серо-голубые, волосы темно-каштановые, вьющиеся. Не баба, а... конфетка! Не то что эти его живые мощи... — уговаривала она себя, торопливо меняя белье на постели. Покончив с этим, она сказала себе: нет, надо все-таки покобениться, чтоб не думал, что я... по первому требованию. Он тогда примчался, сказал два слова... Не помню, кстати, говорил он хоть что-то или нет? Надо, наверное, чем-то его для начала покормить, чтобы не сразу валиться в постель... Черт, а как хочется сразу... Любка же не велела его кормить... Хотя налить ему чаю и дать бутерброд, наверное, можно... Она достала из буфета чашки, тарелки, нарезала хлеб, вынула из холодильника сыр, масло, зелень, коробочку конфет. И хватит с него. Выпить не предложу, он же за рулем. И не факт, что он сегодня не уедет несоло-

278

но хлебавши. Не факт! Надо взять себя в руки, забыть про энтомологию и встретить его просто как доброго знакомого. Да, именно так! Это нужно, чтобы не растечься в сироп, чтобы не дать ему в руки такой козырь... Нет, я буду спокойна, я должна, просто обязана повести себя разумно и прилично! А что это он как долго не едет? И слава богу, есть время привести себя в чувство...

И когда у дома посигналил его джип, она была уже почти спокойна.

Накинула на плечи теплую шаль, сунула ноги в валенки и выскочила, чтобы открыть ворота.

Но он уже сам открывал их.

— Беги в дом, простудишься! — распорядился он как-то буднично, как будто это невесть какое привычное дело — он приезжает домой, а она выбегает в валенках открыть ему ворота. Совсем не романтично, не волнующе. Мурашки не побежали. Пчелы не жужжат. Отлично, просто превосходно! Однако она не послушалась и не ушла в дом, а когда он въехал на участок, кинулась закрывать ворота.

— Что ж ты какая упрямая, а? И непослушная?

— А почему я должна вас слушаться? Вы небось думаете, что я курица?

— Ну что ты, какая ты курица? — нежно улыбнулся он. — Ты — пава! Пава с голосом горлицы...

— Интересное сочетание. Заходите в дом.

— Как ты мне нравишься вот такая — в платке, в валенках... Как жаль, что в этом доме нет печки, даже камина нет...

Что он несет, зачем ему печка?

— Вам захотелось порубить дрова?

— Нет, — засмеялся он, — просто камин или лучше печка хорошо вписываются...

— Во что?

— Да так, неважно... Ну, здравствуй, моя хорошая!

— Здрасте! Чаю хотите?

— Нет, я хочу водки!

— Но вы же за рулем!

— А если я не уеду сегодня?

— Ну дело ваше, тут места много. Можете лечь в кабинете.

— Элла!

— Что?

— Ты прости меня. Я знаю, я повел себя глупо, это по меньшей мере. По-хамски... Но ты должна понять... У меня было большое горе.

— Я знаю и очень вам сочувствую.

— Не надо этого. Дай мне сказать.

— Слушаю вас!

— Ох, какая ты... Я думал, что в том состоянии... был тебе не нужен. Мне казалось, что уже ничего хорошего в жизни не будет... К тому же заболела мама... Срывалась экспедиция... Словом, я впал в депрессию...

— Очень типично для мужчины.

— Что?

— Впасть в депрессию, вместо того чтобы пытаться как-то разрулить ситуацию. Можно еще уйти в запой, начать ширяться или... загулять с тощими девками! — вне себя от злости выкрикнула Элла.

Он посмотрел на нее и расхохотался.

— Что это вы тут ржете?

— Ну иди ко мне, не злись, хотя тебе идет, глаза потемнели... ты знаешь, что ты самая красивая женщина на свете?

— Чушь собачья!

— Ты не дала договорить. Для меня ты самая красивая женщина на свете. Хочешь — верь, хочешь — нет! И самая милая. И самая желанная...

Откуда-то появилась золотая пчелка и начала жужжать над ухом.

— Вот в это поверю, на данный момент.

— У тебя что, комплекс неполноценности? Из-за твоей полноты? Ты выбрось эту чушь из головы, я лично давно уже выбросил. Знаешь, еще год назад я даже предположить не мог... Но стоило мне тебя увидеть, как я вдруг понял, что ты... моя женщина. С первого взгляда. Ну хватит дуться, иди ко мне!

— Вы тут много чего наговорили о своих вкусах и чувствах. А вы про мои спросили? Да, не спорю, я в какой-то момент поддалась... ну тогда... Просто у меня давно не было мужчины...

Он вспыхнул:

— Ты хочешь, чтобы я уехал?

По спине испуганно забегали мурашки. Вдруг он и вправду уедет? Но она молчала, из глупой гордости, от обиды.

— Хочешь, чтобы я уехал, скажи?

Она молчала.

— Молчание — знак согласия. Только на что ты согласна, а?

Он подошел к ней, погладил по голове, она рванулась было, но он ее удержал и обнял.

— Дурочка, гоноровая пани, я же просил прощения, осознал свои ошибки. А ты тут хорохоришься... — Он все продолжал гладить ее по головке как маленькую. Она всхлипнула и уткнулась лицом ему в грудь. — Помнишь, я спросил у тебя насчет мурашек, а? Бегают?

— Кажется, да.

Он поцеловал ее в шею под левым ухом.

— А теперь? Посмотри мне в глаза и скажи честно! — Он взял ее за подбородок и заглянул ей в глаза. Но она уже ничего не видела из-за ослепительного блеска золотых пчел и ничего не слышала из-за их жужжания...

Утром он уехал. Обещал вернуться вечером. А она, когда закрывала за ним ворота, подумала: он обещал вернуться, но уверенности в том, что вернется, нет ни малейшей. Значит, я не стану его ждать. По крайней мере не буду жить этим ожиданием. Она быстро собралась и уехала в Москву. На мгновение пожалела, что не попросила его довезти себя до города, а потом решила: и слава богу! Дел в Москве у нее сегодня не было, запись на радио предстояла только послезавтра, но она решила пробежаться по магазинам, ведь совсем скоро у нее будет новая кухня, а кастрюли, например, у нее старые и некрасивые, еще бабушкины. Но сначала она отправилась в салон к Маше. Там ей сказали, что Маша сегодня не придет, плохо себя чувствует. Элла помчалась к ней.

— Ой, Элка, как хорошо, что ты приехала!

Машка плохо выглядела, была бледная, несчастная, под глазами темные круги.

— Что с тобой? Токсикоз?

— Да. Первое время я так прекрасно себя чувствовала, а теперь началось. Чуть что, бегу блевать, кошмар какой-то!

— Ничего, это, говорят проходит.

— Да, но пока пройдет! Элка, какая ты умница, что пришла! Как ты там? Как твой ремонт?

— Да я первым делом к тебе...

— А что случилось?

— Ничего.

— Ой, не ври! Меня не обманешь! У тебя такой вид...

— Какой?

— Свежепотраханный!

— Машка! — слегка смутясь, фыркнула Элла.

— И кто?

— Воронцов! Только не говори Любке, она почему-то против него настроена.

— Не против него, а против его альянса с тобой. Она считает, что он принесет тебе горе.

— Нет, уже не принесет, — Элла покачала головой с немного загадочной улыбкой.

— Почем ты знаешь?

— Да так... Создала оборонительные рубежи, выставила форпосты, или как там это все называется.

— Да брось, фигня все это. Он тебе наплетет с три короба, ты и раскиснешь. Форпосты она выставила... Расскажи лучше, что вчера было, я хоть вспомню, что бывает в жизни что-то кроме токсикоза.

Элла рассказала.

— Он хоть цветочек привез?

283

— Нет. — Элла только сейчас подумала, что он приехал без цветов, спешил наверное. Но все равно, ей это не понравилось.

— И вообще ничего не привез?

— Нет.

— Значит, жадный. Гони его в шею. Нет ничего гнуснее жадного мужика. Терпеть не могу!

— Понимаешь, — задумчиво проговорила Элла, — мне кажется, он просто плюет на всякие условности.

— О! Вот они, твои рубежи! Дура, ты уже его оправдываешь... Погоди, ты с ним нахлебаешься. Условности он презирает! Нельзя жить с таким человеком, разве что иногда спать... В постели можно наплевать на условности, просто даже необходимо. А в жизни...

— Маш, я с ним жить не буду, ну в смысле вместе, одним домом. Ни за что!

— Слова, слова, слова!

— Вот увидишь!

Но тут Маша вскочила и кинулась в уборную. Ее тошнило.

По магазинам Элла не пошла, а поехала к себе на квартиру. Кухня уже сияла новой плиткой, при виде которой блаженно ныло сердце. Какая красота!

— Девочки, мебель уже можно завозить?

— Конечно! Только когда будут монтировать, ты уж приезжай, сама следи, а то мало ли.

— Ну конечно!

Она позвонила в магазин, откуда ей должны были привезти кухню, и договорилась на послезавтра. Она приедет в Останкино на запись и останется ночевать. И хотя ремонт был еще в разгаре, но ей уже все нравилось, несмотря на то что малярша сокрушенно показывала ей на кривую стену в спальне, которую, сколько ни ровняй...

— Да черт с ней, — махнула рукой Элла. — Я этого просто не вижу! Мне все нравится!

Но к вечеру она заволновалась и поспешила на вокзал. Он ведь может и вправду приехать!

Он приехал. Он приезжал каждый день, вернее, вечер и оставался до утра.

И на шестой вечер Элла сдалась. Она решила, что сегодня приготовит ему такой ужин, что он поймет, как она его любит. Возможно, он тоже любит меня... и она отправилась на кухню. С каким удовольствием она готовила для него! Даже тихонько напевала себе под нос любимую бабушкину песню из репертура Эдиты Пьехи: «Если я тебя придумала, стань таким, как я хочу»! Ей казалось, что сегодня она окончательно все поймет — про него, про себя, про их отношения. И действительно, поняла. Он не приехал. И не позвонил. Она ждала его до двух ночи. Потом перестала ждать. Накинула пальто и побежала к автомату за квартал от дома, чтобы позвонить ему на мобильник, убедиться, что он жив. Он был жив и ответил на звонок веселым, пьяным голосом:

— Алло, я вас слушаю! Черт побери, вы будете говорить? Ну тогда идите в жопу!

Жив, здоров и даже навеселе. А я ему что, резиновая кукла, которую можно потрахать, а потом отложить, пока опять не захочется? Нет уж, дудки! Но только никаких сцен, никаких объяснений! Завтра же отсюда съеду, а домой пока не вернусь. Попрошу пристанища у Елизаветы Петровны, она предлагала пожить у нее, пока ремонт... Там он уж точно меня не найдет!

Утром она отнесла все наготовленное Алле Сергеевне, сердечно с нею простилась и сказала, что возвращается в город.

— Извините за нескромность, Эллочка, а если вас будут искать?

— Пусть звонят на мобильный, в чем проблема.

— Но почему так внезапно?

— Обстоятельства!

Она позвонила Любе, предупредила, что съезжает. Потом позвонила Елизавете Петровне. Та с радостью сказала, что безусловно приютит младшую подругу. Она сразу поняла — у Эллы какая-то неудача на любовном фронте.

И вечером, когда они пили чай с лимонным пирогом, который Элла испекла на скорую руку, деликатно подвела гостью к разговору на так волнующую обеих тему, и Элла все ей рассказала.

— Насколько я понимаю, тут речь идет об испытании.

— О каком еще испытании? — фыркнула Элла.

— Он, на мой взгляд, испытывает себя и вас. Пробует, каково ему будет без вас теперь, как вы поведете себя... Со стратегической точки зрения вам лучше было бы никуда не срываться с дачи, а жить там, как будто ничего не случилось.

— Легко сказать, — вздохнула Элла.

286

— Я понимаю, но он может решить, будто вы хотите его таким образом наказать. Мужчины не любят чувствовать себя виноватыми...

— А мне плевать, как он там себя чувствует! С высокого дерева! Почему я должна об этом заботиться? Он же не заботится о моем самочувствии. А каково мне? Он меня использовал и пропал... Даже позвонить не удосужился! Нет, хватит с меня, пусть катится к черту со своими испытаниями. Я ему что, скорая сексуальная помощь?

— Но ведь вам было хорошо с ним?

— Ну и что? Зато теперь мне плохо! Права Любка; мы с ним не пара!

— Элла, я уверена, что все у вас сложится... Просто он такая вольная натура...

— Я его закабалять не собираюсь!

— Вот это правильно! И надо как-то ненавязчиво дать ему это не столько даже понять, сколько почувствовать.

— Да я, может, никогда его больше и не увижу, козла проклятого!

Они долго переливали из пустого в порожнее. А еще через несколько дней Элла вернулась в свою квартиру. Боже мой, какое счастье, думала она, бродя по обновленным владениям. Эта ванная в бежево-золотистых тонах, эта кухня, ставшая вдвое просторнее с новой мебелью! Все сверкает, так и хочется погладить бледно-зеленый кухонный шкафчик. Конечно, тут работы непочатый край — разобрать вещи, посуду, книги, сваленные в ящики и мешки. И многое надо еще купить, а то через три дня начинаются съемки нового блока. И она с остервенением взялась за дело. Расставляя посуду в шкафчиках, она решила, что вот этот сервиз с перламутром ни за что себе не оставит. Надо от него избавляться, он вызывает неприятные, тяжелые воспоминания. Этот сервиз был гордостью бабушки Антонины Сократовны. Сейчас можно за совсем небольшие деньги купить что-то современное, веселое, что и разбить не жалко, и без этой противной позолоты. А ведь я впервые в жизни устраиваю свой дом по собственному вкусу, благо представилась такая возможность. И занавески в спальне надо поменять, и покрывало. Да и кровать тоже безнадежно устарела. Лучше купить ортопедический матрас, они такие удобные. А сколько всего нужно для ванной комнаты — полочки, вешалки, крючочки, стаканчики... Сколько кайфа! И сколько денег! Надо попробовать продать этот чертов сервиз, может, за него хоть что-то дадут? А заодно продать, к чертям, и норковую шубу. Она же дорогая, этих денег на все хватит, а то сейчас я в таком прорыве, а на дворе уже весна.

В хлопотах по устройству своего гнезда она почти не думала о Воронцове. А что о нем думать? Поматросил и бросил. И словно в ответ на ее мысли по радио раздалась очередная хохма Николая Фоменко: «Поматросил и бросил — это обидно, а не матросил и бросил — это оскорбительно!» Она хохотала до колик в животе. Вот видите, Элла Борисовна, вас все-таки хоть поматросили... Почему-то от этой дурацкой шутки настроение поднялось, а тут еще позвонил режиссер шоу «Рецепты моей бабушки» и сказал, что через неделю предстоит празднество по случаю семилетия канала. Пять лет не праздновали, так как руководство считало, что пять лет — не срок, а вот семь... Очевидно, магическое число семь вызывало у хозяев и руководства большее доверие.

— Элла, ты должна прийти. Я уверен, будет здорово! Ты, кстати, зря не пришла на Новый год. Мы тогда классно гульнули.

— Да ну, я не знаю...

— Элла, кончай выдрючиваться!

— Мне не с кем пойти...

— Что значит — не с кем? Туда не ходят под ручку с хахелем! Это корпоративное мероприятие. Только свои и гости канала. Даже мужья и жены не допускаются. Ты своя — и выкинь из головы эту херню.

— Хорошо, выкину! — почему-то обрадовалась Элла. Ей было приятно, что она своя! — А скажи, как надо одеваться?

— Да как угодно. Хоть в джинсах, хоть в вечернем платье. Кстати, хочешь посмотреть отснятый материал?

— А переделать что-то еще можно будет?

— Нет, не думай и не мечтай!

— Тогда и смотреть не стану, а то расстроюсь не знаю как...

— Воля твоя!

— А как там Аркаша? — спросила она, удивленная тем, что по такому поводу ей звонит режиссер, а не Пузайцер.

— Аркаша в отпуске, умотал в Одессу, у него же там отец.

289

А я, подумала Элла, я хочу съездить в Одессу? Нет, наверное... У меня там никого не осталось. У меня, правда, и здесь никого нет, кроме подруг, вся московская родня уже давно живет в Штатах и не подает признаков жизни. Еще с Ией она переписывалась какое-то время, а потом переписка заглохла.

От всей прошлой жизни, той, одесской, остались только мама и Витька. Странно, что оба живут в Вене... В другом случае это было бы бесконечно много — мать и первая любовь, но не в моем. В моем случае это почти ничто. Их самих нет, в ее жизни только вещественные доказательства их существования — норковая шуба и топазовое кольцо. Это грустно. А от Воронцова остались лишь воспоминания и злость. Ну да черт с ним. Что я себе, мужика нормального не найду? Еще как найду! Аркаша на съемках намекал, что мной очень интересовался Тришкевич. Один из самых популярных ведущих на канале, обаятельный, веселый, интересный мужчина, душа любой компании. У него, правда, кажется, две или даже три семьи, но я же замуж не собираюсь.

Проблемы, в чем пойти на торжество, у нее не было. Елизавета Петровна привезла ей из Довиля дивной красоты шелковый шарф, прозрачный, с серебряными цветами. Его можно надеть на черную шелковую блузку — и сразу она превращается в вечерний туалет. Исключительно удобно! Надо будет заехать к Машке в салон, пусть сделает маску и макияж.

За три дня до торжества она решила все-таки примерить свой «вечерний туалет». И пришла в отчаяние — блузка натянулась на груди и сидела отвратительно. Конечно, можно еще отправиться по магазинам и что-то подобрать, но она знала, что настроение от этого не поднимется. Это дурной путь: растолстела — купи шмотку побольше. Нет, надо просто три дня поголодать. Возникнет волшебная легкость в организме — и блузка будет сидеть отлично. Она хорошо помнила, как присланное дядей Адиком из Америки платье к окончанию университета оказалось мало, тогда она питалась черт знает чем, в основном какой-то жуткой серой лапшой... А другого платья не было. Три или четыре дня она просто ничего не ела, но на празднике появилась в новом американском платье и с невероятной легкостью в организме. Правда, приходилось еще делать клизмы, штука неприятная, но, как известно, если хочешь быть красивой...

И теперь три дня она посвятила голодовке. Мысли о еде, конечно, одолевали, зато меньше думалось о Воронцове. Лишь слегка кружилась голова. Но ничего, главное — ощущать в себе легкость. И ни в коем случае не набрасываться на еду, лучше совсем ничего не есть на этом празднике, а то может стать плохо... И не пить, конечно. Разве что глоточек шампанского...

В день праздника она с самого утра примерила блузку — и о радость! — она сидела прекрасно! Полная благих намерений, Элла решила, что поголодает еще денек-другой. Как ни странно, есть уже почти не хотелось. И она поехала к Маше в салон.

— Элка, ты что какая-то странная? Голодаешь, что ли?

— Как ты догадалась?

— Видно. Смотри не переборщи!

— Да я в черную блузку не влезла...

— Все равно, так и гипертонию нажить недолго, когда голодаешь, а потом нажираешься... Вредно очень, имей в виду.

— Знаю! Но я решила начать новую жизнь в новой квартире. Машка, это восторг! Ты обязана приехать, посмотреть.

— Не знаю, я еле до работы добираюсь, и то не каждый день. Но врач говорит, это должно скоро пройти.

Элла провела в салоне несколько часов, но вышла оттуда с гордым сознанием своей неотразимости. Чтобы сберечь силы и макияж, поехала домой на такси. Вечером за ней обещал заехать их оператор Павел Игоревич, он жил у метро «Новые Черемушки» и ему было по пути.

— Ох, Эллочка, вы прямо как с картинки. Обратно я вас тоже довезу, разве можно бросить на произвол судьбы такую женщину?

— Спасибо, Паша!

— Хотя, думаю, от провожающих отбоя не будет.

— Да плевать я на них хотела, лучше поеду с вами!

Праздник был устроен в гостинице «Рэдиссон-Славянская». Элла никогда раньше там не была. Все оказалось куда роскошнее, чем она могла себе представить, бегая по задрипанным останкинским коридорам. И вообще, она впервые попала на подобную тусовку. Толпы народа, перетекавшие из одного роскошного зала в другой. Масса знакомых лиц — не столько по работе, сколько по экрану телевизора. Политики, знаменитые артисты и... Зоя Звонарева, вся затянутая во что-то серебристое. Ни дать ни взять сестричка Ихтиандра, немного дефективная правда. Она стояла у колонны с бокалом шампанского и что-то, по-видимому, щебетала в своей манере. Эллу затошнило. Но тут она увидела знакомых и забыла о Лире.

— Эллочка, вы чудесно выглядите, — сказала ей редакторша Эльга Валентиновна.

Народу было море, но присесть даже на минуточку совершенно негде. Наверное, я зря надела туфли на каблуках. К концу вечера ноги отвалятся на фиг.

— Элка, привет! — хлопнул ее по плечу Пузайцер. — Рад тебя видеть! Цветешь, подруга!

— Аркаша, ты ездил в Одессу? Как там?

— Ты ведь давно там не была, да?

— Очень.

— И не езди, если родни не осталось. Одесса уже не та... Или я отвык, Москва ведь засасывает... Провинция наша с тобой Одесса-мама. Бедная провинция. Хотя там строят кое-что, пооткрывали шикарные рестораны, но... все эти новые штучки как-то плохо вписываются, что ли... И все равно она красавица... Только сильно постаревшая и скрывающая под дешевой косметикой свою старость и нищету...

— Аркаша, да ты поэт! — воскликнула Элла.

— Нет, я просто одессит! Хочешь, познакомлю с шикарным мужиком?

— Хочу!

— О, он как будто нас услышал, движется в нашу сторону! Привет, Дмитрий Михайлович!

К ним подошел Воронцов. Таким его Элла еще не видела — в элегантном темно-сером костюме, в голубой рубашке с галстуком, тщательно выбритый, с улыбкой в тридцать два ослепительных зуба. Ненавижу! Ненавижу!

— Привет, Эллочка!

— Вы знакомы? — удивился Пузайцер и тут же исчез.

— Привет! — спокойно ответила Элла. — Ты сегодня такой элегантный!

— А ты какая-то совсем другая... очень красивая и... просветленная. Рад видеть! Как дела?

— Нормально. А у тебя?

— Тоже вроде все нормально.

Какая дикость, мы разговариваем так, словно не было ничего... Так ведь и вправду ничего не было! Ничего, о чем стоило бы помнить. Ненавижу!

— Ты на меня сердишься? — каким-то интимным голосом спросил Воронцов.

— Да нет, что ты...

— Все еще живешь на даче?

Значит, он ни разу даже туда не сунулся? Ненавижу!

— Да нет, у меня ремонт кончился, я уже дома живу.

— Пойдем выпьем чего-нибудь, съедим, а?

И, не дожидаясь ответа, он взял ее под руку и почти силой повел к буфету.

От его прикосновений ее бросило в дрожь, да и он, как ей показалось, вздрогнул.

— Что будешь пить?

— Чуть-чуть шампанского!

— А есть?

— Ничего!

Он посмотрел на нее с интересом:

— С чего это вдруг?

— Не хочется, и все.

— Мне надо многое объяснить, наверное. Давай поговорим.

— О чем?

— О нас.

— Не стоит. А кстати, что это за девица у тебя живет? Я позвонила как-то...

— Девица? — искренне удивился он. — Боже, это не девица, а моя родная тетка из Питера, а я сейчас живу у мамы.

Было понятно, что он не врет.

— У твоей тетки очень молодой голос.

— О да. А ты ревнуешь, что ли?

— Нет, но все-таки... Мне было неприятно. Недолго.

— Пойдем куда-нибудь отсюда.

— Никуда я не пойду, я только пришла. И мне тут нравится!

— Боже, какие люди! — Раскинув приветственно руки, к ним направлялся Махотин. Он был уже подшофе. От его присутствия Элле почему-то стало спокойнее.

— Моя красавица! Умница! Митяй, какая женщина! От ее голоса на радио дохнут толпы мужиков! Вы хотя бы в курсе, Элла? А новоселье когда будем справлять? Любаша говорила, что уже скоро!

— Как только все будет готово — милости прошу!

— На форшмак? — облизнулся Махотин. — Митяй, тебя форшмаком уже кормили?

— Нет, меня кормят бутербродами и яичницей, но я неприхотлив.

— Элла, вы не хотите проложить путь к его сердцу через желудок? — пьяно захихикал Вячеслав Алексеевич.

— Нет, мне его сердце ни к чему! — ляпнула Элла и тут же испугалась, что это прозвучало двусмысленно.

Воронцов побагровел. Что она возомнила о себе, эта баба? Но до чего соблазнительна... и опасна, ох как опасна...

— Кого я вижу? Невероятно! Сколько лет, сколько зим! — раздалось вдруг знакомое щебетание. — Якушева, это ты? Глазам не верю, Элка! Сколько ж мы не виделись! А что ты тут делаешь? Здравствуй, Димочка! Слава, как дела у Любаши?

— Нормально, благодарю. — Вид у него был такой, словно он откусил дольку лимона.

— Элка, с ума сойти! Ты почти не изменилась. То есть, конечно, постарела, как все мы, а в остальном все такая же...

— Зато ты неузнаваемо изменилась, особенно нос!

Писательница позеленела. Воронцов фыркнул и опрокинул рюмку коньяка. Сразу потянулся за второй.

— Так что ты тут делаешь, Элка? — как ни в чем не бывало продолжала Лира. — С кем пришла?

— Ни с кем, сама по себе.

— Но в качестве кого?

— Как? — вскричал Махотин. — Ты не смотришь Эллино шоу?

— У Эллы есть свое шоу? — не поверила писательница.

— Представь себе!

— На вашем канале, Слава?

— Разумеется! Это моя гордость! Я разглядел в ней телезвезду!

— Шутишь?

— Нисколько. «Рецепты моей бабушки»! Прелесть что такое!

— А, так это кулинарное шоу? — словно бы с облегчением протянула Зоя Звонарева. — Ты, Элка, как была кухаркой, так и осталась! А я-то думала...

— А ты как была паскудой, так и осталась.

— Девочки, не ссорьтесь! — добродушно воскликнул Махотин.

Но тут к ним с бокалом шампанского подошел Тришкевич, сверкая веселыми черными глазами.

— Господа, давайте выпьем за наш канал! Мы продержались семь лет, а в наше время это совсем неплохо! Дай нам Бог еще как минимум столько же!

Махотин хотел что-то возразить, но Тришкевич его опередил:

— Алексеич, тихо! Это я из суеверия. Когда желают долголетия, лучше быть реалистами. А то моей бабушке на восьмидесятипятилетие пожелали прожить еще столько же. А она в ответ сказала: не дай Бог! Мадам, — обратился он к Элле, — я давно мечтаю познакомиться с вами. Вы одесситка?

— Да!

— С Молдаванки?

— Нет, — засмеялась Элла.

— Тогда с Большого Фонтана? Или с Пересыпи?

— Нет, не угадали!

— А больше я про Одессу ничего не знаю, увы, не доводилось бывать, но читал Бабеля, Катаева и других.

— И пели «Шаланды полные кефали...», да? — засмеялась Элла.

Кажется, этот кобель к ней клеится, сообразил с неудовольствием Воронцов.

— Какой смех, какой голос! Вы танцуете? — вдруг спросил Тришкевич.

— Танцую вообще-то, но ведь музыки нет.

— А если я организую музыку, обещаете мне первый танец?

— Конечно!

— Если хватит рук обхватить ее за талию, — с невинным видом проговорила Лира.

— Слушай, ты, доносчица, собачья извозчица! — вскинулась Элла. — Я не посмотрю, что ты знаменитость, дам в нос — и вся твоя ринопластика развалится к чертям!

— Элла! — испуганно схватил ее за руку Воронцов.

Но тут вдруг раздались громкие звуки музыки, и не какой-нибудь, а самой любимой, Ава Нагила! Элла с детства обожала эту мелодию, и даже пыталась играть ее на скрипке, несмотря на протесты бабушки Антонины Сократовны. Кто-то уже пустился в пляс, а к ней с довольной миной спешил Тришкевич:

— Годится?

— Еще как!

Что это был за танец! Она забыла обо всем, она была сейчас легкой как пушинка, казалось, она едва касается пола и половинка еврейской крови радостно, восторженно вскипает в жилах. Не было ничего, только она, музыка и сверкающие сумасшедшим весельем, влюбленные глаза Тришкевича. В ней просыпалась такая радость жизни, какой она еще никогда не испытывала, и ей не было дела ни до Воронцова, ни до Зои Звонаревой, вообще ни до кого. Она любила жизнь и впервые любила себя в этой жизни. Сколько длится танец? Всего лишь несколько минут. И когда в конце Тришкевич схватил ее и сочно поцеловал в губы от полноты чувств, раздался гром аплодисментов. Элла засмеялась и чуть не упала, у нее закружилась голова, но Тришкевич поддержал ее и шепнул на ухо:

— Браво, это был лучший танец в моей жизни!

Он подвел ее к остолбеневшему Воронцову и не менее остолбеневшему Махотину.

— Ну, Элка, ты дала жару! — засмеялся Махотин. — В этом было даже что-то первобытное... Невероятно!

— Кстати, меня зовут Вася, — успел еще шепнуть Тришкевич, хотя вся страна, и в том числе Элла, знала его имя.

299

— А я вспомнил «Анну на шее», — пробормотал Воронцов.

— Да, Элка, ты классно трясла окороками, — ядовито заметила Зоя Звонарева.

Элла расхохоталась легко, от души, и даже не взглянула на нее.

— Нельзя так откровенно завидовать, мадам, — заметил насмешливо Тришкевич, — вспомните классика и учитесь властвовать собой!

Ах, как он мне нравится, подумала Элла. Прелесть, а не мужик.

Внезапно Воронцов властно взял ее под руку и отвел в сторонку.

— Что такое, Митя?

— Выходи за меня замуж! Завтра же!

— Что?

— Выходи за меня замуж!

Она глянула на него немного пьяными счастливыми глазами:

— Нет, Митя! Мне еще не охота на насест!

Содержание

Часть певая. Элюня 3
Часть вторая. Элла Борисовна 71

Литературно-художественное издание

Серия
«Полоса везения:
Бабские истории Екатерины Вильмонт»

Екатерина Николаевна Вильмонт

КУРИЦА В ПОЛЕТЕ

Ответственный редактор *И. Н. Архарова*
Технический редактор *И. С. Круглова*
Корректор *И. Н. Мокина*
Компьютерная верстка *М. В. Поташкин*

ООО «Издательство АСТ»
667000, Республика Тыва, г. Кызыл,
ул. Кочетова, д. 28.

ООО «Издательство Астрель»
143900, Московская обл., г. Балашиха,
пр-т Ленина, 81
Наши электронные адреса:
www.ast.ru
E-mail: astpub@aha.ru

При участии ООО «Харвест».
Лицензия № 02330/0056935 от 30.04.04.
РБ, 220013, Минск, ул. Кульман,
д. 1, корп. 3, эт. 4, к. 42.

Открытое акционерное общество
«Полиграфкомбинат им. Я. Коласа».
220600, Минск, ул. Красная, 23.

Любовные романы Татьяны Дубровиной и Елены Ласкаревой

Имена Татьяны Дубровиной и Елены Ласкаревой хорошо известны в мире литературы и кино. Каждая их книга — образец романтической прозы, где увлекательные сюжеты сочетаются с глубоким знанием тайн женской и мужской души. Проблемы и духовные поиски героинь, сильных и страстных и одновременно ранимых и беззащитных, когда речь заходит о любви, близки и понятны нашим современницам. Прихотливые лабиринты чувств, по которым писательницы проводят своих героев, не способны оставить равнодушным ни одну читательницу.